Night School
Rebelión

CJ Daugherty

(Traducción: Sofia Pons)

Night School Rebelión

Copyright © 2016 CJ Daugherty

Publicado por Moonflower Books Ltd.

ISBN-13: 978-1540894274
ISBN-10: 1540894274

Otros títulos de **C. J. Daugherty**

The Night School Series

Night School: Tras los muros de Cimmeria

Night School: El legado

Night School: Persecución

Night School: Resistencia

The Secret Fire Series

El Feugo Secreto

Dedico a vosotros, lectores hispanohablantes. Sois los mejores.

Siempre

Siéntate pacientemente junto al río y verás pasar flotando el cadáver de tu enemigo.

-Proverbio japonés

UNO

Los Land Rovers corrían furiosos por las oscuras calles londinenses. No se detenían ante nada ni nadie. Cruzaban la metrópolis a toda velocidad, atravesando cruces y saltándose los semáforos en rojo.

Allie Sheridan iba sentada en el asiento trasero de uno de los todoterrenos y miraba, sin ver, por la ventana. Tenía los ojos rojos y le dolían de tanto llorar.

No podía quitarse de la cabeza la imagen de Carter, abandonado a su suerte en aquella calle oscura, con los puños en alto y rodeado por los matones de Nathaniel.

Ha escapado, se tranquilizó por enésima vez. *Se las habrá arreglado para escapar.*

Pero en el fondo sabía que no era verdad.

Ahora todo encajaba. Jerry Cole le había dicho que fuese acompañada al parlamento por alguien de su confianza. Ahora ya sabía por qué.

Llévate a alguien en quien confíes para que Nathaniel te lo arrebate.

Llévate a alguien en quien confíes para que Nathaniel lo mate. Como mató a Jo.

Tiró en vano de la maneta inmóvil de la puerta del coche y reprimió un sollozo. No podía salir. No podía volver con Carter. El cierre centralizado estaba activado.

Y el coche era como una cárcel.

Allie peleó, suplicó, lloró… pero nada de lo que hiciese parecía ablandar el corazón de los hombres de los asientos delanteros. Tenían órdenes de llevarla de vuelta a Cimmeria. Y eso es lo que iban a hacer.

Sintió tanta rabia que aporreó la puerta con el puño.

Con un acelerón que hizo chirriar las ruedas, el todoterreno dobló una esquina y Allie salió disparada hacia un lado.

Trataba de asirse a la agarradera cuando el guardia de delante se dio la vuelta y la miró.

—Señorita, abróchese el cinturón. Esto es peligroso.

Allie le dirigió una mirada amenazadora.

Hace cinco horas vi morir a mi abuela, tuvo ganas de decirle. ¿A mí me vas a decir qué es peligroso?

Al pensar en Lucinda, todo lo sucedido aquella noche la asaltó de pronto. El sabor amargo de la bilis le llenó la boca. Se abalanzó instintivamente hacia la ventana, pero también estaba cerrada.

—Voy a vomitar —farfulló.

El guardia le dijo algo al conductor y la ventana se abrió con un suave zumbido metálico.

Un chorro de aire fresco entró en el vehículo.

Allie sacó la cabeza del coche e inspiró profundamente. El cabello le revoloteó alrededor de la cara, como una corona enmarañada.

Ahora que podía vomitar, sin embargo, parecía que no era capaz. Aun así, se quedó donde estaba y apoyó la sudorosa frente contra el frío metal del marco de la ventana, respirando hondo para tranquilizarse.

El aire de la ciudad olía a asfalto y a cansancio. Por un momento se planteó saltar del coche y escapar, pero iban demasiado rápido; podía matarse.

Estaba muy cansada. Le dolía todo el cuerpo. Una parte de la cabeza le escocía, donde uno de los secuaces de Nathaniel le había arrancado de cuajo un mechón de pelo. La sangre seca de la frente y el cuello le provocaban una desagradable sensación de tirantez en la piel.

Repasó uno a uno los catastróficos sucesos de la noche.

El plan era sencillo. Iban a reunirse con Nathaniel para celebrar un parlamento pacífico dentro del terreno neutral de Hampstead Heath. Le entregarían a su espía, Jerry Cole, y a cambio, Nathaniel dejaría de molestarlos el tiempo suficiente para que los líderes de Cimmeria pudieran reorganizarse.

Pero Jerry había sacado una pistola. Y la noche se había convertido en una horrible espiral de violencia. En medio de la confusión, Lucinda se había desplomado en el suelo, herida de muerte por un disparo.

Y Nathaniel.

Allie negó con la cabeza, seguía perpleja por lo que habían visto sus ojos.

Nathaniel se había echado a llorar. Había tratado desesperadamente de salvar a su abuela.

Hasta entonces, Allie creía que Nathaniel odiaba a Lucinda. Pero nunca había visto a nadie tan desconsolado...

Aún oía en su cabeza la voz atormentada de Nathaniel, rogándole a su abuela. *No me dejes, Lucinda...*

Casi como si la quisiera.

Pero Lucinda lo dejó. Los dejó a todos.

Ahora lo único que Allie sabía era que no entendía a Nathaniel en absoluto.

Si amaba a Lucinda, ¿por qué iba en contra de ella?

¿Qué quería Nathaniel en realidad?

Allie soltó la puerta y apoyó la espalda en el asiento de cuero marrón. El guardia del asiento del copiloto se volvió para mirarla.

—¿Te encuentras mejor?

Ella le lanzó una mirada silenciosa.

Un segundo más tarde, el guardia se encogió de hombros y volvió a mirar al frente.

La ventana empezó a subir.

Ganaron velocidad al entrar en la autopista, desierta a aquellas horas. Se aproximaban a los límites de la ciudad. Atrás quedaban las luces de Londres. Ante ellos se extendía la campiña inglesa, cubierta de un manto de oscuridad.

Allie sintió una presión en el pecho. Qué lejos estaba de Carter ahora. ¿Qué habría sido de él?

Una lágrima le rodó por la mejilla; fue a secársela, pero la mano nunca llegó a rozar su cara.

Una abrupta sacudida le hizo perder el equilibrio. Antes de que pudiera reaccionar, el vehículo viró sin control, y Allie salió disparada de su asiento y se golpeó contra la ventana con tanta fuerza que vio las estrellas.

No había hecho caso a lo de abrocharse el cinturón.

—¿Qué pasa? —Su propia voz sonó lejana; le dolía la cabeza del golpe.

Nadie contestó.

Se incorporó y vio que el conductor se peleaba con el volante. El guardia de delante hablaba por un micrófono en voz baja, aunque muy tenso.

Allie miró a su alrededor. Quería saber qué había ocurrido, pero todo lo que vio fueron faros y oscuridad.

El conductor giró el volante y cambió de dirección.

—Maldita sea. ¿Pero de dónde salen?

Allie estaba aferrada a la agarradera de la puerta, pero la brusquedad del giro la lanzó violentamente al suelo del coche y el dolor la hizo sisear entre dientes.

—¿Se puede saber qué pasa? —interrogó nuevamente, esta vez alzando la voz.

Sin esperar respuesta, se incorporó a duras penas, alcanzó el cinturón y se lo abrochó.

Luego volvió la vista hacia la ventana trasera. Lo que vio le cortó la respiración. Ya no había cuatro coches siguiéndolos.

Sino diez.

—¿Son de los nuestros? —preguntó con un hilo de voz.

Esta vez tampoco le respondieron. Pero no hacía falta. Ya conocía la respuesta.

Un coche muy grande, parecido a un tanque, se puso a su altura. De pronto, a su lado, el Land Rover parecía ridículo.

Con el corazón en un puño, Allie se quedó mirando aquella cosa monstruosa. Tenía los cristales tintados y no había forma de ver quién lo conducía.

Quienquiera que fuese, sin previo aviso, aceleró el motor y viró bruscamente hacia ellos.

—¡Cuidado! —chilló Allie, agachándose.

El conductor maniobró y el Land Rover se fue hacia la derecha con tanto ímpetu que a Allie se le revolvió el estómago.

Aunque habían esquivado el golpe, el todoterreno iba dando bandazos y el conductor luchaba por no perder el control, agarrado al volante con todas sus fuerzas. Los neumáticos chirriaron. El coche atravesó dos carriles.

—Seis o siete vehículos, afirmativo —decía el guardia por el micro, mientras se aferraba a la agarradera que había sobre la puerta. De repente, otro coche se acercó con un rugido feroz—. Convoy afectado y separado.

Usan tácticas de distracción... ¡Cuidado, *a tu izquierda*!

Se lo había dicho al conductor, que vio cómo un coche iba directo hacia ellos y en el último minuto torció el volante con mucha fuerza. Demasiada.

El Land Rover giró violentamente sobre sí mismo. Allie no notaba la carretera bajo las ruedas. Parecía que volaban.

La escena era como un sueño. El mundo exterior se hizo un borrón. El vehículo trazó una pirueta mortal en dirección al endeble guardarraíl.

Allie cerró los ojos.

Nathaniel los había encontrado.

DOS

El ruido en el interior del Land Rover era ensordecedor. El conductor y el guardia se gritaban órdenes mutuamente. El motor bramaba. Los neumáticos chirriaban.

Ruidos de guerra.

Allie, sujeta al asidero de la puerta, se mordió el labio para reprimir un grito. Delante de ella, el conductor hacía esfuerzos por recuperar el control del vehículo. Tenía la frente perlada de sudor, y parecía que los tendones, tirantes como cuerdas, iban a salírsele del cuello. Intentaba manejar el vehículo, que daba vueltas sobre sí mismo sin control.

—¡Frena! —decía sin cesar el guardia—. ¡Frena!

—No... responde —contestó el conductor con los dientes apretados.

El aire se llenó de un acre olor a goma quemada; se acercaban al borde de la carretera.

—¡Vamos a chocar! —gritó el guardia.

El Land Rover golpeó el guardarraíl con un crujido espantoso.

Allie salió impulsada hacia adelante y chilló de terror. El cinturón de seguridad la paró en seco.

El guardarraíl se dobló, pero no cedió. La fuerza del impacto detuvo los giros desbocados del coche, que viró hacia la izquierda y luego hacia la derecha hasta que por fin el conductor recuperó el control.

—Estamos bien —anunció este, con evidente alivio en la voz.

Allie se echó hacia atrás en el asiento con el corazón a punto de salírsele por la boca. Pero los coches de Nathaniel seguían rodeándolos.

El guardia señaló hacia la izquierda.

—¡Por ahí! Coge esa salida.

Allie miró hacia donde el guardia indicaba y vio que asomaba una cuesta.

—Recibido —murmuró el conductor, que esperó hasta el último segundo para girar el volante y pisar a fondo el acelerador.

Salieron de la autopista como un rayo.

Allie estiró el cuello y miró a través de la luna trasera. Los coches de Nathaniel se habían pasado de largo la salida. Les costaría unos valiosos segundos dar marcha atrás y volver a seguirlos.

El conductor debía de haber pensado lo mismo, porque se saltó un semáforo en rojo, atravesó una rotonda y se adentró a toda mecha en una oscura carretera rural. Allie no apartó los ojos de la carretera que dejaban atrás; parecía que nadie los seguía. Con una sonora exhalación, se volvió y miró al frente.

Era un camino de cabras estrecho y con curvas, y resultaba imposible alcanzar mucha velocidad, pero el conductor hacía todo lo que podía.

Desde el asiento del copiloto, el guardia transmitía las indicaciones que le daban por el auricular.

—Izquierda. En la siguiente salida, gira a la derecha. Por ahí. ¡NO! Ahí. Ese camino...

Era evidente que alguien seguía sus pasos por satélite y les estaba proporcionando una ruta segura. Allie lo encontró extrañamente reconfortante. Por lo menos no estaban completamente solos en medio de aquella gran oscuridad.

No tardaron en perderse por un laberinto de serpenteantes caminos de tierra. Subían colinas y tomaban curvas muy cerradas a toda velocidad, por lo que pronto Allie empezó a marearse de nuevo.

—En el cruce, a la derecha —dijo el guardia cuando se acercaban a una intersección.

Los setos que flanqueaban el camino eran muy altos. El conductor pisó a fondo el acelerador y se preparó para girar. Sin embargo, en el último minuto frenó en seco y todos salieron catapultados hacia adelante.

Al principio todo lo que Allie vio fueron unos faros a su izquierda. Tuvo que entornar los ojos para poder ver el vehículo. Y ahí fue cuando el corazón se le paró.

Era aquella especie de tanque que habían dejado en la autopista, y se dirigía de cabeza hacia ellos.

El conductor juró entre dientes y empujó hacia atrás la palanca de cambios. Retrocedieron con tanto ímpetu que el motor se quejó estridentemente, como una sirena.

—Por ahí. —El guardia, que llevaba un rato callado, señaló un camino de tierra, apenas visible en la oscuridad, tras una verja metálica.

El miedo de Allie creció al ver el sendero que indicaba el guardia. Era poco menos que un camino para tractores que se abría paso a través de un campo de maíz. La cancela que tenían ante ellos estaba cerrada con una cadena.

¿Cómo vamos a pasar por ahí?

El guardia le tendió unas gafas de tonos dorados al conductor, que se las puso sin pensárselo dos veces. Después apagó las luces.

Allie se quedó sin respiración. La oscuridad era claustrofóbica. Total.

—Esperad… —empezó a decir, pero antes de que pudiera añadir nada más, el conductor aceleró y salieron disparados hacia la verja.

Allie era incapaz de moverse. O de gritar. Lo único que podía hacer era fijar la vista en las sombras que tenía delante.

Golpearon la verja con un chirrido de metal contra metal. El impacto sacudió el Land Rover con tanta violencia que Allie se golpeó la barbilla contra el hombro. Algo arañó el techo del vehículo antes de caer con gran estrépito detrás de ellos.

Se abrieron paso por el campo. El terreno era abrupto e irregular; tanto que, aunque llevaba el cinturón puesto, Allie tuvo que apretar los dientes para no morderse la lengua.

Los tallos del maíz manoteaban las ventanas del vehículo, como si quisieran entrar en el coche.

El conductor y el guardia se habían quedado mudos; solo se oían los rugidos del motor y el chirrido de los neumáticos.

De repente, unos faros aparecieron tras ellos y el campo se iluminó con un resplandor fantasmagórico.

—Chicos… —La voz de Allie se fue apagando a medida que el conductor aceleraba.

El Land Rover giró bruscamente y dejó detrás el abrupto camino.

De nuevo se hizo la oscuridad.

Ya no iban por ningún camino. Avanzaban a trompicones campo a través, con los neumáticos patinando sobre el blando lodo. Algo que Allie no podía ver golpeaba las ruedas.

Se oyó lloriquear.

Durante lo que le pareció una eternidad, se quedó pegada al suave asiento de cuero y entonces…

—Por ahí.

El guardia apuntó hacia la noche. Sin mediar palabra, el conductor giró el volante.

El Land Rover chocó contra algo metálico.

Otra verja, supuso Allie.

Un gran objeto de metal se deslizó por el capó del Land Rover y fue a estrellarse contra la luna delantera. Allie se agachó.

—Fantástico —farfulló el guardia al ver cómo se dibujaba una telaraña en el cristal resquebrajado. Como si el hecho de que la verja casi lo hubiese matado fuera un mal menor.

Avanzaron atropelladamente por el campo hasta que derraparon en una pequeña carretera secundaria asfaltada.

Se internaron en la oscuridad de la noche, pero el conductor no puso las luces.

Desde el asiento trasero, Allie seguía sin ver nada al frente. Giró la cabeza y miró por encima de su hombro.

No había faros.

El guardia volvió a murmurar algunas indicaciones. Cogieron una complicada ruta que subía por empinadas colinas y bajaba por profundos y remotos desfiladeros.

Por fin el conductor se quitó las gafas de visión nocturna y encendió los faros.

El guardia se volvió a mirar a Allie, que permanecía aferrada con gran temor a la puerta. Él sonrió, visiblemente satisfecho.

—Los hemos perdido.

Dos horas más tarde, el Land Rover tomó un accidentado camino forestal. El cielo refulgía, teñido de vívidos tonos rosados y dorados. Amanecía.

Allie, con la frente apoyada contra el frío cristal de la ventana, vio cómo asomaba la gran verja negra de Cimmeria. Era imponente. Cada una de las barras de metal culminaba en una punta afilada, tres metros por encima de sus cabezas.

El único lugar en el mundo en el que se sentía segura se hallaba al otro lado de esa verja.

Era su hogar. ¿Qué habría sido de los demás? Entre guardias y alumnos, habían enviado por lo menos a veinte personas a Londres a luchar contra Nathaniel. Hacía varias horas que no veía a ninguno de sus amigos.

La verja se abrió, temblorosa, y enfilaron la avenida de entrada a través del bosque. Todo estaba extrañamente tranquilo. Los únicos sonidos eran el ronroneo del motor y el crujido de los neumáticos sobre la gravilla del camino. Sin embargo Allie, en el asiento de atrás, seguía tensa y con los ojos bien abiertos.

Tras poco más de un kilómetro, los árboles que flanqueaban el camino dieron paso a una suave extensión de césped. La avenida dibujaba un signo de interrogación que desembocaba ante el gigantesco edificio gótico del colegio.

El conductor apagó el motor. El silencio que siguió fue ensordecedor.

Allie miró las desiertas escaleras delanteras con una presión en el pecho.

¿Dónde está todo el mundo?

El conductor y el guardia se apearon del vehículo. Allie los siguió, agarrotada. Le dolían todos los músculos del cuerpo.

Iba cojeando hacia las escaleras cuando la puerta se abrió de par en par y una pequeña multitud echó a correr hacia ella.

—Allie, gracias a Dios.

Allie solo alcanzó a distinguir la familiar cara en forma de corazón de Rachel, antes de que la chica la estrechara entre sus brazos.

Se agarró a ella; tenía ganas de llorar, pero no le quedaban fuerzas para derramar más lágrimas. La noche las había gastado todas.

—Estás bien —repetía Allie sin parar—. Estás bien.

Nicole estaba justo detrás de Rachel y tenía una pequeña herida, ya suturada, en la barbilla.

—¡Allie! *Dieu merci.* —Sus enormes ojos marrones se llenaron de alivio—. Estábamos muy preocupadas.

Las dos chicas la rodearon y Allie dio un paso hacia el haz de luz. A Rachel se le cortó la respiración.

—¡Estás herida! —Se giró hacia las escaleras y gritó—: ¡Allie está sangrando!

—No es nada —dijo Allie, pero nadie le hizo caso.

—Apartaos —Isabelle le Fanult se abrió paso entre el grupo y se acercó a Allie. Sin mucha ceremonia, la directora cogió a Allie por la barbilla y le colocó la cara bajo el foco de luz de la puerta delantera.

Un repentino recuerdo de Isabelle, girando como un veloz y poderoso derviche al enfrentarse a los guardias de Nathaniel en Hampstead Heath, atravesó el pensamiento de Allie.

En aquel momento casi se había alegrado de verla. Ahora se la quedó mirando sin pestañear, mientras en su interior un volcán de rencor y rabia entraba en erupción.

Isabelle llevaba el cabello ondulado recogido con esmero. Tenía un moretón en la mejilla y aún llevaba puesto el equipo de la Night School.

—Será mejor que te vea una enfermera. —Isabelle presionó suavemente con la yema de los dedos la herida de la cabeza de Allie.

Allie sintió un picotazo, pero no se inmutó. Quería preguntarle algo a la directora y tenía toda la intención de hacerlo:

—¿Dónde está Carter?

Todo el mundo enmudeció.

Al principio Isabelle no reaccionó. Pero después soltó a Allie y dejó escapar una larga exhalación. Se la veía exhausta. A Allie incluso le pareció ver nuevas arrugas escarbadas en su delicada tez.

—No lo sé.

Las palabras golpearon a Allie como una patada en el estómago.

Y no dudó en devolver el golpe.

—Me han obligado a dejarlo allí —dijo en un tono grave y acusador—. En plena calle. *Acorralado.*

La directora apartó la vista, le temblaban los labios.

A Allie no le importó. Quería que Isabelle sufriera. Aquello era por *su* culpa. La decisión de abandonar a Carter había sido de la directora.

Un torrente de rabia y dolor corrió por sus venas. Allie fue hacia la directora y la empujó con violencia.

Isabelle, desprevenida, trastabilló hacia atrás y casi se cae al suelo. Allie oyó un gritó ahogado.

—Es culpa tuya, Isabelle —dijo alzando la voz—. Los guardias seguían *tus* órdenes. Lo has abandonado a su suerte.

Isabelle alzó las manos en un gesto débil y apaciguador, pero Allie la empujó una vez más. Y otra.

—¿Por qué, Isabelle? ¿Por qué me has obligado a dejarlo allí? ¿Cómo has podido hacerle eso?

A cada empujón la directora retrocedía un paso. Allie no se detuvo.

—¿Dónde está Carter, Isabelle? ¿Está muerto? ¿Nathaniel lo ha matado a él también?

—No lo sé —repitió Isabelle. Ahora su voz no era más que un susurro. Sus ojos color miel brillaron, inundados de lágrimas, pero Allie apenas si lo advirtió cuando la empujó por última vez.

Se acordó de Carter subiéndola al todoterreno negro. Había cerrado el coche de un portazo y golpeado con el puño la carrocería. «Marchaos», le había gritado al conductor. En sus ojos había un brillo fervoroso, grabado a fuego en la memoria de Allie. Parecía que Carter pensaba que iba a morir y parecía dispuesto, incluso ansioso por hacerlo.

—No es más que un chico. Si muere, será por tu culpa, Isabelle. Por tu culpa.

La voz se le rompió. Y se derrumbó sobre las rodillas.

Durante una décima de segundo, nadie se movió. Entonces Rachel se agachó junto a Allie, le pasó un brazo por los hombros y la levantó del suelo.

Nicole las rodeó a ambas con los brazos, estrechándolas en un abrazo.

Allie nunca se había sentido tan desamparada. No quería hacerle daño a nadie. Solo quería que Carter estuviera vivo.

TRES

Los grandes ventanales de la enfermería, que se hallaba en el entresuelo de la zona de aulas, dejaban entrar tanta luz que Allie tuvo que entrecerrar los ojos. Las tres muchachas, envueltas en un silencio fatigado, pasaron de largo varias aulas con aire fantasmal, cuyos pupitres vacíos dispuestos en hilera parecían esperar a unos alumnos que quizás nunca volverían.

Allie no prestó atención a nada de ello, y tampoco a la sangre seca que tenía en la cara ni a su propio cansancio. Ni siquiera pensaba en lo derrotada que había visto a Isabelle allá fuera. Solo era capaz de repasar mentalmente la lista de desaparecidos.

—¿Dónde está Zoe?

—Está bien —respondió Rachel rápidamente—. Se ha ofrecido voluntaria para ayudar en la enfermería. —La sombra de una sonrisa aleteó en su rostro cansado—. Ha decidido que le encanta ver sangre.

—¿Qué hay del resto? ¿Raj? ¿Dom? ¿Eloise?

Esta vez contestó Nicole:

—Todos están a salvo.

—¿Dom también? —Allie no pudo ocultar su sorpresa. La última vez que había visto a la estadounidense, se abría paso a puñetazo limpio entre una marabunta de enemigos, intentando llegar hasta Carter.

—Carter... —Nicole empezó la frase y se detuvo un segundo—. Metió a Dom en un coche. La sacó de allí. La protegió.

El corazón de Allie dio un vuelco.

—Imbécil —susurró Allie, secándose una lágrima con el dorso de la mano—. Es un maldito idiota.

Pero todas sabían que no lo decía en serio.

—No pierdas la esperanza, Allie —dijo Rachel apretándole el brazo—. Nadie lo vio herido. Nathaniel simplemente debe de tenerlo retenido. Para llegar hasta ti.

Antes de que Allie pudiera contestar, alcanzaron la sala principal de la enfermería. Habían convertido una gran habitación en una zona de triaje. Un grupo de personal médico rodeaba a un guardia vestido con uniforme negro al que le cosían una herida en el brazo.

El olor del alcohol, mezclado con el producto de limpieza antibacteriano y el característico olor a herrumbre de la sangre, revolvió el estómago de Allie.

—Tijeras. —La voz fría y neutra salía de una mujer baja y rechoncha con un estetoscopio que le colgaba del cuello y unas gafas posadas en la punta de la nariz.

La enfermera se inclinó hacia donde la mujer había señalado. La luz destelló sobre unas tijeras plateadas.

La mujer se encorvó y examinó de cerca su trabajo. Se irguió y tiró algunas vendas manchadas de sangre a la papelera.

—Ya hemos terminado, cariño.

El hombre se miró el brazo y cerró la mano en un puño, como probando la resistencia de los puntos de sutura. Se le marcaron los músculos.

Al verlo, la doctora suspiró.

—Tú sigue haciendo eso y tendré que darte puntos de nuevo. ¿Podemos intentar no vernos tan pronto? No sabes la rabia que me da repetirme.

—Disculpe. —La voz del hombre sonó arrepentida.

Cuando este se levantó para marcharse, Allie vio a Zoe. Había estado detrás del grupo de enfermeras todo el rato, observándolo todo con avidez.

Una parte de la tensión de Allie abandonó su cuerpo.

Al darse cuenta de su presencia, la más pequeña dio un brinco de alegría.

—¡Has vuelto!

Zoe salió como un rayo, empujando a su paso al hombre herido y, sin mediar disculpa, corrió hasta Allie y se abalanzó sobre ella. Más que un abrazo fue un placaje, pero a Allie no le importó en absoluto.

—¿Estás bien? —Allie buscó heridas en el delicado rostro de su amiga, pero no encontró ninguna—. ¿Todo en su sitio?

Zoe asintió con tanto entusiasmo que su coleta rebotó.

—Sí, todo bien. Anoche les pegué una paliza a unos cuantos. Fue la bomba.

—Zoe… —dijo Rachel en voz baja.

La chiquilla hizo una pausa. Allie pudo ver cómo Zoe pensaba, intentado discernir por qué lo que acababa de decir resultaba inapropiado, y se esforzaba en corregir el descuido.

—Siento lo de tu abuela. —Su voz adquirió un tono monótono, como si recitara algo de memoria. Pero entonces se animó—. Y lo de Carter. Estoy *muy* cabreada con lo de Carter.

Alguien carraspeó, y Allie vio que la doctora las estaba mirando.

—Anda, ¿pero a quién tenemos aquí? —dijo, no sin empatía. Dio unas palmaditas en el asiento que el guardia había desocupado—. ¿Qué te has hecho ahora?

Un día cualquiera, Allie habría sonreído ante el comentario. El personal médico la había tratado en más de una ocasión. Pero hoy no era capaz de fingir nada.

—No es tan grave como parece —dijo sentándose en la silla, aún tibia por el último paciente.

La doctora resolló y se puso los guantes con un chasquido.

—Eso lo decidiré yo.

—Hay bastante sangre —juzgó Zoe con aprobación.

No había advertido lo destrozada y asustada que estaba Allie. Y Allie se alegraba de ello. Por dentro estaba aturdida y atontada; se sentía perdida. Pero tenía que mantener la cabeza fría. Nadie le haría caso si pensaban que estaba histérica por lo de Carter. Nadie la apoyaría si intentaba liderarlos.

Si iban a trabajar juntos para traer de vuelta a Carter, tenían que creer que ella estaba perfectamente.

Y *lo estaba*.

Allie miró a Zoe y se esforzó en parecer más animada.

—Rachel me ha dicho que ahora te interesa la sangre.

—Creo que quiero ser flebotomista.

—¿El qué? —dijo Allie—. Eso parece algún tipo de bicho.

—Es un médico especialista en sangre —dijo Zoe entusiasmada—. ¡Te pasas todo el día trabajando con sangre!

—Ah, vale —suspiró Allie—. O sea que básicamente es un vampiro.

A Zoe se le iluminó la cara.

—Genial.

—La flebotomía —murmuró la médica, cortando el pelo que rodeaba la herida de Allie con unas tijeras pequeñas— está muy bien pagada.

Las chicas intercambiaron miradas de total perplejidad.

Tras ese breve intercambio y durante un buen rato, Zoe parloteó sobre peleas y enfermedades, mientras el equipo médico limpiaba la sangre de la frente de Allie y le cosía el cuero cabelludo. Al otro lado de la habitación, Rachel tenía la cabeza apoyada en el hombro de Nicole.

Todo era horrible. Todo iba mal.

Pero Cimmeria era su hogar. Y en ese momento, aquello era lo más parecido a la normalidad que Allie podía imaginar.

Unas horas más tarde, Allie bajó a toda prisa la escalinata principal del colegio. Tras darse una ducha y cambiarse de ropa, volvió a sentirse un poco más ella misma. Estaba lista para decidir qué hacer ahora.

La cabeza le latía de dolor y la mano se le iba sin querer a los puntos de la herida, ahora prácticamente ocultos por su frondosa cabellera castaña.

No se había tomado los analgésicos que la doctora le había dado. Necesitaba tener la mente clara.

Había llegado la hora de pensar un plan.

Cuando llegó a la planta baja, giró hacia el amplio vestíbulo. La madera de roble que revestía las paredes relucía. La luz del sol se reflejaba sobre los dorados marcos de los óleos. La lámpara de araña que pendía sobre la amplia escalinata brillaba como el diamante. En el descansillo, las estatuas de mármol parecían esculpidas en nieve.

Allie no recordaba haber amado otro lugar tanto como ese colegio, pero ya notaba cómo se le escapaba entre los dedos.

¿Cómo iban a quedarse allí sin Lucinda? Ella era quien los mantenía unidos.

Y ahora se había ido.

Al pasar por el despacho de la directora, disimulado bajo el hueco de la gran escalinata central, sus pasos vacilaron. Necesitaba hablar con Isabelle, lo sabía, tenía que explicarse. Pero no se decidía. Todavía no estaba preparada para ser tan madura.

Sin embargo, necesitaba información de inmediato. Necesitaba hablar con alguien de confianza.

En aquel momento, un guardia vestido de negro de los pies a la cabeza pasó junto a Allie. Ella llamó su atención:

—¿Sabes donde está Raj Patel?

Allie y Raj se situaron el uno frente al otro en la sala común, que estaba prácticamente desierta. Allie estaba sentada en el borde de un sofá de cuero. Raj se había acomodado en una butaca y miraba a la muchacha con sus indescifrables ojos oscuros en forma de almendra, idénticos a los de Rachel. Aunque seguramente Raj tendría mucho que hacer, había acudido a su llamada de inmediato. Allie no vio en su expresión ningún juicio.

—Solo quiero entender qué sucedió —dijo Allie.

Raj no parecía sorprendido.

—El plan iba sobre ruedas —dijo él—, hasta que dejó de hacerlo.

Allie escuchaba en silencio mientras Raj rememoraba lo ocurrido durante la noche. Tal como habían planeado, ella y Carter habían conseguido llegar hasta Hampstead Heath poco antes de la medianoche. Se habían reunido con Lucinda en Parliament Hill, el lugar acordado. Y Nathaniel se les había unido unos minutos más tarde, tal como esperaban.

Los ánimos estaban calmados, incluso había habido momentos de cordialidad.

Hasta que aparecieron Jerry y Gabe empuñando sendas pistolas.

—Lucinda había dejado a Jerry esposado dentro de una furgoneta, cerca del parque —explicó Raj—. Dos miembros del equipo de seguridad personal de Lucinda lo vigilaban. No sabemos cómo descubrió Nathaniel la ubicación que ella había elegido. Pero lo hizo. Los guardias estaban sobrepasados y alguien puso a Jerry en libertad.

Allie se echó hacia atrás en el asiento. Era tremendamente obvio. Un buen plan desbaratado por los medios más sencillos.

El mecanismo más complejo del mundo puede acabar saltando en mil pedazos por culpa de un simple martillo.

—¿De dónde sacaron las pistolas? —preguntó Allie.

—Me imagino que las trajo Gabe. —La voz de Raj rezumaba repugnancia—. Es el único lo bastante chiflado como para ir armado a un parlamento.

Allie se quedó mirando a Raj.

—¿Crees que Nathaniel no tuvo nada que ver?

Él negó con la cabeza.

—Me fijé muy bien en Nathaniel cuando vio las armas. No estaba nada contento.

Era de esperar. Nathaniel era muy controlador. Seguro que no animaba a sus subalternos a saltarse las normas.

—En cuanto vimos las pistolas, salimos al ataque —prosiguió Raj—. Les eché encima todo lo que teníamos. Y funcionó. Durante un rato. Pero...

La voz se le fue apagando y se frotó los ojos.

—Pero dispararon a Lucinda. —Allie terminó la frase por él y se inclinó hacia adelante—. Raj, ¿quién apretó el gatillo? ¿Fue Jerry?

Jerry Cole era el profesor de Ciencias que los había traicionado y les había arrebatado a Jo al ponerse de parte de Nathaniel. Era lógico suponer que también fuera el culpable ahora.

Pero Raj apretó los labios y negó con la cabeza.

—No fue Jerry. Isabelle estaba bastante cerca y lo vio todo. Fue Gabe. Y hay algo más que deberías saber. —Miró a Allie a los ojos—. Isabelle jura que Gabe apuntaba a Nathaniel.

Allie aspiró bruscamente por la boca.

—*¿Qué?*

—Yo no lo vi —dijo Raj—, pero Isabelle está convencida de que Gabe estaba apuntando a Nathaniel y que Lucinda, en el último minuto, se interpuso en la trayectoria de la bala. Isabelle cree que... —Vaciló, como si estuviera decidiendo cuánta información revelar—. Bueno, parece que Lucinda se dio cuenta de lo que Gabe pretendía. Y se sacrificó por Nathaniel.

Los labios de Allie se movieron, pero de ellos no salió sonido alguno. Creyó que se ahogaba. No podía respirar.

¿Lucinda decidió sacrificarse? ¿Me dejó a propósito?

Meneó la cabeza tan fuerte que los puntos le escocieron.

—No, Raj. Isabelle se equivoca. Lucinda jamás habría hecho eso. Ni hablar. No por Nathaniel.

Raj no la contradijo.

—A mí también me cuesta creerlo. Solo digo que es una explicación válida. —Hizo una pausa—. Pero Isabelle está destrozada con este tema, con todo. Me gustaría que hablaras con ella. Y que oyeras su versión.

La expresión de Allie se endureció, pero Raj no se echó atrás y bajó la cabeza para captar la mirada de ella.

—No fue decisión de Isabelle dejar a Carter atrás. Él ya sabía cómo funcionan estas cosas. Sabía lo que podía suceder; todo lo que podía salir mal. Estaba preparado para una situación como esta.

Allie no quería discutir con Raj, pero sintió que la rabia crecía en su interior y la sangre empezaba a hervirle en las venas. Apretó los puños y esperó a tener sus emociones bajo control antes de tomar la palabra.

—Raj, ¿dónde está? —preguntó ignorando el comentario anterior—. ¿Sigue vivo?

Él no contestó de inmediato. Cuando habló, lo hizo en voz queda.

—Ojalá lo supiera.

CUATRO

Allie pasó el resto del día inmersa en una bruma de agotamiento.

A la hora de la comida, se encaminó al comedor para demostrarles a los demás lo bien que se encontraba.

Se encontraba perfectamente.

Pero en cuanto entró en la sala, Katie Gilmore corrió hacia ella y la envolvió en un nada habitual abrazo.

—Gracias a Dios que estás bien.

Después de odiarse durante años, era superraro que fueran amigas. No era raro en plan malo. Solamente… raro de *raro*. Aun así, Allie le devolvió el abrazo, se aferró a la espalda de Katie y enterró la cabeza en su larga melena roja. Olía a perfume caro.

—Fue horrible —se oyó susurrar Allie. Y deseó no haber dicho nada.

¿Cómo iban a creerse que estaba bien si seguía diciendo que no lo estaba?

Pero parecía que Katie la entendía. Su hermoso rostro se ensombreció, despojado de toda su arrogancia.

—Siento mucho lo de Lucinda. Yo la admiraba muchísimo. —Katie habló en voz baja; las palabras eran solo para Allie—. Era una persona *fabulosa*.

La mención a su abuela le encogió el corazón.

Al contrario que Allie, Katie había crecido con Lucinda Meldrum. Lucinda había dirigido Orión desde siempre y había sido una parte tangible de la vida de Katie desde el principio.

Qué maravilloso habría sido crecer con Lucinda siempre cerca.

—Era una mujer increíble —coincidió Allie, hablando con suavidad—, ¿verdad?

Las dos intercambiaron una mirada de comprensión. Luego Katie ladeó la cabeza y entrecerró los ojos.

—Deberías comer algo. Tienes una pinta horrorosa.

Y se fueron, cada una por su lado.

Naturalmente, habían suspendido las clases. También la Night School. Estar sin hacer nada sabía a fracaso. Si Allie no hubiese estado tan sumamente cansada, habría vuelto corriendo a ver a Raj y le habría gritado cuatro cosas. Le habría exigido que se pusieran manos a la obra. Tenían que encontrar a Carter. *Tenían que arreglar todo aquel embrollo.*

Pero no lo hizo. ¿De qué iba a servir? La pura verdad era que habían perdido. Los habían derrotado. Habían fracasado.

Además, los profes estaban encerrados en algún sitio, celebrando reuniones secretas. No había visto a ninguno desde su llegada al colegio. ¿A quién iba a gritarle?

Después de comer, los alumnos fueron sucumbiendo uno a uno a la falta de sueño y se marcharon a sus habitaciones. Pero Allie se negaba a hacerlo.

La última vez que había dormido lo había hecho en brazos de Carter, en el refugio de Londres. Ahora el recuerdo de esos momentos la atormentaba.

No quería estar en su habitación. No quería estar sola.

No quería estar a salvo sabiendo que Carter no lo estaba.

Al final de la tarde, sin embargo, el agotamiento había hecho mella en ella. Hacía dos días que no dormía en condiciones.

Para mantenerse despierta, deambuló por el solitario laberinto de pasillos del colegio.

—Alguien con quien hablar —decía para sus adentros mientras torcía hacia la sala común. Pero estaba desierta, salvo por el personal de limpieza, que apilaba en bandejas las tazas y platos sucios. El delicado tintineo de la porcelana resonó en el silencio.

Caminó por el vestíbulo hasta la zona de aulas, donde las estatuas de mármol montaban guardia. Luego giró sobre sus talones y desanduvo el camino, acariciando con los dedos los relieves del revestimiento de madera labrada de las paredes.

En un momento dado, se encontró a sí misma ante la puerta de la biblioteca. No sabía muy bien cómo había llegado hasta allí.

La puerta se abrió con un sonido amortiguado, como una inspiración.

Aquella sala le resultaba tan familiar como su propio dormitorio. Con sus las largas filas de altas estanterías y sus escaleras inclinadas. La luz tenue y débil. Era una especie de refugio.

Caminó lentamente por el espacio hueco y vacío de techos altos. No había rastro de Eloise, la bibliotecaria. Ni de los alumnos o los guardias. En su sitio de siempre, grandes lámparas metálicas pendían de las cadenas ancladas al techo. No había nadie en las mesas, pero las lámparas de pantallas verdes estaban encendidas.

Allie se sorprendió caminando lentamente por la sala. Estaba tan cansada que no notaba el suelo bajo sus pies. Como si levitara por la sección de literatura de ficción. Las gruesas alfombras persas amortiguaban sus pasos, lo que acentuaba aún más su sensación de irrealidad.

A lo mejor estaba dormida y lo estaba soñando todo.

Se internó en la sección de historia contemporánea. Con la yema de los dedos acarició suavemente los lomos dorados de los viejos libros, en busca de un título en particular. Cuando encontró el que buscaba, lo sacó del estante y lo apretó contra el pecho.

Se trataba de un pesado libro con cubiertas de cuero cuyo título rezaba: *A la conquista del mundo.*

Allie cerró los ojos.

Un mes antes, había estado allí mismo con Carter, hablando sobre un trabajo de Historia.

—Este tiene buena pinta —le había dicho él tendiéndole el libro.

En clase de Ciencias había aprendido que los objetos intercambian electrones constantemente. Si te sientas el tiempo suficiente en una silla, llega un momento en que la silla tiene todos tus electrones, y tú los de la silla.

Se lo había enseñado Jerry Cole.

Colocó las manos donde habían estado las de Carter e intentó *sentirlo* a él en el libro. Sin embargo, aparte de la firme cubierta del libro, no notó nada bajo las yemas de los dedos.

Profirió un sollozo ahogado.

¿Dónde estaba Carter? No había logrado mantenerlo a salvo.

No había logrado protegerlo.

Debía hacer algo. Pero lo perdí.

Sin soltar el libro, se dejó caer lentamente hacia el suelo y bajó la cabeza hasta las rodillas.

Carter, por favor, vive.

—¿Allie Sheridan? —Era una voz ronca, desconocida y sobria.

Allie abrió los ojos. El mundo estaba tumbado. Su mejilla reposaba sobre la áspera y vetusta alfombra persa.

Se sentó y miró a su alrededor, adormilada.

La biblioteca.

Solo recordaba vagamente cómo había llegado allí. Seguramente se había quedado dormida. Aún acunaba el libro entre los brazos.

Al final de la hilera de libros, vio a uno de los guardias de Raj con una expresión inescrutable.

—Isabelle le Fanult quiere verla en su despacho.

—Conque sí, ¿eh? —Ya bien despierta, Allie se frotó los soñolientos ojos con el dorso de la mano—. Pues quizás a mí no me interese hablar con ella ahora mismo.

El guardia abrió la boca y luego volvió a cerrarla. Era evidente que no se esperaba esa respuesta.

—Ha dicho que... ¿es importante? —dijo el hombre en tono de duda.

Siempre es importante, le habría gustado espetarle.

Pero no lo hizo. No era justo pagarlo con él; no era culpa suya. Ni siquiera sabía cómo se llamaba aquel hombre.

Allie suspiró y movió la mano para indicarle al guardia que podía marcharse.

—Está bien. Iré a verla.

Incapaz de ocultar su alivio, el guardia asintió con un breve movimiento de la cabeza y se marchó apresuradamente, antes de que ella pudiera cambiar de idea.

Allie se puso en pie. Le dolía todo el cuerpo por la pelea de la otra noche y por haber dormido en el suelo.

Se dirigió hacia el vestíbulo, toda agarrotada. A través de las ventanas todo estaba oscuro. La noche había caído mientras ella dormía. La cabezadita debía de haber durado varias horas.

A llegar al pie de la gran escalinata, giró hacia la puerta del despacho de

Isabelle, disimulada tras un elaborado revestimiento de madera labrada. Se detuvo y respiró hondo. Cuando calmó los nervios, llamó.

—Adelante.

La puerta se abrió con solo empujarla levemente. La directora estaba sentada a su escritorio frente a un ordenador portátil.

Isabelle la miró brevemente.

—Toma asiento, por favor.

Su rostro no dejaba traslucir nada.

Un antiguo escritorio de caoba presidía el pequeño despacho. Frente a él había dos grandes butacas de cuero. Allie eligió la que le quedaba más cerca y se sentó en el borde.

Isabelle tecleaba con dedos ágiles y seguros, con los ojos fijos en la pantalla. Había cambiado el equipo de la Night School por unos pantalones de sastre y una blusa de seda blanca. Sobre los hombros llevaba un cárdigan. No se la veía tan pálida como antes. En realidad, a primera vista parecía casi… normal.

Los minutos pasaron y la directora no dejó de teclear, por lo que Allie supo que le estaba mandando un mensaje. Isabelle quería recordarle quién mandaba allí.

Durante la espera, Allie miró a su alrededor. Todo estaba como siempre: en la pared, bajo un gran tapiz con una romántica representación de un caballero con una doncella y un corcel blanco, había una hilera de armarios bajos.

Por fin, Isabelle terminó lo que estaba haciendo. Cerró el portátil con un decidido clic y se reclinó en su asiento, mirando a Allie fijamente con sus fieros ojos de leona.

—Raj y Dom están trabajando sin parar para descubrir adónde se ha llevado Nathaniel a Carter —dijo sin más preámbulos—. Quiero que seas la primera en saber que creemos que está vivo.

Había algo en la soberana simplicidad de aquella última frase que desarmó a Allie. Presionó las yemas de los dedos contra los párpados.

Está vivo. Está vivo…

Isabelle esperó un momento antes de proseguir.

—Créeme cuando te digo esto: vamos a traerlo de vuelta. Y Nathaniel pagará por lo que pasó anoche. Superaremos esto. Y volveremos a empezar.

El tono de la directora era frío como el hielo, y Allie, para su propia sorpresa, la creyó.

Puede que los hubieran derrotado en Londres, pero una cosa estaba clara: Isabelle no pensaba rendirse. De eso nada.

La lucha no había terminado.

Allie dejó caer las manos en el regazo y levantó la vista.

—¿Dónde está?

—Todavía no lo sabemos, pero estamos escuchando las conversaciones de Nathaniel y tenemos motivos para pensar que Carter y los dos guardias están retenidos en algún lugar a las afueras de Londres. Sospecho que Nathaniel quiere utilizarlos como moneda de cambio.

Isabelle sonaba furiosa. Pero Allie estaba extática. Si Carter estaba vivo, podía enfrentarse a todo lo demás.

Su explosión de optimismo llegó de la mano de un sentimiento de culpa instantáneo por cómo había tratado a Isabelle aquella mañana. La retahíla de crueldades que le había soltado la asaltó como una avalancha.

El enemigo era Nathaniel. No ella.

—Oye... —vaciló—. En cuanto a lo de esta mañana...

Isabelle alzó de repente la mano y detuvo a Allie.

—No sigas, por favor —dijo—. No ha sido culpa tuya. No lo he gestionado bien.

Pero Allie no estaba dispuesta a aceptarlo.

—Me he equivocado —dijo Allie—. Fue una noche horrible y sucedieron cosas espantosas, pero sé de sobra que... —Hizo una pausa antes de terminar—. Sé que tú también lo quieres.

Unas gotas de color tiñeron las mejillas de Isabelle; única señal de la oleada de emociones que, sospechaba Allie, estaba reprimiendo.

—Sí, claro que lo quiero —dijo la directora—. Muchísimo. Y con tu ayuda lo traeremos de vuelta. ¿Lucharás conmigo, Allie? ¿Por Carter?

Allie no lo dudó.

—Sí.

Isabelle se puso en pie, rodeó el escritorio y se sentó junto a ella en la otra butaca. De cerca, Allie pudo ver la tensión en su cara. Tenía los ojos enrojecidos y cercados de sombras. Aunque también una expresión determinada.

—Allie, puede que algunas veces no haya sabido darme cuenta de que esta lucha es tan tuya como mía. Di por supuesto que eras demasiado joven para involucrarte en algo así... En luchar contra Nathaniel —dijo—. No volveré a cometer ese error. Tú estás en el centro de esto. Tienes derecho a decidir qué ocurre con tu propia vida. Y tienes derecho a saber cuáles son mis planes.

Isabelle respiró hondo.

—Voy a abandonar la Organización. Y Cimmeria. Y me gustaría que me acompañaras.

La noticia sentó a Allie como un puñetazo en el estómago. Sintió que le faltaba el aire. Se sintió traicionada.

Abandonada.

Las lágrimas amenazaban con brotar. Durante un segundo fue como si la boca no le funcionara.

—¿Te... te vas?

—Tenemos que hacerlo, Allie —dijo Isabelle suavemente—. Tú y yo. Raj... Todo el mundo. No importa lo que esté por llegar, debemos abandonar la Academia Cimmeria. No podemos esperar a que Nathaniel nos eche de ella. Podemos marcharnos de aquí por nuestra cuenta. Y eso es lo que pienso hacer.

A Allie se le cayó el mundo a los pies.

¿Tengo que perderlo todo?

Quería salir corriendo de aquella habitación y no regresar jamás. Quería acurrucarse en un rincón a oscuras y lamerse las heridas.

Pero se obligó a quedarse donde estaba.

—No lo entiendo —dijo con la voz turbada por las ganas de llorar—. ¿Adónde irás?

Isabelle no respondió de inmediato. Acarició la mesa de caoba pulida con cara pensativa.

—¿Te he contado alguna vez que heredé este escritorio de mi padre?

Allie negó con la cabeza, confusa con el giro que había dado la conversación. Sabía que Isabelle y Nathaniel tenían el mismo padre, pero madres distintas. Sabía que habían crecido juntos y que su padre se lo había dejado todo a Isabelle, aun cuando Nathaniel era el primogénito.

Pero conocía muy poco sobre la vida familiar de Isabelle.

—Lo dejó en su testamento. —La voz de Isabelle era suave—. Estuvo en su despacho toda la vida. Antes había pertenecido a su padre. Y mi padre me lo dejó a mí.

Presionó ambas manos contra el escritorio. En sus ojos destelló una ira reprimida.

—No quiero que mi hermanastro se acerque a este escritorio. No soporto la idea de que se quede con mi colegio. —Alzó las manos—. Pero la pura verdad es que ha ganado, así de simple. Y tenemos que empezar a pensar de qué manera queremos perder.

Allie alzó la voz, estaba demasiado horrorizada y enfadada para ser diplomática.

—*No*, Isabelle. Ni se te ocurra decir eso. Esto no se ha acabado. Todavía no. No podemos rendirnos. No pienso permitírtelo. No después de lo que nos ha hecho Nathaniel. No después de lo de Jo. No después de lo de Carter.

Poner en la misma frase aquellos dos nombres, aquellos dos destinos, le resultó muy duro. Pero estaban sincerándose. E Isabelle sabía cómo se sentía Allie.

—Oh, querida, ¿por qué me tienes tan poca fe? —La directora se echó hacia atrás en la butaca y la observó con una melancólica media sonrisa en el rostro—. Si hay algo que Lucinda y yo no hemos conseguido enseñarte es cómo se puede ganar perdiendo. Creo que ahora no te quedará más remedio que aprender esta dolorosa lección.

—No tengo ni idea de sobre qué estás hablando —le espetó Allie. No estaba para juegos de palabras. Tenía que conseguir que Isabelle no se rindiera.

—Entonces permíteme que te lo explique. —La directora le sostuvo la mirada—. Primero, cuando abandonemos el colegio, perderemos. Lo asumo. Lo que no has entendido es que no voy a rendirme. Voy a empezar de nuevo.

Allie frunció el ceño.

—¿Qué quieres decir?

—Cerraremos la Academia Cimmeria —explicó la directora—. Y volveremos a abrirla, con los mismos profesores y alumnos, en otro lugar. Lejos de aquí.

Allie se había quedado de piedra.

—¿Qué? ¿Quieres cambiar el colegio de sitio?

—Efectivamente. Sí.

—Pero... ¿Cómo? ¿Adónde iríamos?

—Contamos con un gran apoyo en el extranjero, y hay muchas ubicaciones posibles. En los Alpes suizos hay un precioso colegio antiguo. Es un lugar muy bonito, en las montañas. Era un internado victoriano. —Isabelle desvió la mirada hacia el escritorio de su padre—. Puedo imaginarnos allí.

Allie quiso protestar pero, pensándolo bien, la idea era bastante buena. Sería una salida fácil. Un final a los enfrentamientos. Y un nuevo comienzo. Aunque el plan tenía algunos fallos.

—¿Y Nathaniel no nos seguiría?

La directora se encogió de hombros.

—Puede que sí. Y puede que no. Verás, si abandonamos Orión y Cimmeria voluntariamente, no tendrá motivos para perseguirnos.

—Entonces habrá ganado —dijo Allie secamente.

—Eso es lo que queremos que piense. —Isabelle le dirigió una mirada cargada de significado—. En cuanto estemos fuera de su alcance, encontraremos el modo de debilitarlo. Destruiremos todo aquello que construya. Lo derrotaremos.

Allie dejó escapar un suspiro que no sabía que estaba aguantando. De repente, se había quedado atontada.

—Entonces seguiremos con la misma guerra.

Isabelle negó enfáticamente con la cabeza.

—No, Allie —dijo—. Comenzará una nueva lucha. Por el bien de todos. Y con nosotras al volante. —Se echó hacia adelante—. Eso es lo que quiero decir con perder de forma inteligente. Un día volveremos, y ganaremos.

Allie odiaba lo plausible que sonaba aquello. En aquellos momentos no soportaba la idea de que la guerra con Nathaniel continuara, incluso después de haber perdido Cimmeria. Lucinda acababa de morir, y Carter...

Allie se enderezó.

—¿Qué pasa con Carter? No estarás pensando en abandonarlo a él también, ¿verdad? Porque yo no pienso irme a ninguna parte sin él.

Isabelle alzó las manos en gesto apaciguador.

—No —contestó—. Nadie va irse a ninguna parte sin Carter. Primero vamos a recuperarlo, y luego nos marcharemos. Esa es mi prioridad ahora. Créeme. Nunca haría nada que pudiera perjudicar a Carter.

Era un buen plan. O mejor dicho, era el plan menos malo.

En cualquier caso, Allie estaba disgustada. Se le puede llamar de otra manera, pero perder es perder.

Por otra parte, largarse, empezar de nuevo... La idea resultaba muy tentadora. Sería genial olvidarse de Nathaniel, al menos durante un tiempo. Escapar de allí. Sentirse segura.

Era casi inconcebible. Y lo deseaba tanto como Isabelle.

Sin embargo, no podía ni imaginar cómo iban a explicárselo a los demás alumnos. Se los veía derrotados. Muy cansados. Si les contaba que el gran plan de Isabelle era perder, aunque fuera muy, muy bien...

Se rendirían. Del mismo modo que ella tenía ganas de rendirse ahora.

Tendrían que ingeniárselas para que los demás creyeran que perder era, en realidad, una victoria.

No llegaba ningún ruido del pasillo. El colegio estaba silencioso como una tumba, por lo que su voz sonó exageradamente alta cuando retomó la palabra.

—Tenemos que poner en marcha la Night School.

Isabelle alzó la cabeza de repente.

—¿Cómo dices?

Mientras lo decía, Allie supo que aquella era la solución.

—Habéis suspendido los entrenamientos y las clases —dijo, con creciente urgencia en la voz—. Reanudadlos. Ponednos manos a la obra a todos. De inmediato.

La directora estaba atónita.

—Allie, después de lo que le ha sucedido a Lucinda, creo que todos necesitamos unos días para llorar su muerte.

Pero cuanto más lo pensaba, más segura estaba Allie de que aquello era lo correcto. Estar de brazos cruzados solo les hacía sentirse desesperados.

—¿No te das cuenta? No necesitamos tiempo para *llorar*. Lo que necesitamos es volver al trabajo. Cuando trabajamos, cuando nos entrenamos para la Night School, nos sentimos poderosos. Mejor dicho, lo somos. —Inspiró—. Además, si queremos recuperar a Carter, no hay tiempo que perder. Tenemos que empezar ya.

Por lo visto, Isabelle tenía sus dudas.

—Pero los profesores están agotados, y la moral del alumnado está por los suelos...

Allie no titubeó.

—Pues deja que los profesores descansen esta noche. Y mañana, que vuelvan a clase. Los alumnos están deprimidos porque creen que hemos perdido. Peor aún —dijo Allie—: Creen que nos hemos rendido. Debemos hacerles entender que la lucha continúa. Que aún hay esperanza. Porque la hay.

CINCO

A la mañana siguiente, cuando bajaba a desayunar, Allie advirtió un aviso escrito a mano que colgaba de la puerta del comedor.

A partir de las 9 de la mañana, se reanuda el horario habitual de las clases. Conforme al Reglamento, todos los alumnos deben asistir a clase. La Night School se reanudará a las 8 de la tarde. De ahora en adelante, será obligatorio que TODOS los alumnos de la Academia Cimmeria tomen parte en los entrenamientos de la Night School.
NO HABRÁ EXCEPCIONES.

—¿Qué es eso?

Katie apoyó la cabeza en el hombro de Allie y leyó la nota.

—*Será obligatorio que TODOS los alumnos de la Academia Cimmeria...* —dijo en voz alta y con creciente alarma en la voz.

—No para *mí,* desde luego. —Miró a Allie; su cara era de pura incredulidad—. No pueden estar refiriéndose *a mí.*

Aunque ahora eran amigas y Allie sabía que debía mostrar su empatía, sonrió y entró en el comedor.

De repente, se le había abierto el apetito.

Katie le pisaba los talones. Estaba tan histérica que alzó la voz.

—Ser de la Night School es *voluntario.* Siempre lo ha sido. No pueden forzarte a que te apuntes. Ni esto es el ejército, ni pueden llamarme a filas.

Rachel y Nicole ya estaban sentadas a la mesa de siempre. Se acercaron a ellas mientras Katie seguía quejándose.

Al ver la expresión de satisfacción de Allie y la indignación de Katie, Rachel arqueó las cejas.

—Ah. Ya habéis leído el aviso.

Katie volvió su atención hacia Rachel.

—Rachel, no pueden obligarme a que me una a la Night School, ¿verdad? —imploró—. Seguro que hay alguna ley que lo impide. Libertad de... ir a tu aire. Algún tipo de protección. Derechos humanos. Yo soy humana, ¿no?

Allie resolló. Rachel chasqueó los labios.

—Pues...

—Ay, Dios. —Katie se desplomó en una silla junto a Nicole, en cuyo cabello, largo y oscuro como tinta derramada, se reflejaba la luz.

Nicole le dio unas palmaditas en la espalda.

—Creo que la Night School se te dará bien.

—Por supuesto que se me dará bien. —La pelirroja la miró de soslayo—. Pero no me da la gana. Hablaré con Zelazny. Él se encargará de parar esta locura. —Saltó de la silla y atravesó a toda prisa la sala, seguida por su coleta cobriza.

—Pobre Zelazny —murmuró Rachel viendo cómo Katie se alejaba y desaparecía más allá del umbral.

—Sabrá cómo manejarla—dijo Allie.

Los ojos canela de Rachel escudriñaron el rostro de Allie.

—Tienes mejor aspecto. ¿Has podido dormir?

De hecho, tras la charla con Isabelle, y por primera vez en varios días, había dormido en una cama de verdad y en condiciones.

—Hablé con Isabelle —dijo Allie—. Limamos asperezas.

—¿Te has enterado de algo más? ¿Hay noticias de Carter?

Allie puso al día a Rachel. Pero su amiga asimiló la información con menos alegría de lo esperado.

—¿Pero no tienen nada en concreto? —Rachel arrugó el entrecejo—. ¿No saben dónde está?

Las dudas de Rachel deshincharon en el acto el ánimo de Allie. Era una de sus amigas más inteligentes. Si ella no confiaba en que Carter estuviera bien...

Pero ahora no quería pensar en eso.

—En cualquier caso —prosiguió, decidida—, le dije a Isabelle que deberíamos volver al trabajo.

Nicole se inclinó hacia adelante.

—¿Eres tú la responsable de que empiecen las clases?

—¿Ha sido ella? —Zoe se acercó a la mesa acompañada de Lucas—. ¡Bien hecho, Allie!

Zoe subrayó su felicidad dando una patada en el aire y por poco golpea una mesa vecina en la que había unos alumnos más jóvenes. Allie no había reparado en su presencia hasta que los vio agacharse.

—No te cargues a los pequeños —la reprendió Rachel suavemente.

Zoe parpadeó como si ella también acabara de darse cuenta de que existían.

—Hola, Zoe —dijo tímidamente uno de los chicos de la mesa, de piel aceitunada. Llevaba gafas, su cabello era oscuro y ondulado, y miraba a Zoe con evidente admiración.

Ella se lo quedó mirando, indiferente, hasta que el chaval se ruborizó y volvió a centrarse en su desayuno.

—Quien haya sido, es mi héroe. —Lucas simuló dar un puñetazo a Zoe que, a su vez, se lo devolvió rápidamente, aunque de verdad.

Lucas se agarró el brazo.

—¡Ay! Maldita sea, Peque —se quejó—. Tienes que aprender a controlarte.

—No me llames Peque —respondió Zoe, sin una pizca de arrepentimiento.

—O sea que esta noche empieza la Night School. —Rachel levantó la voz en un intento de restablecer el orden—. Y ahora todos los alumnos que quedan estarán ahí. Y también todos los profes. ¿Cómo será?

Una sonrisa de determinación se dibujó lentamente en el rostro de Allie.

—Será un comienzo.

Allie salía a toda prisa de clase cuando alguien la llamó. Al darse la vuelta, vio que se dirigía hacia ella una mujer joven, con gafas y el cabello largo y oscuro recogido en un moño.

—¡Eloise! —Allie corrió hacia la bibliotecaria y la abrazó—. Estás bien.

Eloise era la instructora más joven de la Night School, la que más se acercaba a su edad. Los alumnos siempre habían acudido a ella con sus problemas, pues era quien mejor podía recordar cómo era eso de tener diecisiete años.

Sin embargo, el estrés del último año la había cambiado, parecía mayor. Nadie la habría tomado por una alumna ahora.

—Estoy bien. —Sus dulces ojos recorrieron la cara de Allie y repararon en los puntos, casi invisibles, que tenía en el nacimiento del pelo—. Bastante bien, por lo menos. —Su sonrisa se fue desvaneciendo—. Siento mucho lo de tu abuela.

Allie dio un paso atrás.

—Gracias —musitó. Aún no sabía cómo reaccionar a las condolencias. No sabía qué decir.

Eloise lo advirtió y no insistió.

—Dom te está buscando —dijo—. Quiere que vayas de inmediato a su despacho.

El corazón de Allie dio un vuelco.

—¿Es Carter? ¿Lo ha encontrado? ¿Está bien? —Tenía tantas ganas de saberlo que las palabras se amontonaron unas sobre las otras.

Eloise alzó una mano.

—No lo sé. Solo me han mandado a buscarte.

—Vale —dijo Allie, casi dando saltitos de los nervios—. Será mejor que me vaya.

Giró sobre sus talones y salió pitando por el pasillo, olvidándose por completo de las clases.

A lo mejor habían encontrado a Carter. A lo mejor iban a salir a buscarlo ahora mismo.

El mero pensamiento le dio alas y corrió aún más deprisa. El problema era que, en realidad, no sabía dónde estaba el despacho de Dom.

Buscó por el edificio principal del colegio en balde, antes de probar suerte con la zona de aulas. Los alumnos seguían en clase y la mayoría de puertas estaban cerradas. Como un leve rumor de fondo, oía a los profesores impartiendo sus clases, y se apresuró a subir las escaleras y registrar el siguiente piso. Pasaba lo mismo: allí no había ningún sitio adecuado para Dom.

El ático de la zona de aulas se solía utilizar principalmente para seminarios del alumnado del último curso, con lo que las salas eran más pequeñas y numerosas. A aquellas horas estaban vacías, y el lóbrego pasillo estaba en silencio. Allie se dio cuenta de que andaba de puntillas, como si no quisiera perturbar la calma. Entonces oyó el sonido amortiguado de un teclado.

Se quedó quieta y escuchó. Era un ruido arrítmico pero constante.

Siguió el sonido de aula en aula hasta que pudo oírlo con mayor claridad frente a una de las puertas. Estaba tan cerca que su oído distinguió algo más.

Música.

Llamó a la puerta.

—Pasa —dijo una voz con acento americano.

Allie entró de golpe, haciendo preguntas:

—¿Qué pasa? ¿Es Carter? ¿Lo has encontrado?

Las palabras, ahogadas, salieron atropelladamente de su boca.

—Más o menos. —Dom se levantó del escritorio que había al fondo de la habitación. Las esperanzas de Allie se disiparon al instante. La estadounidense estaba demasiado seria para tener buenas noticias.

Allie sintió una presión en el pecho.

—¿Qué quieres decir con «más o menos»?

—He oído su voz —El tono de Dom era pausado—. Está claro que está vivo. Pero… no lo encuentro.

Como Eloise, Dom era joven; se rumoreaba que tenía veintiún años, pero ya era todo un genio de la tecnología. Había fundado una empresa de software cuando aún estudiaba en Harvard y la había vendido por varios millones de dólares.

Como era exalumna de Cimmeria, había regresado al colegio para ayudarlos a lidiar con Nathaniel, pero el estilo andrógino que la distinguía la distanciaba de los docentes del colegio, más conservadores. Llevaba una camisa de una tela gruesa de color crema abotonada, unos pantalones holgados pero ceñidos en la cintura y unos zapatos de cuero calado en tono burdeos, tan pulidos que relucían. Su piel oscura y su cabello corto le daban un aire tan sofisticado que normalmente dejaba boquiabierta a Allie.

Pero en aquel momento, lo único que le importaba era Carter.

—¿Has oído su voz? —Le entraron ganas de agarrarla por los hombros y sacudirla para sacarle la información—. ¿Cómo? ¿Cuándo?

Dom retrocedió.

—Mejor acércate y cierra la puerta.

Allie hizo lo que le había dicho. El aula era ahora un amplio despacho. Habían retirado todos los pupitres y dejado la mesa de caoba del profesor, a la que Dom había añadido una moderna silla de oficina de color negro. Sobre la mesa había tres ordenadores portátiles en hilera. En una de las paredes colgaba una pantalla de grandes dimensiones. Allie creyó reconocer cuatro butacas de cuero de la sala común dispuestas alrededor de una mesa redonda, que seguramente habían sacado del comedor. El suelo estaba cubierto con una alfombra persa que tenía un dibujo de estrellas doradas.

Allie oyó el leve sonido del jazz (el discordante, no el jazz alegre típico de la Segunda Guerra Mundial) que salía de unos altavoces ocultos.

—Siéntate. —Dom señaló las sillas junto a la mesa, pero Allie negó con la cabeza. No quería sentarse. No había ido allí a *charlar*.

—Por favor, Dom. Si sabes algo, dímelo ya. —No pudo evitar el tono de súplica en su voz—. ¿Donde está Carter?

Detrás de las gafas, los ojos de Dom la miraron, comprensivos.

—Eso es precisamente lo que no sé.

Allie se sintió tan frustrada que le entraron ganas de gritar. Tuvo que esforzarse mucho en controlar el tono de voz.

—¿Qué es lo que sabes? ¿Está herido? ¿Cómo lo has oído?

—He pirateado las comunicaciones de Nathaniel. Llevo toda la noche escuchándolos. —Dom volvió rápidamente a su escritorio y comenzó a teclear rápidamente en uno de los ordenadores. Aquel era el sonido que Allie había oído desde el pasillo.

—Tienen un sistema bien protegido. Son buenos, pero... —Hizo una pausa y echó un vistazo al monitor—. Yo soy mejor.

Una voz fría reemplazó al jazz.

—Sujeto seguro. Equipo Ocho en marcha. Corto.

El sonido se entrecortaba, pero Allie lo reconoció en el acto: era Gabe.

Apretó y aflojó las manos a los costados. La última vez que había visto a Gabe, él había matado a Lucinda. Oír su voz le daba náuseas.

Era duro estar allí. Era duro saber que él seguía vivo mientras que su abuela ya no lo estaba. Pero se obligó a centrarse en los detalles. De fondo se oía el ronroneo del motor de algún tipo de vehículo, además de otras voces.

Después una segunda voz respondió a Gabe.

—Recibido, Equipo Ocho. Jefe Oro ordena verificación de las condiciones del sujeto. Corto.

Gabe contestó poco después.

—El sujeto está consciente y despierto. Condiciones buenas.

Pasados unos minutos, la segunda voz intervino de nuevo:

—Jefe Oro solicita confirmación verbal del sujeto.

Allie no sabía muy bien qué era, pero algo en aquella voz (¿quizás un ligero matiz de frialdad y disgusto?) le dijo que a aquella persona no le caía bien Gabe.

Se hizo otro largo silencio, roto de repente por una respiración áspera y el torpe manoseo de un micrófono.

Se oyó la voz de Gabe a lo lejos:

—Confirma tu condición.

Una nueva voz contestó, sarcástica, sin miedo:

—¿Y cómo diablos lo hago?

El corazón de Allie dio un vuelco. Era Carter. Habría reconocido su voz en cualquier sitio.

SEIS

—Habla por el micrófono. Dile al Jefe Oro que te tratamos bien. —Gabe hablaba sin emoción alguna. Su gélida voz era la de un soldado eficiente.

—¿Cómo? ¿Qué quieres que diga exactamente? —dijo Carter.

Se ponía terco a propósito, algo que hizo sonreír a Allie, a pesar de que le bajara una lágrima por la mejilla.

Típico de Carter.

Gabe murmuró alguna amenaza que el micrófono no recogió.

Carter se aclaró la garganta.

—Ejem... Oye, Jefe Oro. Aquí el *sujeto*. Me tratan muy bien. Si «bien» quiere decir esposado y en manos de un criminal hijo de perra que me ha metido en...

Se oyó el sonido amortiguado de un forcejeo. De repente, el micrófono se desconectó con un clic.

Segundos más tarde se oyó otro clic.

—Verificación completada. —Parecía que Gabe jadeaba ligeramente.

Espero que Carter te haya dado en toda la cara, pensó Allie.

—Recibido, Líder Ocho —respondió la voz desde el cuartel general—. Debe utilizar el Protocolo Diecisiete. Repito, Protocolo Diecisiete. Confirme que me recibe y que lo ha entendido.

—Protocolo Diecisiete. Recibido y entendido.

Las voces desaparecieron.

Allie se enjugó las lágrimas de las mejillas con el dorso de la mano e inspiró temblorosamente.

—¿Cuándo lo has grabado?

—Anoche —dijo Dom—. Poco después de las tres de la madrugada. Desde entonces he intentado localizar su origen, pero sin mucha suerte. Lo dicho... son buenos.

—¿Qué ocurría exactamente? —Allie intentaba hacerse una idea de lo que acababa de oír—. ¿Adónde lo llevaban?

—Creemos que lo trasladaban del lugar donde estaba retenido a otro sitio. Alguien, seguramente Nathaniel, supervisaba cómo se encontraba Carter y su ubicación.

—¿Hay más? —preguntó Allie esperanzada—. ¿Más de Carter?

Dom negó con la cabeza.

—Eso es todo lo que tenemos. La demostración a Nathaniel de que Carter estaba vivo y bien. —Se miraron mutuamente—. Aunque eso por sí solo ya resulta bastante interesante. Sugiere una falta de confianza entre Nathaniel y sus lugartenientes, cosa que concuerda con lo que Isabelle vio durante el enfrentamiento en Hampstead Heath, o sea, Gabe apuntando a su jefe. —Dom se recostó en el asiento—. Está claro que ahí pasa algo.

Allie se sentó en una silla cercana. Necesitaba procesarlo todo, pero su cerebro seguía con su celebración particular (*¡Carter está vivo! ¡Carter está vivo!*).

A pesar de ello, lo último que había oído la tenía lo suficientemente intrigada como para no perder la concentración.

—¿Qué es el Protocolo Diecisiete?

Su pregunta había dado en el clavo. Dom le dirigió una mirada aprobatoria.

—Llevamos discutiéndolo todo el día. Suponemos que es un protocolo de tratamiento de personas, como el que usamos con Jerry Cole. Si consiguiera colarme en el sistema de Nathaniel, tendríamos más información. —Dom se pasó una mano cansada por el pelo—. La seguridad que tienen es la leche. Voy a necesitar más tiempo y ayuda.

—¿Pero dónde está? —Allie no podía ocultar su frustración—. ¿Están en Gran Bretaña por lo menos?

Las palabras de Dom habían dejado a Allie vacía. Desde el momento de la grabación, podían haber metido a Carter en un jet privado y haberlo mandado al otro lado del charco. Nathaniel tenía recursos. No había nada que no pudiese hacer.

Dom debió de leer la desolación de Allie en su cara porque abandonó el escritorio y se acercó a ella.

—Oye —dijo con inusual dulzura—. Solo quédate con esto: Carter está bien. Y vamos a recuperarlo. Tienes que ser optimista, ¿vale?

Sabía que Dom tenía razón, pero oír la voz de Carter había sido una dulce tortura. Lo había sentido tan cerca... Casi podía tocarlo.

Y ahora había vuelto a desaparecer.

Allie se mordió el labio con tanta fuerza que se hizo daño. Luego asintió.

—Intentaré ser más paciente.

Para su sorpresa, Dom negó con la cabeza.

—Nada de ser paciente. A la mierda con eso. Enfádate. Canaliza tu rabia para que te ayude a pensar con claridad. Eso es lo que ahora necesita de ti Carter.

Aquella noche, los estudiantes más antiguos llegaron temprano a la Night School. No podían esperar más. Querían empezar el entrenamiento cuanto antes.

Ahora todo era distinto.

Cuando Allie les contó a los demás que había oído a Carter, Rachel y Zoe la derribaron de un abrazo.

Lucas se había alejado del grupo para recuperar la compostura. Allie creyó ver lágrimas de alivio en los ojos del chico.

Los ánimos del colegio eran otros. Había una especie de energía sostenida que casi podía palparse en el ambiente.

Todos querían ganar. Aunque solo fuera esta vez.

Allie decidió no contarles lo que había hablado con Isabelle. Antes necesitaban creer en su propia fuerza. Necesitaban creer que podían vencer. Si se lo contaba ahora, les deshincharía el ánimo en el peor momento.

Aunque algo rezagada, Katie bajó por primera vez las escaleras con ellos.

Al final parecía que Zelazny no la había ayudado a escaquearse de la Night School.

El vestuario de las chicas era un sencillo receptáculo blanco con un banco de madera sobre el que había una hilera de colgadores. De cada gancho colgaba, como un velo negro, el equipo de entrenamiento de la Night School. Sobre cada colgador había un nombre.

Katie estudió la sala con evidente disgusto.

—¿Y venís cada noche aquí... por voluntad propia?

—Es genial —trinó Zoe, que había empezado a cambiarse sin esperar a nadie. Cuando se quitó la blusa blanca del uniforme, Allie reparó en los oscuros moretones que había en su diminuta espalda.

Allie inspiró bruscamente.

—¡Zoe! ¿Eso te lo hicieron en Londres?

Zoe retorció el cuerpo y se miró en el espejo de la pared.

—Sí. Un capullo vino a por mí. Lucas me lo quitó de encima de una patada.

Se la veía encantada.

Pero Allie se quedó inmóvil durante un buen rato, mirando las marcas en la espaldita de Zoe. Sus delicados hombros, las pequeñas vértebras de su columna. Parecía tan frágil...

Apretando los labios, Allie se volvió hacia su propio colgador y empezó a cambiarse de ropa.

Todos tenemos heridas, se recordó.

En el espejo, su mirada coincidió con los oscuros y expresivos ojos de Nicole. Se dio cuenta de que la francesa entendía cómo se sentía.

Aquello era cada vez más difícil de soportar.

—¿Y qué se supone que tengo que hacer yo? —Katie seguía parada en medio del vestuario—. ¿Debería cambiarme o pasear elegantemente por la sala y ofrecer mis muy necesarios consejos de estilo?

Zoe abrió la boca para responder, pero Allie no le dio oportunidad de hacerlo.

—Cámbiate —dijo rotundamente—. Ahora eres de los nuestros. —Cogió unas mallas negras y la camiseta a juego que colgaba del gancho con el nombre de «Jules Matheson» y se los tendió a Katie—. Las zapatillas están debajo del banco. Coge unas de tu talla.

Katie, apesadumbrada, aceptó la ropa y asintió en silencio.

Allie siguió vistiéndose, aunque por el rabillo del ojo comprobó cómo la pelirroja se cambiaba. Advirtió lo nerviosa que estaba por la tensión en su mandíbula y por cómo se ponía la camiseta torpemente sobre un carísimo sujetador de encaje.

Sabía que aquello no era fácil para Katie; su actitud arrogante era pura fachada. Pero, por su propio bien, tenía que hacerlo sí o sí.

Minutos más tarde, cuando entraron en la sala de entrenamiento, Allie se rezagó y susurró al oído de Rachel:

—No le quites ojo a Katie.

Rachel, que se había incorporado a la Night School recientemente, asintió.

—Me ocuparé de ella.

La Sala de Entrenamiento Uno era pequeña y fea, con paredes de piedra gris, una iluminación mortecina y suelos forrados con tatamis de color azul. Allí dentro el aire olía permanentemente a sudor.

Lucas ya había llegado. El pequeño grupo de estudiantes hizo un corrillo y empezó a estirar, mientras hablaban en voz baja.

Allie giró sobre sí misma lentamente y observó la habitación desierta. En su primer entrenamiento, la sala estaba repleta de estudiantes de la Night School. Los mejores y más brillantes de Cimmeria. Unos cincuenta. Puede que más. Hoy solo eran seis.

Y una era Katie Gilmore.

Llegaron otros chicos, pero la mayoría eran nuevos en la Night School. Empezarían con los ejercicios de base. Nadie los habría confundido con los estudiantes avanzados.

La mayor parte de los estudiantes de la Night School habían abandonado el colegio tras el primer ultimátum de Nathaniel, en el que había obligado a los padres a elegir entre él y Lucinda. Casi todos lo habían elegido a él.

Seguramente habían tomado esa decisión por miedo, pero ahora poco importaba el motivo. El efecto era el mismo. Un colegio vacío y una sala de entrenamiento desierta.

—¿Quiénes serán nuestras parejas? —preguntó Zoe. Su voz resonó en el silencio.

A Allie se le encogió el corazón. Claro, con la ausencia de Carter y Sylvain tenían que reorganizarse. Debían encontrar un sistema diferente. De repente, la situación le pareció abrumadora. Todo era un desastre. Lo que pensaban que duraría para siempre se estaba haciendo añicos a su alrededor.

Los demás la miraban como si ella supiese la respuesta. Allie se los quedó mirando, cada vez más aterrorizada.

No sé cómo hacer esto, pensó. ¿Cómo vamos a seguir con tan poca gente? Esto ya no es la Night School. Esto no es nada.

A Nicole se le ocurrió una solución.

—En mi opinión, Rachel y Katie deberían entrenar juntas —dijo señalando a las dos novatas—. Zoe, tú irás con Lucas. Y yo con Allie.

Lucas golpeó suavemente el hombro de Zoe.

—Venga, enana. A ver de qué pasta estás hecha.

—No me llames *enana*. —Sin apenas esfuerzo, Zoe se puso en pie de un brinco y le dio una patada. Esta vez Lucas se agachó y esquivó el golpe.

Los ejercicios de lucha aligeraron los ánimos y pronto el grupo se había dividido en parejas. Mientras trabajaban en técnicas de defensa personal que ya habían practicado antes del parlamento, Rachel le enseñó a Katie los movimientos básicos.

En cuestión de minutos, la sala se caldeó. Se olvidaron de lo vacío que estaba aquello, de lo pocos que eran. Lucharon en serio, sudaron, se cansaron. Ni siquiera se dieron cuenta de que la puerta se abría.

—Esto... chicos.

Algo en la voz de Rachel hizo que se detuvieran y miraran hacia la entrada.

En un extremo de la sala, junto a la puerta, se arremolinaba un grupo de estudiantes jóvenes, que los miraban con los ojos como platos.

Uno a uno fueron advirtiendo lo que sucedía, así que dejaron de luchar y se volvieron a mirar a los nuevos.

—¿Qué les pasa a estos? —Zoe miró con ojos críticos al grupo de muchachos jóvenes—. ¿Qué hacen ahí parados?

—Creo que los has asustado —dijo Katie, que saludó alegremente con la mano—. Adelante, pequeños, adelante. Bienvenidos al infierno. No tengáis miedo.

—Muy bien, Katie —dijo Rachel—. Tú asústalos más.

—¿Qué pasa aquí? —Zelazny se abrió paso entre el grupo de novatos—. Muévanse. Muévanse. No bloqueen la entrada. Que no muerden. Repártanse.

Con evidente reticencia, los jóvenes dieron uno o dos pasos hacia el centro de la habitación y, aún hechos una piña, examinaron con desconfianza aquel nuevo universo. La mayoría tenía entre doce y catorce años, pero algunos eran todavía más jóvenes.

Allie se sorprendió mirándolos fijamente. Se los veía tan *pequeños*...

Segundos más tarde, llegaron Eloise y Raj con un grupo de guardias.

También fueron entrando otros profesores.

Allie y los demás estudiantes más experimentados se quedaron de pie en el fondo de la habitación, de brazos cruzados y observando la multitud que iba en aumento, mientras Zelazny y los otros instructores se colocaban en el centro.

Se notaba que el profesor de Historia estaba como pez en el agua.

—Me alegra ver que los estudiantes avanzados han llegado temprano —dijo señalando hacia el grupo de Allie—. Bienvenidos, cadetes. No tardarán en ver que aquí se trabaja muy duro. Vamos a exigirles a ustedes mucho, pero también les enseñaremos a defenderse. Y a *pelear*.

Paseó a lo largo de toda la sala y estudió las caras de los nuevos, que a su vez lo miraban con cautela.

—Será mejor que empecemos con una demostración de lo que saben hacer los alumnos avanzados.

El profesor cruzó la sala y se acercó a Allie y Nicole. Luego dijo en voz baja:

—Lo de la semana pasada, el giro y escape. Repítanlo, pero despacio, para que vean cómo funciona.

Lo hicieron paso por paso con facilidad. Nicole lanzaba las patadas, y Allie bloqueaba los golpes cogiendo el pie de la otra cuando se lo acercaba a la cara y retorciéndoselo. Nicole esquivaba el movimiento llevando el antebrazo a la garganta de Allie.

Los nuevos parecían impresionados y aterrorizados a partes iguales.

El resto de estudiantes avanzados aplaudió sarcásticamente.

—Muy bien. —Zelazny se había vuelto hacia los novatos—. No empezaremos con algo tan complicado como eso. Creo que antes tenemos que trabajar su condición física. Como se suele decir, empezaremos por el principio.

Durante la hora que siguió, Eloise y Zelazny trabajaron estiramientos y abdominales con los nuevos, mientras que Raj y sus guardias enseñaron a los estudiantes mayores complicados movimientos de krav magá y de artes marciales.

Allie agradeció el movimiento. Aunque tenía el cuerpo agarrotado desde el enfrentamiento en el parque, sus músculos le pedían a gritos que los ejercitara.

Pasado un rato, Allie y Nicole descansaron y se apoyaron en la pared. A su lado, Rachel y Katie practicaban un sencillo giro con patada. A Rachel le costaba un poco; por el contrario, la pelirroja se movía con gracilidad. Dio un salto en el aire y aterrizó sobre los pies con la agilidad de una gata.

Nicole y Allie intercambiaron miradas de sorpresa.

—¿Pero qué diablos...? —murmuró Allie.

Bajo su atenta mirada, Katie ejecutó nuevamente el movimiento, que salió perfecto por segunda vez.

En la cara de Nicole se dibujó una sonrisa de comprensión.

—Claro. Se me había olvidado que estudiaba danza —dijo, y su acento francés subrayó cada palabra—. Tiene facilidad para estas cosas.

A pocos pasos, Zoe y Lucas practicaban lucha rápida (hacían los mismos movimientos que el resto, pero a mayor velocidad). Allie sabía que intentaban comprobar lo rápido que eran capaces hacerlo sin saltarse un paso o acabar en el hospital.

Raj se acercó silenciosamente a Allie por detrás.

—Iba a detenerlos —dijo—. Pero mira lo bien que se lo pasan.

Los ojos de Allie exploraron su expresión.

—¿Algo nuevo de Dom? ¿Se sabe algo de Carter?

—Todavía no. Pero estamos trabajando en ello.

En aquel momento, Zelazny dio una palmada para llamar la atención de todos. Su voz tronó en toda la sala:

—A correr cinco kilómetros. Lucas y Zoe. —Se volvió hacia los dos muchachos que se habían detenido a media pelea, todavía con los puños en alto—. Ustedes irán en cabeza —y añadió—: Ni se les ocurra perder a nadie por el camino.

Zoe salió disparada por la puerta. Lucas sonrió a Allie y la adelantó.

—No te preocupes —dijo el chico—. No dejaré que la enana les haga daño.

—Espero que Zelazny sepa lo que se hace. —Allie se volvió hacia Raj, pero ya se había marchado.

Nicole tampoco estaba. Hablaba con Rachel, cuyo rostro se iluminó en el acto cuando Nicole le susurró algo.

Al verlas juntas, una puñalada de soledad se clavó en el corazón de Allie. Se las veía muy unidas, siempre estaban juntas. También ella y Rachel estaban unidas, claro, pero… no así.

—Allie —Katie hizo un gesto con la mano para llamar su atención.

Resultaba irritante cómo conseguía estar guapa sin ningún esfuerzo incluso en un momento como aquel. El ejercicio hacía que le brillaran las mejillas, y la coleta, que le llegaba hasta los hombros, rebotaba formando tirabuzones cobrizos.

—Eso de correr…. —Katie le dirigió una mirada pícara—. ¿Yo también tengo que hacerlo?

Allie puso los ojos en blanco.

—Le vas a poner pegas a todo, ¿verdad?

—Por supuesto.

Allie la cogió del brazo y la arrastró hasta el sombrío corredor.

—Mira, todo lo que hagamos aquí también vale para ti.

—Dios. Correr es un aburrimiento —se quejó Katie.

En aquel instante, el claro acento de clase alta de la pelirroja le recordó tanto a Jo que a Allie le dolió el pecho.

—Es un aburrimiento hasta que alguien te persigue —dijo—. Lo cual, en este colegio, está casi asegurado. Vamos.

SIETE

Para cuando Allie y Katie salieron al claro de luna por una de las muchas puertas ocultas del caserón victoriano que era el colegio, el resto de estudiantes había desaparecido.

A Allie no le gustó nada aquello, se suponía que el grupo no debía separarse. Sobre todo teniendo en cuenta que era la primera carrera de los nuevos. Solo cabía esperar que Zoe y Lucas los mantuvieran juntos.

Katie miró alrededor.

—¿Adónde vamos ahora?

—Cogeremos la ruta de siempre.

Katie alzó sus manos de manicura perfecta.

—¿Que es…?

—Que es *sígueme.* —Allie echó a correr a toda velocidad y Katie salió tras ella quejándose por lo bajo, mientras atravesaban la suave extensión de césped.

Al alcanzar el bosque, la luz desapareció. Allie conocía los senderos del bosque como la palma de su mano, pero Katie no. Casi de inmediato, en su intento por mantener el ritmo, tropezó con las raíces de un árbol y casi se cae.

Después de eso, y muy a su pesar, Allie aflojó el paso. Era una noche tranquila, solo se oían el áspero sonido de sus respiraciones y sus pasos sobre el duro terreno.

Allie miró de reojo a Katie. Se movía con naturalidad y gracia, pero ya le costaba respirar.

Sintiéndose observada, Katie la miró; el verde de sus ojos destelló en el crepúsculo.

—¿Ya hemos llegado?

Allie resolló.

—Qué más quisieras. Acabamos de empezar.

Seguían sin ver a ninguno de los otros. Allie entornó los ojos y buscó en la oscuridad que había ante ellas alguna señal de que andaban cerca. Pero estaban solas.

—¿Podemos… ir más… —Katie jadeaba fuertemente— despacio?

A regañadientes, Allie se resignó a no alcanzar al resto, aminoró el paso y trotó suavemente.

—Gracias —dijo Katie con la respiración entrecortada y agarrándose un costado—. Me… muero.

Tenía la cara muy roja.

—En realidad vas muy bien —dijo Allie—. Deberías haberme visto en mi primera salida. Casi me desmayo. Menos mal que Carter…

La frase murió en sus labios. Decir su nombre en voz alta le recordó dónde se encontraba él en aquellos momentos.

Le dolió como un puñetazo.

Sorprendentemente, Katie la miró comprensiva.

—Oye, seguro que él está bien.

—Ya lo sé —dijo Allie bajito.

—Nathaniel tendrá sus razones para tenerlo retenido —dijo Katie—. No hace las cosas únicamente porque sea un capullo. Es demasiado listo para eso. Si hace algo, es porque cree que aumenta sus posibilidades de éxito. Sabe lo que sientes por Carter, así que lo quiere vivo. Para Nathaniel, Carter es un arma.

Si con eso pretendía animar a Allie, había fracasado estrepitosamente.

Nathaniel era despiadado. Y Carter era su navaja.

Allie necesitaba urgentemente que Katie dejara de intentar levantarle el ánimo.

—Creo que he visto a Rachel y a Nicole allí delante —dijo—. A ver si las atrapamos.

Allie apretó el paso.

A su espalda, Katie se quejó:

—Oh, mierda.

A partir de ese momento, Allie adoptó un ritmo lo bastante rápido como para que a Katie le faltara el aliento y no fuera capaz de hablar.

Al final, cerca del viejo muro de piedra que rodeaba la capilla, se encontraron a las dos chicas. Cuando Allie y Katie las alcanzaron, Rachel había parado a retomar el aliento y Nicole, fresca como una rosa, la esperaba pacientemente en el claro de luna.

Katie deslizó la espalda por el muro y se dejó caer al suelo junto a Rachel. El sudor le bajaba por la cara.

—No… puedo… respirar —jadeó.

—Ya somos dos. —Rachel parecía exhausta.

Allie se volvió hacia Nicole.

—¿Habéis visto a Zoe y a Lucas?

La francesa negó con la cabeza.

—Creo que han tomado otra ruta.

—Y vamos muy rezagadas por mi culpa. —Rachel, agarrotada, se puso en pie y presionó el pie contra el muro para estirar la pierna—. Para variar.

Nicole sonrió con indulgencia.

—No es ninguna carrera.

En realidad sí que era algo parecido a una carrera, pero habría sido muy borde decirlo, de modo que Allie se limitó a apuntar:

—Deberíamos ir tirando.

Bajó la vista hacia Katie, que estaba encorvada sobre sus piernas estiradas y presionaba el rostro contra las rodillas sin demasiado esfuerzo.

—¿Preparada, Katie?

—Sí —contestó ella secamente. Levantó la vista y le dirigió a Allie una mirada penetrante—. Si vamos a un ritmo menos suicida.

—Ven conmigo. —Rachel contestó antes de que pudiera hacerlo Allie—. Si quieres un ritmo lento y seguro, aquí estoy yo.

Todas oyeron el ruido al mismo tiempo. El crujido de una ramita al romperse. El susurro de las ramas. Pasos.

La voz de Rachel se apagó.

Allie y Nicole intercambiaron una mirada. Al unísono y en silencio, agarraron a Rachel y Katie y las empujaron detrás de ellas.

Por una vez en su vida, Katie no protestó.

Allie se puso en posición, lista para saltar. Buscó un arma a su alrededor. Un palo, cualquier cosa. Pero no había tiempo.

Los frondosos arbustos que flanqueaban uno de los lados del sendero se agitaron violentamente y alguien apareció entre ellos.

Allie aguantó la respiración.

Dos de los guardias de Raj, completamente vestidos de negro, irrumpieron de entre las sombras. Los acompañaba uno de los chicos nuevos. Un muchacho desgarbado de unos catorce años, con el cabello oscuro enmarañado y unas gafas torcidas. Se lo veía pálido y asustado. Allie pensó que le sonaba su cara, pero no conseguía ubicarlo.

Allie dejó caer los puños a los costados y respiró hondo.

En cuanto vieron a las cuatro chicas, la expresión tensa de los guardias se aflojó. Murmuraron algo entre ellos y se volvieron a mirarlas.

—Este se ha perdido —explicó uno de los guardias, empujando al chico hacia ellas—. ¿Lo podéis llevar al colegio?

A la mañana siguiente, Allie se despertó temprano. Al principio no tenía muy claro qué la había molestado, pero en cuanto saltó de la cama, bostezando, descubrió en el suelo junto a la puerta un sobre rectangular de color marfil.

Lo miró con desconfianza.

El papel del sobre era grueso, aterciopelado. Suave como la tela. No llevaba remitente.

Lo abrió fácilmente. Contenía una suntuosa hoja de papel. En el encabezado había una sencilla «I» grabada de color azul marino.

Isabelle.

El mensaje era conciso.

—Se requiere tu presencia en la reunión que tendrá lugar hoy a las 7:30 en el salón de actos.

Allie se espabiló de inmediato y echó un vistazo al reloj. Tenía 15 minutos.

Las reuniones estratégicas se celebraban por la mañana. Lo sabía porque Sylvain y Jules habían acudido a ellas cuando eran prefectos. Era la primera vez que invitaban a Allie. Isabelle le había dicho que ocuparía el lugar de Lucinda.

Ya estaba sucediendo.

Tras darse una ducha rápida y ponerse el uniforme de cualquier manera, corrió escaleras abajo, con los bucles empapados pegados a los hombros de su americana.

En el aire flotaba un tentador aroma de bacon, pero no tenía tiempo para desayunar.

Cuando llegó al salón de actos, se paró en seco. Respiró hondo para tranquilizarse y golpeó la puerta educadamente.

Un guardia abrió la puerta y esperó impasible a que pasara para cerrarla tras ella.

Una mesa colocada frente a la chimenea presidía la sala.

Isabelle estaba sentada a la cabeza. A los lados estaban Eloise, Zelazny, Dom, Raj, Rachel y Lucas. Junto a la puerta, como centinelas, había dos guardias apostados.

—Bienvenida, Allie —dijo Isabelle.

Allie miró a Rachel como diciendo: «Tú también?». Rachel articuló: «Prefecta».

Tenía sentido. Y Lucas estaba allí para reemplazar a Sylvain.

Allie se acomodó en una silla vacía.

—Habíamos empezado a hablar de los planes de Dom —explicó Isabelle, y se volvió hacia la informática—. Continúa, por favor.

Impecable, como de costumbre, con una americana holgada y una camisa perfectamente planchada de color azul, Dom se puso en pie con un bloc de notas en la mano y tomó la palabra.

—He formado un pequeño grupo para que trabaje las veinticuatro horas. Se dedicará a escuchar las comunicaciones de Nathaniel y a colarse, si es posible, en su sistema informático. Es un sistema muy seguro, pero estoy convencida de que conseguiremos piratearlo. —Pasó una página del bloc—. He seleccionado tanto a estudiantes como a guardias que han demostrado aptitudes tecnológicas superiores a la media. Rachel será una de ellas por motivos obvios.

Rachel se sonrojó y se miró las manos.

—También hay dos estudiantes más jóvenes: Alec Bradby y Zoe Glass. Ambos demuestran una habilidad innata. Por otra parte, Raj, si pudieras prestarme a uno de tus guardias, Shakir Nasseem, te lo agradecería. He comprobado sus antecedentes. —Miró elocuentemente a Raj—. ¿Por qué no me dijiste que tenías a un hacker experto en el equipo?

—Abrigaba la esperanza de que no me lo robaras —dijo Raj con resignación—. Pero en este caso puedes cogerlo prestado. ¿Alguien más?

—Katie Gilmore se ha ofrecido voluntaria —prosiguió Dom, ojeando sus notas—. Su habilidad para la informática no es destacable, pero su conocimiento de los lugares que podría estar usando Nathaniel como cuartel general podría sernos de gran ayuda.

—Por mí parte no hay objeciones —dijo Isabelle—. ¿Cuándo empezáis?

—Ya hemos empezado.

Raj informó al grupo sobre las patrullas de seguridad, de cuántos guardias constaban, qué áreas debía cubrir cada una...

—No hemos detectado ninguna incursión desde el parlamento —dijo—. Pero creemos que podría deberse sencillamente a que Nathaniel se está reorganizando.

—Estoy de acuerdo —dijo Isabelle—. Deberíamos seguir con el mismo nivel de seguridad hasta que estemos más seguros de los planes de Nathaniel.

Y así siguieron hasta que todos los adultos de la mesa hubieron presentado su informe y toda la información se hubo discutido a fondo. El estómago de Allie empezaba a gruñir, y llevaba un buen rato pensando en el desayuno cuando Isabelle tomó la palabra de nuevo:

—Por último, me gustaría anunciar algo. —Su mirada se detuvo en Allie—. El funeral de Lucinda tendrá lugar mañana por la tarde en la capilla. Su... cuerpo llegará esta noche.

A Allie se le heló la sangre. No sabía qué hacer, ni qué cara poner. Tenía la impresión de que todos la miraban.

—La historia que aparecerá en los periódicos —prosiguió la directora con el rostro despojado de toda expresión— es que se cayó en el parque durante un paseo nocturno y sufrió un ataque al corazón.

Habían borrado todo rastro que relacionara su muerte con Orión y la Night School. Orión era dueña de los periódicos y los canales de televisión. Sus miembros tenían una gran influencia sobre la policía y los jueces. Así pues, controlaban el flujo de la información. Cuando Jo fue asesinada, los periódicos dijeron que había sido un accidente de coche. Cuando Ruth murió, se dijo que fue un suicidio. Allie sabía cómo funcionaba aquello, pero odiaba las mentiras.

Los odiaba a ellos.

Allie posó las manos sobre la mesa y se las miró fijamente. Tenía las uñas hechas polvo. De repente, eso la hizo sentirse mal. Lucinda valoraba la pulcritud.

La directora seguía hablando.

—Me ocuparé de organizarlo todo. Os informarán sobre la hora del funeral. Nadie está obligado a asistir, pero tanto los estudiantes como los guardias serán bienvenidos, naturalmente. —Hizo una pausa—. Muy bien. Siguiente tema...

Durante el resto del día, Allie trató de sumergirse en el trabajo y de olvidar el hecho de que al día siguiente enterrarían a su abuela.

No le fue fácil.

En parte el problema era que, aunque todo el mundo estaba ayudando a buscar a Carter, ella no. No se le daba bien la informática, no había nada que pudiese hacer en aquel momento.

A la hora de la comida, los demás bullían de entusiasmo. Dom había situado el centro de operaciones en su despacho.

—Todos tenemos un portátil —dijo Rachel entusiasmada—. Y el guardia, Shak, es un hacha del pirateo. Nos está enseñando cómo se hace.

—Es increíble —se le unió Zoe—. Primero nos ha enseñado a colarnos en sistemas que están desprotegidos. Esta tarde empezaremos con el sistema de Nathaniel.

Por su parte, Katie se había pasado la mañana dando a un grupo de guardias detalles sobre las casas de la flor y nata del país.

—Básicamente nos sentamos con un mapa y una lista de los amigos de mi padre y ubicamos en el plano las casas que utilizan para esconderse del fisco —dijo, y bajo la luz sus ojos chispearon como gemas verdes—. Hay un montón. No tenía ni idea de que los amigos de mis padres fueran tan corruptos. —Hizo una pausa para replantearse la afirmación y presionó un dedo de manicura perfecta sobre sus labios—. Bueno, quizás sí que lo sabía. Son lo peor.

El entusiasmo y la recobrada esperanza de los otros hicieron que Allie se sintiera algo excluida. Sí, vale, ahora podía ir a las reuniones estratégicas, e Isabelle y Raj le pedían su opinión. Pero los demás por lo menos *hacían* algo.

Cuando las clases terminaron aquel día, no encontró a ninguno de sus amigos. Los buscó en la biblioteca, en la sala común y en el jardín sin demasiada suerte. Debían de estar en el despacho de Dom. Buscando a Carter.

Allie volvió a la sala común. En aquella sala amplia y sin ventanas, varios estudiantes hacían los deberes y charlaban, y algunos guardias, que no estaban de servicio pero que seguían llevando el uniforme negro, estaban repantigados en los grandes sofás de cuero con una taza de café en la mano.

Encontró un asiento libre en un rincón y sacó el libro de Historia. Pero su cabeza no quería concentrarse en la peste que azotó Europa en la Edad Media. Por mucho que se esforzara, no dejaba de pensar en Lucinda. Y en Carter.

Y en Sylvain.

No lo había telefoneado desde que el chico se había marchado a Francia. Se dijo que era porque su familia lo necesitaba en aquellos momentos. Pero en el fondo sabía que lo que temía era que él adivinara en su voz que había escogido a Carter. Y no a él.

Con solo imaginarse que le decía la verdad, se sintió desleal y embustera. No podía ni imaginarse lo mucho que aquello le dolería a Sylvain.

El sentimiento de culpa le atravesó el corazón como un cuchillo.

Ya basta.

Allie cerró el libro con tanta fuerza que los guardias que había cerca de ella se sobresaltaron y se volvieron a mirarla.

Metió el libro en la cartera, se puso en pie de un brinco y salió corriendo al amplio pasillo del colegio. Bajo la mirada de los elegantes hombres y mujeres que la observaban desconfiadamente desde los óleos del siglo XIX que colgaban de las paredes, Allie adelantó a varios grupos de estudiantes que charlaban y a patrullas de guardias. Cuando llegó a la parte del colegio en la que las diferentes alas se unían y el pasillo se ensanchaba para albergar pesados pedestales con estatuas de mármol, torció hacia la zona de aulas. Subió dos plantas a toda pastilla, recorrió rápidamente el sombrío corredor y se paró en seco ante la puerta del despacho de Dom.

La sala, antes tan tranquila, era ahora un hervidero de actividad.

Rachel estaba sentada junto a Zoe y un guardia joven. Todos tecleaban frenéticamente en sus ordenadores portátiles. Katie estaba de pie junto a una pared en la que habían extendido un gigantesco mapa y hablaba animadamente con dos guardias. Nadie reparó en Allie.

El leve murmullo de unas voces salía por unos bafles.

Dom estaba en su escritorio y hablaba por el móvil. Al ver a Allie junto a la puerta, gesticuló para invitarla a entrar.

—¿Podrías darnos algo de tiempo de satélite? —decía Dom al teléfono.

La luz que se colaba por las ventanas en hilera que había en una de las paredes confería a su piel oscura un brillo de bronce. Dom terminó la llamada y se volvió a mirar a Allie.

—Se supone que no tengo que molestarte hasta después del funeral de tu abuela —dijo Dom.

Claro, por eso Isabelle no le había encargado ninguna tarea...

—Me voy a volver loca como no haga algo. —Allie echó un vistazo a la habitación llena de gente—. ¿De verdad que no puedo hacer nada? Barrer el suelo, traer café. Lo que sea.

Dom se quedó callada un buen rato. Era difícil descifrar la expresión de su cara. Allie se puso tensa y se preparó para que la echara de allí.

Pero Dom no lo hizo.

—Me alegro de que estés aquí —dijo la informática—. Justamente iba a pedirle a Isabelle otro voluntario. —Arrastró la silla hacia atrás y se levantó—. Acompáñame.

Allie agradeció la mentira.

Dom se dirigió a la mesa redonda en la que trabajaban los demás, y Allie la siguió. Rachel la saludó con la mano. Zoe estaba demasiado inmersa en su tarea como para reparar en ella.

Dom dio unas palmadas en el hombro de un joven guardia que llevaba puestos unos auriculares. Se notaba que estaba muy concentrado en la escucha, porque cuando la mujer lo tocó, dio un respingo. Al ver que se trataba de Dom, se quitó los auriculares apresuradamente.

—¿Qué hay?

Era pequeño y musculoso, y tenía el cabello y la piel uno o dos tonos más claros que Dom.

—Shakir Nasseem, te presento a Allie Sheridan. Te ayudará con las escuchas del equipo de Nathaniel.

Shakir no hizo preguntas.

—Guay. —El hombre señaló una silla vacía y le tendió a Allie los auriculares plateados que acababa de quitarse.

—Gracias, Shakir —dijo Allie mientras tomaba asiento.

—Llámame Shak —dijo él—. Bienvenida a la Sala de Situación.

OCHO

Los guardias de Nathaniel hablaban sin parar.

—Me parece que se aburren —explicó Shak. Su expresión reprobatoria reveló a Allie su opinión al respecto—. Hablan de un montón de cosas que no se deberían mencionar jamás. Si nosotros fuéramos de ese rollo, Raj nos mataría.

Poseía una sonrisa contagiosa que a Allie le gustó enseguida. A pesar de su intimidador uniforme negro, tenía una actitud relajada.

Le enseñó como alternar desde el ordenador entre conversaciones, de modo que pudiera escuchar a varios guardias al mismo tiempo.

—Avísanos si oyes algo útil.

Allie frunció el ceño.

—¿Y qué sería útil?

—Pistas sobre su paradero. Cualquier cosa. El nombre de una calle. De un restaurante. Una tienda. Cualquiera cosa que nos permita localizarlos. Shak volvió a centrarse en su propio portátil, en cuya pantalla solo se veían crípticas series de números—. Simplemente estate al tanto. No pierdas detalle.

Algo indecisa, Allie se colocó los auriculares. En el acto, el ruido de las charlas y los teclados de los demás desapareció. Varias voces resonaron en su cabeza. Todas eran masculinas y empleaban un lenguaje truncado que ella asociaba a las películas de soldados.

Eran tantas voces que al principio le resultó muy confuso. Como una maraña de palabras. Sin embargo, poco a poco, empezó a diferenciar las voces, cómo gritaban órdenes, pasaban ubicaciones, hacían chistes... Decían «recibido» muchas veces.

—Vamos a comprar. ¿Queréis algo?

—Recibido. Tráeme una bolsa de patatas. Y algo dulce.

—Recibido. ¿Qué te parece la dulce rubita que hay detrás del mostrador? No, espera. Se me olvidaba. Esa es mía.

—Eso no es lo que me dijo anoche...

—(Risas ahogadas) Recibido.

Los guardias de Raj no charlarían de ese modo mediante el sistema de comunicaciones de Cimmeria ni borrachos. Raj los mataría.

No utilizaban nombres, solamente números. Al cabo del rato, Allie aprendió a reconocer sus voces. Nueve poseía una voz áspera y tenía acento de Essex. La voz de Seis era de pito y tenía acento londinense.

A medida que fueron pasando las horas, los escuchó hablar sobre comida, coches y novias, e imaginó una cara a cada uno de ellos. Decidió que Nueve tenía la mandíbula cuadrada y el cabello oscuro. Seis era delgado y le sobresalían los dientes de arriba.

Solo había un guardia cuyo nombre conocía en realidad. Se hacía llamar Uno.

—Uno a Seis. ¿Me has traído el periódico? Corto.

Cuando oyó su voz, Allie se sobresaltó de tal manera que se le cayeron los auriculares. Las voces de los guardias inundaron la habitación.

Shak miró inquisitivamente a Allie.

De repente se notaba las manos frías y poco ágiles. Recogió el cable con torpeza.

—Es Gabe —susurró Allie, como si Gabe pudiera oírla de alguna manera—. Gabe Porthus.

Shak no parecía sorprendido.

—Uno —dijo—. Menudo gilipollas. —Señaló hacia el portátil de Allie—. Toma nota de lo que diga. A ese lo vigilamos de cerca.

Allie acabó por volver a ponerse los auriculares. La voz de Gabe ocupó su cabeza.

Odiaba esa voz. La había oído el día antes, pero había sido solo un segundo. Ahora hacía que los pelos se le pusieran de punta.

En el caso de Gabe, no tenía que imaginarse su cara. La conocía demasiado bien. Era hermoso. Rubio y con unos dientes blancos perfectos. Su mentón parecía el de una escultura y tenía los ojos color avellana. Era el tipo de chico del que cualquiera se enamoraría.

Era el asesino de Jo.

Su voz era algo más profunda de lo que recordaba. Había pulido su acento engolado, pero no había duda de que se trataba de él.

—Hazlo ahora mismo, Seis. —La voz crujió a través de los cascos—. No estoy para tonterías.

—Recibido. En marcha —respondió Seis ariscamente, pero sin protestar.

—Vas tarde —masculló Gabe—. Para variar.

Tras ese intercambio, parecía que los demás guardias ya no estaban de humor y usaban la radio con más cuidado. Sin embargo, no tardaron en volver a sus viejas costumbres: hablar de más y perder el tiempo.

Nada de lo que decían resultaba de utilidad. Eran más que nada comentarios bastante desagradables sobre mujeres y algunos chascarrillos sobre fútbol. Después, hacia el final de la tarde, Seis reapareció. A pesar de lo ocurrido con Gabe, no lo habían despedido. Se lo oía relativamente alegre.

Los demás se burlaron de que se hubiera metido en líos, y él le quitó importancia.

Entonces Nueve dijo algo que hizo que Allie se irguiera en la silla.

—Entonces... el jefe... ¿sigue metido ahí arriba con sus fotos?

Allie anotó: *¿Nathaniel = Jefe? ¿Fotos?*

Seis contestó.

—Sí. Uno dice que lleva un día entero sin probar bocado.

Se hizo un silencio. Luego Nueve respondió.

—Ahora en serio, colega, se la ha ido la olla, ¿no? Desde que dispararon a aquella anciana, nadie le ha visto el pelo.

—Uno dice que se le pasará. —Pero incluso a oídos de Allie, Seis no sonaba nada convencido.

—Ya, a ese le pagan para pensar eso. ¿Tú cómo ves el tema?

Se hizo otro silencio.

—Es pronto para saberlo. —El tono de Seis era tenso.

—Tío, todo este rollo se está poniendo muy raro. No hemos hecho nada desde Londres. Deberíamos mover ficha. Acabar con esto. No me contrataron para ser la nodriza de un psiquiátrico. —La voz áspera de

Nueve delataba claramente su frustración.

Los demás guardias se habían quedado callados. Allie tuvo la sensación de que estaban escuchando la conversación, prestando atención a cada palabra. Deseó que Seis dijera algo útil.

Pero cuando Seis dio su respuesta, no era para nada lo que ella esperaba.

—Haré mi descanso en veinte minutos. ¿Nos vemos donde siempre? No podemos hablar por aquí. Uno está a la que salta otra vez.

Mientras el resto de guardias retornaba a su cháchara habitual, Allie escribió febrilmente: *Nathaniel se ha encerrado en un cuarto desde la muerte de Lucinda. Nadie lo ha visto. Los guardias están inquietos.*

Hizo una pausa para plantearse cómo podía exponer lo que acababa de oír. Lo escribió tal cual.

Creen que se ha vuelto loco.

Aquella noche, durante toda la cena, los estudiantes charlaron animadamente sobre cómo era trabajar con Dom y ayudar a encontrar a Carter. La esperanza casi podía palparse en el aire.

Pero Allie tenía la cabeza en otra parte. No era capaz de unirse a ellos. La conversación que había oído aquella tarde la perturbaba. La tenía muy confundida que Nathaniel estuviese encerrado llorando la muerte de su abuela (a quién él mismo había contribuido a matar).

Le había traído demasiadas imágenes de aquella noche. Unas imágenes que intentaba olvidar.

La resbaladiza y ensangrentada mano de Lucinda aferrada a su muñeca.

La sangre carmesí empapando su impecable gabardina Burberry.

No quería pensar en ello. Había intentando con todas sus fuerzas no hacerlo.

Rachel debió de percatarse de lo distraída que estaba, porque en cuanto terminó la cena se la llevó aparte.

—Eh, ¿estás bien? Te veo triste. —Sus ojos almendrados escudriñaron el rostro de Allie.

Se situaron a un lado del amplio pasillo para dejar pasar a la multitud que salía en manada del comedor. Todos hablaban y reían. Allie se sentía totalmente a ajena a ese mundo.

—No es nada —dijo evitando la mirada de Rachel—. No sé, Rachel. Supongo que no me apetece mucho el funeral y todo eso.

—Oh, cariño. —Rachel le rodeó los hombros con un brazo—. ¿Quieres hablar de ello? Mi abuela murió hace unos años... —Se interrumpió, antes de añadir a toda prisa—: Está claro que no es lo mismo que lo que pasó con Lucinda. Esto debe de ser mucho peor para ti de lo que fue para mí. Aun así fue muy triste. Resultaba difícil imaginarse la vida sin ella.

Por un segundo Allie se planteó no contarle la verdad, pero se sintió incapaz de mentir.

—Me pasa algo raro, Rach —dijo—. Sé que debería estar triste, pero ahora mismo es como si no sintiera nada. Como si estuviera anestesiada. —Tragó con dificultad—. Soy un monstruo. Lucinda... *está muerta*. No va a volver. Pero cuando pienso en ello, me siento como... no sé. Vacía.

Miró avergonzada a Rachel, supuso que estaría repugnada. Pero lo que vio en sus ojos no fue asco, sino comprensión.

—¿Sabes? Yo diría que eso es de lo más normal —dijo Rachel—. Presenciaste su muerte. Secuestraron a uno de tus mejores amigos. Y todo sucedió tan rápido... Tu cerebro, o tu corazón, necesita tiempo para asimilarlo.

Allie no estaba convencida.

—Pero es raro, ¿no? —siguió hablando en voz baja para que los guardias no la oyeran al pasar—. Era mi abuela. Debería sentirme peor.

—No hagas eso —la regañó Rachel suavemente—. Te torturas sin motivo. No estás haciendo nada malo. No hay normas sobre cómo estar triste. Cada uno lo afronta a su manera. Y tú estás triste. Te lo noto en la cara. Incluso si no te lo permites todavía.

Si necesitas que alguien te diga cómo son las cosas, pregúntale a Rachel. Desde los catorce lee libros de psicología por pura diversión.

—Gracias por ayudarme a conservar la cordura, Rach.

Rachel sonrió y la estrechó en un cálido abrazo.

—Aquí tienes a tu doctora de guardia cuando la necesites.

El cabello le olía a jazmín. Qué raro. Esa era la fragancia que Allie siempre había asociado a Nicole.

A lo mejor usan el mismo champú...

—Lo superarás —dijo Rachel con la mejilla apoyada en el hombro de

Allie—. Todos juntos lo superaremos.

Ambas se unieron al resto del grupo que estaba reunido en la sala común. La charla era animada. Zoe y Lucas jugaban una extraña y agresiva partida de algo semejante al ajedrez.

Allie se sentó y observó a sus compañeros. Lo que decía Rachel tenía sentido, pero no soportaba no sentir nada. Quería sentir pena. Quería que doliese.

No sería cierto hasta que no doliese.

Pensó en Nathaniel llorando sobre las fotografías de su abuela. ¿Cómo podía ser que el peor enemigo de Lucinda estuviera más apenado por su muerte que su propia nieta?

¿Por qué ella no sentía nada?

No tenía ganas de hablar ni de jugar. Cuando nadie la miraba, se marchó.

Encontró a dos guardias sentados a ambos lados de la pesada puerta principal, con su complejo y vetusto sistema de cerraduras de hierro forjado.

—Voy a dar una vuelta —les dijo Allie—. No tardaré mucho.

Los guardias se miraron mutuamente. Allie percibió que sabían quién era.

Ahora todo el mundo sabía quien era Allie Sheridan.

Uno de los guardias se levantó y le abrió la puerta.

—Ve con cuidado —le dijo.

Allie asintió.

—Siempre.

Tras ella, la puerta se cerró con un fuerte golpe. La noche era fría y gris; no se veían los vívidos colores del atardecer. En el aire se olía la amenaza de la lluvia.

Allie respiró hondo y atravesó rápidamente el césped en dirección al bosque.

Había llegado la hora de hablar con Lucinda.

NUEVE

La capilla se escondía en lo profundo del bosque, bastante alejada del edificio principal del colegio. Cuando alcanzó el pequeño muro que la rodeaba, Allie aflojó el paso. El corazón se le empezó a acelerar.

Aunque no quisiese, tenía que hacerlo. Vería a su abuela otra vez. Le diría adiós.

Y sentiría alguna cosa.

Enfiló el largo sendero que discurría tras el muro hasta la puerta arqueada de madera. Soltó el grasiento cerrojo metálico y la abrió.

Se fijó en que alguien había cortado el césped del camposanto recientemente, quizás ese mismo día. Aún olía a césped verde y fresco. Habían recortado esmeradamente todos los arbustos, por lo que las lápidas grises cubiertas de liquen parecían más altas.

En mitad del cementerio, un antiguo tejo extendía sus suaves y largas ramas sobre las tumbas. Sus intrincadas raíces sobresalían del suelo. Se decía que aquel árbol era tan viejo como la capilla, y esta tenía más de novecientos años de antigüedad.

Más allá del árbol, la tierra estaba movida. Vio un ordenado montón de tierra a los pies de un hoyo de forma rectangular.

Tardó varios segundos en darse cuenta de lo que estaba viendo.

Cuando lo hizo, los pulmones se le contrajeron y se quedó sin aliento.

Apartó los ojos rápidamente y trastabilló hasta la puerta de la iglesia. Usó ambas manos para girar el anillo de hierro que servía como tirador y tuvo que golpear el hombro contra la puerta para conseguir abrirla.

En la capilla no había electricidad, por lo que esperaba encontrarla a oscuras. Sin embargo, la recibió un resplandor cálido y tembloroso.

Había velas encendidas en todos los candelabros, así como en las luminarias que colgaban del techo. También destellaban desde el púlpito, las mesas y los alféizares.

El chorro de brisa que entró por la puerta abierta hizo que las llamas temblaran. Allie se apresuró a cerrar.

La nave era pequeña, con una decena de bancos de caoba con respaldos altos, perfectamente alineados a cada lado del pasillo central. A los pies del púlpito había un sencillo ataúd de pino.

La tapa estaba cerrada.

Allie tenía la espalda apoyada contra la sólida puerta de roble. Cada uno de sus músculos estaba tenso. No quería estar en aquel lugar.

Pero tenía que hacerlo. Al fin y al cabo, había llegado hasta allí.

Caminó lentamente por el pasillo central arrastrando levemente los pies sobre el suelo de losa y con la vista pegada a la caja de pino que tenía delante.

Miró a su alrededor, nerviosa; las paredes estaban pintadas al estilo medieval con elaborados murales que representaban demonios, dragones, árboles y palomas. Los dibujos parecían moverse a la luz de las velas.

Las plumas de las palomas aleteaban, las escamas de los dragones relucían.

Cuando llegó a la primera fila, el corazón le latía desbocado. No podía respirar. Su instinto le decía que saliera de allí pitando. Pero se sentó rígidamente en el duro banco de madera.

Puedo hacerlo. Tengo que hacerlo.

La iglesia estaba muy silenciosa, incluso oía cómo chisporroteaba la cera al derretirse.

Con las manos unidas en el regazo, se obligó a pensar en Lucinda. La primera vez que la había visto estaba de pie en el descansillo del colegio, mirando la nieve por la ventana. Majestuosa como una reina, llevaba un anillo con una esmeralda del tamaño de una almendra.

Y luego, su voz fría y serena a través del teléfono. Le había dado órdenes, pero también la había escuchado. La había comprendido.

Después, en lo alto de una colina, contemplando las luces de Londres.

La última vez.

El féretro era muy sencillo, sin ningún tipo de adorno. Aquello no estaba bien. Tendría que estar cubierto de diamantes.

—Ojalá...

No pretendía decirlo en voz alta, el susto que le provocó su propia voz la hizo enmudecer.

Las velas titilaron; su luz danzante se reflejaba en las coloridas paredes. Los ojos pintados del dragón parecían observarla.

—Ojalá te hubiese conocido —dijo Allie a la caja, en voz baja y temblorosa—. Conocido de verdad. A veces... —Se interrumpió; luego se obligó a continuar—: A veces sueño que estabas en mi vida mientras crecía. Me llevabas al teatro. Al Parlamento. Una vez íbamos a Washington. Juntas. Te llamaba «abuela» y no me parecía raro. Era... normal. Sueño que las cosas eran así porque... me habría gustado que lo fueran.

De repente, la sacudió un abrumador sentimiento de pérdida. Era como si, sin esperarlo, se hubiese abierto un hoyo bajo sus pies y estuviese cayendo por él.

Las cálidas lágrimas le escocieron los ojos.

Esa era la emoción que había estado escondiendo de sí misma. El dolor que había esquivado desde aquella noche en el páramo.

Puso los pies en el suelo y se inclinó hacia adelante, miró gravemente el ataúd y dejó que las lágrimas fluyeran.

—Sé que pensabas que yo no siempre te escuchaba. Pero lo hacía. Te escuchaba de verdad. Y algún día me gustaría ser como tú. Quiero ser valiente. Quiero mejorar las cosas. Lo que pasa es que ahora... —Calló y buscó las palabras—. A veces no me creo que las cosas puedan ser mejores. Como si «mejor» fuera imposible. Y cuando tratas de mejorar algo, empeoras otra cosa. Una cosa en la que nunca habías reparado antes. Del mismo modo que tú intentaste ayudar a Nathaniel y eso acabó por matarte.

Ahora, apenas veía el ataúd a través de las lágrimas.

—No sé qué pensar de eso. Porque no quiero dejar de arreglar las cosas. —Alzó los ojos hacia donde descansaba su abuela—. Tú nunca dejaste de intentarlo. —Se pasó la mano por las mejillas humedecidas.

—Supongo que eso es lo que quería decirte. Gracias por intentarlo.

Algo crujió detrás de Allie y se puso en pie de un brinco. Se dio la vuelta en el momento en que la puerta se abría y golpeaba la pared.

Isabelle estaba en el umbral, la capucha de su gabardina negra le oscurecía el rostro. Sostenía un gran ramo de azucenas entre los brazos. El agua caía a chorros desde su capucha.

Allie no había notado que se había puesto a llover. Pero ahora oyó las gotas golpeteando el techo y los vitrales. El viento agitaba los árboles.

La directora cerró la puerta y volvió a darse la vuelta, se sacó la capucha y dejó ver su rostro, pálido y severo.

—¿Qué haces aquí?

Al instante, Allie se sintió como una intrusa. Se enjugó las lágrimas.

—Lo siento. Solo estaba...

La expresión de Isabelle se suavizó.

—Perdona. No hay razón para disculparse. Solo me has pillado por sorpresa, pensaba que no había nadie. Tienes todo el derecho a estar aquí.

Se dirigió a la parte frontal de la capilla y colocó las flores cuidadosamente en un jarrón ancho que había frente al ataúd.

—¿Encendiste tú las velas? —preguntó Allie con tono vacilante.

Isabelle echó un vistazo a los candelabros que tenía al lado como si acabara de reparar en ellos.

—Las vamos manteniendo encendidas. Los demás profesores y yo.

La directora volvió a darle la espalda a Allie y alisó la tela satinada púrpura y dorada que cubría el altar. La movió hacia un lado y luego volvió a colocarla como estaba.

Allie no sabía qué decir, pero necesitaba decir algo.

—He venido —se sorprendió explicando— a despedirme.

Isabelle se detuvo. Cuando levantó la vista, Allie vio que sus ojos brillaban, llenos de lágrimas. Se la veía destrozada. Y cómo no iba a estarlo; conocía a Lucinda desde siempre. Lucinda había tratado a Isabelle como si fuera su hija.

Igual que Isabelle trataba a Allie.

La pilló por sorpresa darse cuenta de eso. Había estado tan centrada en sí misma que ni se había parado a pensar en lo desolada que debía de estar Isabelle en aquellos momentos. Entre Carter y Lucinda, su vida entera se había hecho pedazos.

Quizás también tenía cosas que decirle a aquella caja de madera.

—¿Quieres que… nos sentemos juntas un rato? —Allie le tendió una mano—. Podemos despedirnos juntas.

Al día siguiente fue el funeral de Lucinda.

Aquella mañana, Allie se cepilló el cabello hasta que las suaves ondas le cayeron sobre los hombros, y también se esmeró al aplicarse el maquillaje. Sus ojos grises la miraban desde el espejo, serios pero claros. Aún tenía la nariz enrojecida por el llanto de la noche anterior, pero eso era todo lo que la delataba.

Se había sentado con Isabelle en la capilla y habían hablado de Lucinda hasta que las velas empezaron a consumirse.

La conversación, que había empezado con lágrimas, gradualmente se convirtió en el relato de algunas anécdotas de niñez de la directora con Lucinda como su madrastra. No tardaron en echarse a reír cuando salió a relucir el cachorro pequinés que un embajador extranjero le había regalado a Lucinda.

—Ella no quería quedárselo, pero yo lo adoraba —rememoró Isabelle—. Lo llamé Calcetines. En vacaciones, cuando iba a casa, dormía conmigo en la cama. Era muy mono, pero el pobre era más tonto que las piedras. En aquellos tiempos, Lucinda era ministra de Hacienda, o sea que vivía en el número 11 de Downing Street. Era su casa y su oficina al mismo tiempo. Un día el primer ministro vino a reunirse con ella y Calcetines se le meó en los carísimos zapatos de cuero. Dijo… —Isabelle puso una voz grave e imitó, más bien que mal, el comportamiento algo arisco y típicamente escocés del primer ministro—: Luce; o Calcetines o yo. Y debo decir que este perro no va a serte de gran ayuda a la hora de aprobar tu plan para la recuperación económica.

Allie rió.

—Nunca se deshizo del perro —dijo Isabelle—. Vivió quince años. Siempre decía que no lo soportaba, pero creo que lo quería tanto como yo.

—¿Y qué pasa con Nathaniel? —preguntó Allie—. ¿En aquel entonces estaba unido a Lucinda? ¿Tanto como tú?

La expresión de Isabelle se tornó reflexiva.

—Siempre fue algo rarito. Era un niño delgado y resentido. Creo que nuestro padre era muy duro con él. Siempre le exigía una perfección que a mí no me pedía. Y su vida era muy triste. Perder a tu madre así, cuando todavía eres un niño.... Todos querían ayudarlo, pero... —Alzó las manos—. Él prefería estar solo.

Allie le contó a Isabelle lo que había oído decir a los guardias de Nathaniel.

—Dicen que se ha encerrado con unas fotos viejas. Y que no come.

El rostro de Isabelle se tensó y miró fijamente la oscuridad del fondo de la capilla.

—La relación de Nathaniel con Lucinda era... complicada —dijo pasados varios segundos—. Creo que, a su manera, él la quería. Pero la echó de su vida porque... —Suspiró—. Supongo que quería que Lucinda le demostrara que volvería a su lado. Que siempre estaría ahí para él. Sin importar lo que él hiciera.

Los pensamientos de Allie derivaron hacia sus propios padres. No los había visto desde Navidad. Hablaban por teléfono de vez en cuando, pero sus conversaciones eran breves y forzadas.

Ella los culpaba por no quererla. Ellos la culpaban por ser una chica complicada.

Era como si ellos quisieran una hija diferente, y ella unos padres distintos.

A lo mejor Nathaniel se sentía igual con su padre.

No puedes escoger a tus padres. Pero si pudieras... La vida sería *bastante* más fácil.

Llegó desde fuera el rumor de los motores y el chirrido de los neumáticos sobre la avenida de gravilla del colegio. Los invitados al funeral habían llegado.

Allie se puso en pie y fue hacia la puerta.

Lucinda no le habría perdonado que llegara tarde a su funeral.

Rachel, Nicole y Lucas estaban en la puerta delantera. Allie vio que Rachel miraba el reloj. Cuando vio aparecer a Allie no escondió su alivio.

—Has llegado —fueron sus únicas palabras. Después añadió amablemente—: Deberíamos irnos.

Todo el mundo iba vestido con sobrios tonos negros y grises. Lucas llevaba un elegante traje a medida y el cabello repeinado.

Allie lucía un vestido de seda negro y sandalias a juego que Isabelle le había mandado a la habitación por la mañana. Todo le iba como un guante. No tenía ni idea de dónde lo había sacado todo la directora con tan poco tiempo.

Atravesaron juntos la extensión de césped. El aire era fresco y olía a limpio. Como si la lluvia de la noche hubiese barrido lo que quedaba de verano.

Caminaron en silencio. Rachel cogió una de las manos de Allie y Nicole, la otra.

Estaban entrando al bosque cuando Zoe se les acercó corriendo.

—Yo también voy —anunció, y añadió con innecesaria franqueza—: Isabelle me ha obligado.

Llevaba el cabello castaño recogido en una reluciente trenza. Su vestido corto y gris la hacía parecer menor de catorce. Parecía que la solemnidad del momento la afectaba incluso a ella. Esta vez, en lugar de salir corriendo delante como solía hacer, fue caminando junto a ellos.

A nadie se le ocurrió ponerse a hablar de trivialidades. Ese día, no.

Cuando llegaron a la capilla, la encontraron abarrotada; todos los asientos estaban ocupados. La gente estaba de pie en la parte trasera. Los guardias se apoyaban en las paredes, desprovistos de su habitual equipo negro y ataviados con trajes oscuros.

En los bancos de la iglesia, Allie reconoció, junto a profesores y alumnos, a políticos famosos de muchos países, incluso a aquel primer ministro al que Calcetines se le había meado en los zapatos años atrás.

Desde la primera fila, Isabelle hizo ademán a Allie de que se acercara. Los padres de Allie estaban sentados junto a la directora y se habían girado para verla.

Para su sorpresa, al ver a su madre, el corazón de Allie dio un vuelco. Se esforzó para no salir corriendo hacia ella.

—Será mejor que vaya —dijo Allie.

Rachel siguió su mirada y abrió mucho los ojos.

—No me lo puedo creer. ¿Son tus padres?

Allie se encogió de hombros.

—Supongo que ahora las ranas tienen pelo.

Pero lloraba cuando se apretujó entre los guardias y enfiló el pasillo.

En cuanto su madre la vio, los ojos también se le llenaron de lágrimas. La estrechó entre sus brazos.

—Oh, Alyson.

Y Allie permitió que la llamara así. Permitió que la abrazara.

Su padre estaba junto a ellas y le daba a Allie palmaditas en la espalda algo nervioso.

—Debe haber sido terrible —dijo bruscamente.

Allie no recordaba la última vez que se había alegrado tanto de verlos. Respiró la familiar fragancia de su madre, Coco de Chanel. Siempre se la ponía para eventos importantes.

—Estoy bien —dijo Allie—. En serio.

Y lo estaba.

El ataúd de pino descansaba, como la noche anterior, en la parte delantera de la sala, pero ahora estaba cubierto de flores.

Como una manta gruesa y clara, cientos de rosas reposaban encima de la caja. Había otros ramos apoyados a los lados. Las flores cubrían el altar y el suelo, incluso había ramos en los alféizares de las ventanas.

Los candelabros seguían encendidos, pero habían quitado las otras velas. Ya no las necesitaban; la luz que entraba por los vitrales inundaba la capilla con brillantes rayos rojizos y dorados.

Un pastor que no había visto nunca antes ofició la misa. Se cantaron algunos himnos. La gente famosa dijo cosas maravillosas sobre Lucinda.

Allie estuvo bien hasta que se llevaron el féretro. No podría soportar ver cómo lo enterraban. Así que se alejó de la muchedumbre.

Se quedó plantada junto a la puerta, abrazándose el torso. Alzó los ojos al cielo gris.

Es un día perfecto, se dijo, para un funeral.

—Hola, Allie.

La voz le llegó desde atrás. Tenía acento francés. La conocía.

Allie se dio la vuelta y se encontró con dos ojos del azul del mar en un día soleado.

—Oh, *ma belle* —dijo Sylvain—. Lo siento mucho.

DIEZ

—¿Cuándo has llegado?

—¿Cómo está tu padre?

—¿Por qué no nos avisaste?

Los demás rodearon a Sylvain y, excitados, le demandaron información y lo abrazaron. Incluso Lucas, que nunca le había tenido mucho aprecio, le golpeó el hombro en lo que era una especie de abrazo de chicos.

—Me alegro de que hayas vuelto, tío —le dijo ariscamente.

Estaban en corro junto al alto hogar del salón de actos. Hablaban y reían, aliviados por tener algo de lo que alegrarse.

Allie se quedó apartada. Ya había hablado con Sylvain. Se habían escabullido del entierro juntos y habían vuelto al colegio antes de que los demás los vieran.

—He cogido el avión en cuanto he podido —le había explicado él—. Tenía que estar aquí. Por ti... y por Carter.

—¿Qué tal tu padre? —preguntó ella—. ¿Está... mejor?

Casi de forma imperceptible los músculos de Sylvain se tensaron al oír la mención a su padre, que había quedado gravemente herido a causa de un intento de asesinato semanas antes.

—Ha salido de Cuidados Intensivos. Los médicos dicen que sobrevivirá.

—Menos mal —dijo Allie con genuino alivio—. Me sabe muy mal que por culpa nuestra estés lejos de él. Te necesita.

Sin previo aviso, Sylvain se detuvo y se giró hacia ella. Cogió las manos de Allie entre las suyas.

—La que me necesita eres tú. —Antes de que Allie pudiera reaccionar, Sylvain se inclinó hacia delante y rozó suavemente sus labios con la coronilla de ella.

Allie se estremeció al sentir su tacto. Lo había echado muchísimo de menos. Ambos habían pasado por un infierno. Aquel era un día horrible. Cuando él la envolvió en sus brazos, ella se inclinó hacia él para sentirlo cerca.

—Ha sido espantoso, Sylvain. Espantoso.

—Lo sé —había susurrado Sylvain, y su aliento revolvió algunos mechones del cabello de ella.

Ahora, mientras Allie miraba cómo los demás charlaban alegremente con él, Sylvain la miró para ver cómo estaba. Sus ojos eran como un destello azul brillante.

La preocupación y la actitud protectora que Allie leyó en su expresión, hicieron que le doliera el corazón.

Dios mío, pensó Allie, ¿qué voy a hacer?

Cuando Sylvain se fue todavía era su novio. Ahora tenía que contarle la verdad sobre Carter.

Y luego lo perdería para siempre.

Lo observó; el cabello ondulado deliberadamente despeinado, sus pómulos finos y prominentes, alto y esbelto, escuchando pacientemente a los demás. Allie se sintió vacía.

Tenía que dejarlo ir. Ya había tardado bastante en escuchar a su corazón. Había tardado mucho en darse cuenta de a quién quería realmente. Él tenía derecho a enfadarse con ella por ese motivo.

Sacudió la cabeza. No podía pensar en eso precisamente ese día.

Se dio la vuelta y buscó con la mirada a sus padres. No paraba de entrar gente que llegaba de la capilla, pero no los vio entre la multitud.

En el salón había mesas con manteles blancos. En todas había flores amarillas.

A lo largo de una de las paredes habían colocado un bufé rebosante de comida (embutidos, quesos, pollo asado frío y casi una docena de ensaladas). Una mesa estaba dedicada exclusivamente a los postres (pasteles de queso, pudines de chocolate y algo cubierto con frambuesas muy rojas y brillantes zarzamoras).

La luz entraba a raudales por las grandes ventanas y aquello se asemejaba más a una boda que a un velorio. Allie sabía que era así a propósito. A Lucinda no le habría gustado nada que la gente estuviese allí de pie llorándola.

Los camareros vestidos con traje negro circulaban con bandejas de vino tinto y blanco, además de zumo. Allie acababa de aceptar una copa de zumo de naranja con hielo cuando sus padres aparecieron a su lado, con la cara roja por haber llegado caminando desde la iglesia.

—Aquí estás. —Su madre, visiblemente aliviada, cogió al vuelo una copa de vino blanco de una bandeja que pasaba—. No te encontrábamos.

—Lo siento —dijo Allie—. Parece que no se me dan muy bien los funerales.

—A mí me pasa igual —dijo su padre cogiendo una copa de agua con hielo—. A lo mejor lo has heredado de mí.

—No creo que la mala educación sea genética. —La respuesta de su madre fue cortante, pero Allie sonrió.

No le gustaba nada la mala relación de su familia, pero llevaba tanto tiempo lejos de sus padres que casi le resultaba agradable toparse con ella. Era la agradable calidez de la hostilidad familiar.

—Me alegro de que hayáis venido.

Si hubiese dicho «Quiero hacerme un piercing en los pezones», sus padres se habrían sorprendido menos.

—¿Qué pasa? —dijo inocentemente—. ¿Acaso no me podéis caer bien?

—Bueno, es poco ortodoxo —murmuró su padre, que daba sorbitos al agua y parecía encantado.

Su madre se recuperó del asombro rápidamente.

—Por supuesto que podemos caerte bien. Es prácticamente obligatorio. —Bebió vino y miró a su marido, que inclinaba la cabeza como mandando un mensaje silencioso—. De hecho, ya que estamos juntos... deberíamos hablar de algunas cosas.

Algo en la voz de su madre hizo que el estómago de Allie se le hiciera un nudo. Su momento de casi alegría se había esfumado.

—¿Qué ocurre?

Cada vez había más ruido en la sala; ya había llegado todo el mundo de la iglesia.

—Salgamos fuera un momento —dijo su madre.

Ascendieron por la escalera principal hasta el rellano en el que, durante la noche del baile de invierno, Allie había conocido a Lucinda.

Se pararon junto a la barandilla y miraron hacia el pasillo de abajo. Desde la sala de actos llegaba un rumor de voces. Pero allí arriba estaban solos y podrían hablar tranquilamente.

—Bueno, ¿qué sucede? —Los ojos de Allie saltaron del rostro de su madre al de su padre.

—Primero —dijo su madre—, te debo una disculpa por cómo hemos gestionado las cosas. Nunca te conté quién era Lucinda ni cuál era mi relación con Cimmeria. —Posó cuidadosamente una mano en la pulida madera de roble del pasamano—. Estuvo mal. Deberíamos haberte contado la verdad. Pero, sinceramente, nunca sospechamos que ocurriría todo esto.

—No hay problema —le aseguró Allie sin vacilar—. Lo tengo superado, más o menos.

—Hubo un tiempo en que pensé que jamás volvería a ver este sitio — dijo su madre—. Es más, tenía la esperanza de que así sería.

—¿Y ahora? —Allie la miró de soslayo.

Los labios de su madre formaron una tensa sonrisa.

—Sigue sin gustarme.

Alguien rio escaleras abajo. Allie vio que Zoe corría descalza por el pasillo con su vestidito gris, pero con los zapatos en una mano.

—Y sentimos mucho que hayas tenido que ver… lo que viste aquella noche en Londres. —Su madre bajó la mirada—. Lo que le ocurrió a Lucinda es horrible. Y ella no habría querido que lo presenciaras.

Allie recordó los ojos de Lucinda cuando la agarró por la muñeca con las manos ensangrentadas. La había mirado con confianza. Con aceptación.

—Sí lo habría querido. —A Allie no le gustaba el giro que estaba tomando la conversación—. En realidad, creo que tenía bastante claro que podía suceder algo parecido. Quería que yo estuviera allí para verlo.

Su padre estaba atónito.

—¿Cómo diablos iba a querer eso?

—Para que yo comprendiera lo que hay en juego. —Hasta aquel momento, Allie no se había parado a meditarlo; no había tenido tiempo de hacerlo. Pero en cuanto lo dijo, supo que era cierto—. Quería que entendiese a qué me enfrento. A qué me enfrento *yo*.

—No te enfrentas al mismo peligro que Lucinda —protestó su madre—
. Qué tontería.

Quizás no pretendía ser tan cáustica, pero el temperamento de Allie
prendió a la velocidad de una cerilla.

—¿Tienes alguna idea de cómo ha sido mi vida en el último año? —Su
voz era grave y fría—. Lucinda no es la única persona que ha muerto. Jo
murió. También Ruth. Y otras personas han resultado heridas. Yo incluida.
—Se apartó el cabello para que comprobaran la herida dentada que tenía en
el nacimiento del pelo—. Tengo cicatrices *por todas partes*.

Su madre soltó un ruidito y se cubrió la boca con una mano.

Eso satisfizo tristemente a Allie.

—Tengo suerte de seguir con vida. Y puede que no sea durante mucho
tiempo si no ganamos esta batalla. Así que no me digas lo que Lucinda
quería o lo que no. —Tomó aire—. Me parece que lo sé mejor que tú.

Su madre abrió la boca para protestar, pero su padre la cortó.

—Un momento. —Levantó las manos—. Alto. No sirve de nada que
nos peleemos. Además, esto es un funeral, ¿recuerdas? —Se volvió hacia
Allie—. Alyson. —Su voz era firme—. Sabemos que este es un día horrible
y no queremos empeorarlo. Tu madre solo quería que supieras que estamos
enterados, hasta cierto punto, de lo que sucede aquí. Estamos preocupados
por ti. Y… bueno, si alguna vez nos necesitas, aquí estamos.

Le había hablado casi como a una adulta, y por una vez, Allie agradeció
la calma a prueba de bombas de su padre.

—Gracias, papá. Te lo agradezco. Yo también os quiero.

Él le ofreció una triste sonrisa.

*Si fuéramos una familia normal, pensó Allie, ahora nos daríamos un
abrazo.*

—Hay algo más que deberías saber —dijo él—. Los abogados de
Lucinda se han puesto en contacto con nosotros por el testamento.

Allie se encogió de hombros. No le interesaban ni el dinero ni las
propiedades de Lucinda. Nada de eso importaba. Habría dado hasta el
último centavo por que ella volviese.

Pero sabía que eso no era lo que quería oír su padre.

—Vale. —Allie se encogió de hombros—. Ya me dirás qué os han dicho.

—Ese es el problema —dijo él—. No quieren hablar con nosotros, sino contigo.

Ella parpadeó.

—¿Conmigo? ¿Por qué van a querer hablar conmigo?

—Creemos que debe de haberte dejado algo. O por lo menos te ha mencionado en el testamento. —Ahora la voz de su madre era más tranquila. Su enfado parecía haberse disipado—. Les dimos el número de aquí y les dijimos que hablaran con Isabelle. Pero hemos recibido la llamada esta misma mañana; seguramente Isabelle no ha podido hablar con ellos todavía.

—Se lo comentaremos a Isabelle también —dijo su padre—. Parecía que les corría bastante prisa ponerse en contacto contigo. Me imagino que Lucinda era dueña de muchas empresas y estaba en la junta directiva de numerosas corporaciones. Sus asuntos deben de ser complicados.

A aquellas alturas, Allie se moría de ganas de dar por zanjada la conversación. Se preguntó qué estarían haciendo los demás allá abajo. Y dónde estaría Sylvain.

—Vale —dijo brevemente—. Seguro que Isabelle se ocupará de ello. ¿Bajamos?

—Alyson. —Su madre dio un paso hacia ella—. No queremos que corras ningún peligro. Eso es lo más importante para nosotros. No me gusta verte atrapada en el universo de Lucinda. Justamente yo trataba de protegerte de todo esto. —Hizo ademán de abarcar el edificio que los rodeaba: la lámpara de araña, las estatuas de mármol, los ventanales—. Ahora siento que todo esto te ha engullido.

Allie se puso furiosa, pero se mordió la lengua para no soltar lo que quería decirle.

No soportaba que su reacción instintiva hacia cualquier cosa que dijera su madre fuese para pelearse.

Pero tampoco soportaba que sus padres la conocieran tan poco.

—Lo sé —dijo ella suavemente—. Y os lo agradezco. Pero pertenezco a este lugar. Prefiero estar aquí que estar a salvo.

Se volvió hacia las escaleras. Luego le vino a la mente la única cosa que quería decirles realmente.

Se detuvo y miró hacia atrás.

—Otra cosa. No volváis a llamarme Alyson. Me llamo Allie.

—Estoy llena —Nicole apartó el plato—. No sé por qué he comido tanto. Ni siquiera tenía hambre.

Junto a ella, Zoe se había hecho un bocadillo con dos pedazos de tarta de chocolate y de bizcocho.

—Si como más azúcar —dijo esperanzada—, a lo mejor me explota el páncreas.

Rachel sonrió.

—Es importante tener metas.

La fiesta decaía. Los estudiantes empezaron a marcharse a la sala común. Algunos de los personajes más famosos ya se habían marchado; el motor de sus Jaguars y sus Audis ronroneaba avenida abajo.

Sylvain estaba de pie en un rincón, cerca de la chimenea, y conversaba con Lucas y Katie. A pesar de todo, Allie se alegraba mucho de que estuviese allí. Cuando él estaba cerca se sentía más segura.

Como si él hubiese notado que lo miraba, alzó la vista. Sus miradas se encontraron.

El estómago de Allie dio un vuelco.

No lograba comprenderse a sí misma. ¿Es que siempre habría ese *rollo* entre ellos? Era como electricidad. Como si sus cables se conectaran de alguna forma inexplicable.

Lo que había ocurrido con Carter, la decisión que había tomado, no borraba su historia con Sylvain. Ella sabía lo que era estar entre esos brazos. Sabía lo que era que te besara esa boca.

Cuando has estado tan cerca de alguien… ¿cómo lo olvidas sin más? ¿Hay algún modo de pasar de arrancarse la ropa en el tejado a ser solo amigos?

Si lo hay, pensó mirando las zancadas suaves y peligrosas del chico, todavía no sé cuál es.

En aquel momento alguien llamó a Allie. Se dio la vuelta y vio a Dom en el umbral de la puerta.

Aun en un día como aquel, la informática no llevaba vestido. Vestía unos tejanos deliberadamente arrugados, una camisa larga de color blanco y una americana negra.

La excitación iluminaba su cara.

Allie se le acercó a toda prisa, apenas consciente de que Sylvain la había alcanzado y caminaba a su lado.

—¿Qué ocurre? —preguntó Allie.

Dom hizo ademán de que la siguiera. Si se sorprendió al ver a Sylvain, su cara no lo reflejó.

—Acompáñame. Hemos encontrado algo.

ONCE

Dom caminaba pasillo abajo a tanta velocidad que su larga chaqueta flotaba detrás de ella. Solo se detuvo para avisar a Isabelle y Raj. Allie y Sylvain la seguían de cerca.

—¿Qué has encontrado? —le preguntó Sylvain mientras cruzaban a toda velocidad la zona de aulas en dirección a la escalera.

Allie le echó un rápido vistazo. Sus ojos azul claro miraban concentrados, con aire decidido. Se había sumergido en la situación de crisis de Cimmeria como si nada. Como si nunca se hubiese marchado de allí.

—Tenemos a los hombres de Nathaniel bajo escucha, estamos intentando triangular su posición y recabar pistas que nos indiquen donde podría estar retenido Carter —explicó Dom.

—Nathaniel no tiene ni idea de que oímos todo lo que dicen —añadió Isabelle—. Es una fuente de información muy valiosa.

—O lo sería —dijo Raj— si dijeran algo que valiera la pena.

—Acaban de hacerlo —dijo Dom mirándolo—. Por fin.

Cuando llegaron al despacho de la informática, encontraron a Shak sentado a la mesa. Tecleaba frenéticamente y llevaba los auriculares puestos.

—¿Alguna novedad? —preguntó Dom mientras atravesaba a toda prisa la sala.

Él asintió sin levantar la cabeza.

—Siguen hablando.

Sylvain miró alrededor del aula, ahora convertida en un centro de operaciones. Allie intentó verlo a través de los ojos del chico; los mapas colgados en la pared en los que había clavadas decenas de fotos de carísimas mansiones que pertenecían a los seguidores de Nathaniel, una mesa redonda con varios ordenadores portátiles, metros y metros de cables que serpenteaban por el suelo...

Dom se acercó rápidamente a su escritorio y dijo por encima del hombro:

—Dadme un segundo y os mostraré de qué estoy hablando.

Isabelle y Raj la siguieron, hablando entre sí en voz queda. Allie y Sylvain se quedaron cerca de la puerta y esperaron.

La habitación quedó en silencio; solo se oía el rítmico sonido de los teclados de Shak y Dom.

Entonces la informática levantó la vista.

—Ahí lo tenéis.

Unas voces masculinas surgieron entre crujidos de los altavoces ocultos.

—Dice que quiere que vayas a recoger un paquete. —Allie reconoció la voz nasal del guardia al que solo conocían por su nombre en clave, Seis—. A ese sitio del pueblo.

Se hizo un silencio y otra voz juró. Era Nueve.

—¿Pero por quién nos toma? ¿Por sus puñeteros chicos de los recados? Esto es ridículo. Nos hace perder el tiempo. ¡Que vaya él a recoger el paquete!

Ambos guardias se enfrascaron en imaginativas críticas sobre su jefe, cuyo nombre se guardaron de mencionar en todo momento. Aun así, estaba claro que se referían a Nathaniel.

—Estoy harto de esta mierda. —Nueve sonaba furioso—. Que alguien le diga a Uno que se acabó.

—Adelante, no te cortes —gruñó Seis—. Pero en todo caso alguien tendrá que ir a Half Moon a recoger el maldito paquete, y no voy a ser yo.

Raj contuvo la respiración.

Dom apretó un botón y cortó la grabación.

—Ese ha sido su primer error —dijo—. En Inglaterra hay cuarenta y siete establecimientos que se llaman Half Moon. Quince se hallan en el sur de Inglaterra, y cuatro están en los condados que rodean Londres, donde creemos que se esconde Nathaniel.

Tecleó algo en el ordenador y en el monitor de la pared se proyectó un mapa en el que habían trazado un círculo rojo.

El corazón de Allie dio un vuelco. Ya sabía qué iba a decir Dom.

—Nathaniel está en alguna parte dentro de ese círculo. —Dom señaló la pantalla con un dedo acusador—. Me apuesto lo que sea a que Carter está en ese edificio.

—Es un comienzo —Isabelle miró a Raj, cuya expresión era pensativa—. Pero nada más.

Raj asintió en señal de acuerdo.

Allie quería más.

—¿Por qué no vamos a buscarlo si sabemos dónde está? —preguntó—. ¿A qué estamos esperando?

Raj tecleó algo en el ordenador de Dom y apareció en la pantalla una imagen de satélite. Campos verdes salpicados de casas. Raj señaló a su vez el monitor.

—Solo en esa zona debe de haber más de quinientas casas, Allie —explicó—. Eso son quinientos escondites potenciales. —Apuntó a un edificio alargado de la pantalla, una mancha rectangular de color blanco—. Por no hablar de las naves industriales, las granjas, los establos... No podemos registrarlo todo.

A Allie se le cayó el alma a los pies. Visto así, no parecía que hubiesen avanzado mucho. Carter seguía perdido.

La tristeza debió de notársele en la cara.

—Un comienzo no es nada de nada. —Le recordó Dom—. Es un principio. Y antes de llegar al final necesitamos un principio.

—Lo sé —murmuró Allie.

Pero para ella era como no tener nada. Era peor que nada. Era como si alguien hubiese respondido a sus plegarias y luego se hubiese olvidado de ellas.

La sala se iba llenando de gente. Había corrido el rumor por todo el colegio. No tardaron en llegar a toda mecha Zoe, Nicole y Rachel, y se fueron directas hacia Allie.

—Todo el mundo dice que lo han encontrado —jadeó Rachel—. ¿Es verdad?

Raj les contó lo que había sucedido.

—Mierda —farfulló Zoe con la decepción escrita en el rostro—. Ya decía yo que era demasiado bonito para ser verdad.

Sin más, se dirigió a la mesa redonda y se sentó junto a Shak. Poco después se encontraban totalmente sumergidos en la escritura de un indescifrable código.

Rachel se volvió hacia Dom.

—¿Qué podemos hacer?

Dom se llevó a Rachel y a Nicole al otro lado de la sala y les explicó algo en voz baja. Raj e Isabelle abandonaron el despacho entre susurros.

Allie miró a su alrededor. La habitación estaba llena de gente y hervía de actividad.

Con todo el lío se había olvidado por completo de Sylvain. Escudriñó la sala en su busca, pero no lo encontró.

Seguramente se habría marchado cuando ella no miraba.

Parte de la tensión que sentía en los hombros se relajó.

En cierto modo la marcha de Sylvain la alivió. Necesitaba tiempo para pensar. Su regreso la había pillado por sorpresa. Pensaba que tendría unos días más, incluso unas semanas, para decidir qué hacer.

Sabía que tenía que romper con él, pero con solo pensar en contarle lo que había sucedido se ponía enferma.

A veces la verdad es un arma.

Pero ahora era una pistola cargada.

Cuando Allie abandonó el despacho de Dom, el velorio había terminado. El salón de actos había quedado vacío nuevamente, con las mesas apiladas. Buscó a sus padres, pero no estaban en la sala común, y el comedor estaba desierto.

Tal vez se hubieran marchado estando ella arriba. Seguro que su madre se había enfadado.

Caminó por el lúgubre pasillo y suspiró. Por mucho que se esforzara en arreglar las cosas con sus padres, siempre pasaba algo que lo estropeaba.

Entonces oyó un murmullo de voces que parecía proceder del piso de arriba.

Giró sobre sus talones y se fue hacia allí a toda prisa, pero al alcanzar el pie de la gran escalinata se detuvo en seco. Las voces, en realidad, no procedían de arriba, sino de debajo de las escaleras, del despacho de Isabelle.

La puerta estaba cerrada pero se oía claramente la voz de varias personas.

¿Estarán ahí mis padres?

Llamó a la puerta con poca convicción, pero con el jaleo que había allí dentro nadie la oyó.

Segundos después decidió girar el picaporte de la puerta.

El despacho estaba atestado. Reconoció a unas pocas personas que habían asistido al funeral; no sabía quiénes eran los otros. Había demasiada gente para un despacho tan pequeño. Como solo contaba con dos butacas, además de la de Isabelle, todo el mundo estaba de pie, aunque algunos se apoyaban en las paredes y en los armarios.

Con tanta gente, el calor era agobiante y el ambiente estaba muy cargado.

No vio a sus padres por ninguna parte. Estaba pensando en salir disimuladamente al pasillo cuando Isabelle la atisbó entre la multitud.

—Allie. —Isabelle estaba junto a su escritorio y la invitó por gestos a acercarse—. Ven, por favor.

El despacho quedó en silencio. Todo el mundo se había vuelto a mirar a Allie. Se apartaron y le dejaron paso.

Allie interrogó a Isabelle con la mirada, pero la directora lucía una expresión neutra y profesional.

Cuando llegó a su altura, Isabelle extendió los brazos como queriendo abarcar a todos los presentes.

—Estas personas pertenecen al Grupo Orión.

Allie ahogó un grito. Orión era ahora el grupo de Nathaniel. Se había enfrentado a Lucinda para arrebatarle el control del grupo y, tras la muerte de ella, la había sustituido. Por lo que a Allie respectaba, Orión también era responsable del asesinato de su abuela.

—¿De qué va esto? —Su voz, más grave que de costumbre, y su tono amenazador no escaparon a Isabelle.

—Allie, estas personas apoyaron a Lucinda. Han librado las mismas batallas que nosotros. —Sonrió al grupo con manifiesto afecto—. Y hoy están aquí para hablar contigo.

—Ah. —Allie miró aquel mar de caras con creciente curiosidad, aunque todavía con cierto recelo.

Un hombre que debía de tener la edad de su padre dio un paso al frente. Era alto y desgarbado, tenía los ojos y el cabello oscuros y llevaba una cara corbata de seda perfectamente anudada.

—Me llamo Julian Bell-Howard. —Tenía una voz profunda y acento esnob, como el de la gente que sale en el telediario—. Creo que hablo en nombre de todos al decir que sentíamos un gran afecto por tu abuela. Lucinda Meldrum ha sido la mejor líder que jamás haya tenido Orión, y su primera mujer presidenta. La echaremos muchísimo de menos. Nuestro más sincero pésame.

Un murmullo de asentimiento recorrió la habitación.

—Gracias —dijo Allie conmovida—. La echo mucho de menos.

—Me consta que Lucinda te tenía en alta estima —prosiguió Julian, dando un paso más hacia adelante—. Hablaba de ti a menudo, especialmente tras tu ingreso en Cimmeria. Pensaba que un día ocuparías su lugar. —Miró a su alrededor—. Por eso estamos aquí. Verás... nos gustaría que te unieras a nosotros.

Eso sí que no me lo esperaba.

—¿Que me una a Orión? Disculpe, pero no lo entiendo. ¿Por qué me lo propone si quien dirige Orión hoy en día es Nathaniel?

La sonrisa de Julian se crispó ligeramente.

—Nosotros somos el núcleo duro, el Orión auténtico, por decirlo de alguna manera. Nuestro objetivo es arrebatarle la organización a Nathaniel y recuperar lo que es nuestro por derecho. Queremos que Orión recupere el prestigio que ostentó durante siglos. Expulsar a los bárbaros y cerrar la puerta.

—Amén —dijo alguien por lo bajo.

Se oyeron murmullos de aprobación.

Julian sonrió.

—Nos encantaría que estuvieras a nuestro lado, del mismo modo que Lucinda lo estuvo durante todos estos años.

Al pronunciar las últimas palabras, la voz le falló ligeramente. La expresión paralizada de Allie pareció deshinchar parte del entusiasmo del hombre.

Para ella era como si aquel grupo de personas tan bien vestidas hubiesen entrado al colegio armadas con metralletas y le hubieran depositado sobre el regazo una bomba de relojería.

Deseó gritarles que su estúpida guerra le había costado la vida a su abuela. Que había arrastrado a otras personas que ella amaba y que, por todo ello, habían pagado un precio espantoso.

Pero no lo hizo. Apretó los dientes y los miró detenidamente.

—Siento que su visita haya sido una pérdida de tiempo. Mucho me temo que no puedo aceptar su invitación.

Si aquella gente la conociera un poco, habría notado que por dentro echaba chispas. Pero no la conocían en absoluto.

—Puede que no me haya expresado bien... —Julian parecía confundido.

Allie no lo dejó terminar.

—Se ha expresado perfectamente. Ahora deje que *yo* le explique algo a usted. Lucinda Meldrum murió intentando poner fin a esta guerra. Eso era todo lo que quería. Esta lucha arruinó su vida, igual que la de Nathaniel, la mía y la de muchos otros chicos de este colegio. —Cogió aire, haciendo caso omiso de las caras de asombro que la miraban—. Así que no, no pienso formar parte de nada para recuperar el poder de Orión. No quiero tener nada que ver con Orión.

Lo único que quería era salir de allí. Nadie cruzó la mirada con ella mientras se abría paso entre la multitud que había dentro del despacho de Isabelle.

Pero en cuanto salió al pasillo y cogió, agradecida, una bocanada de aire fresco, Julian la alcanzó.

—Allie, ¿puedo hablar contigo un momento? —Cerró la puerta tras de sí para que nadie escuchara su conversación.

Era muy alto, le sacaba varias cabezas. Allie alzó los ojos con cautela y esperó que él la regañara. Pero Julian no hizo nada de eso, sino que se disculpó.

—He escogido el peor momento para venir; te ruego que me disculpes. Te acabo de poner en una posición terrible.

Su arrepentimiento, que parecía sincero, desarmó a Allie.

—Yo también lo siento —dijo ella ruborizándose—. He perdido un poco los nervios.

—A todos nos pasa. —Él sonrió con picardía—. Una vez tu abuela tiró una grapadora con tanta fuerza que dejó una muesca en la pared.

—No puede ser —dijo Allie.

¿La siempre tranquila y moderada Lucinda, perder los papeles? No, imposible.

—Desde luego que sí —dijo él—. La indiferencia no lleva a ninguna parte. No hay grandeza sin pasión, ni pasión sin ira. Uno puede luchar contra ello, o aceptarlo y canalizar esa energía en hacer el bien. Y eso es lo que hizo Lucinda.

Allie lo observó con curiosidad.

Era un hombre interesante, todo huesos y ángulos rectos, como un adolescente que ha crecido demasiado. El flequillo le caía sobre la estrecha frente y se lo echaba hacia atrás distraídamente. Era de sonrisa fácil, y lo que más le gustaba a Allie era que también sonreía con los ojos.

—Tal vez me haya precipitado. Lucinda siempre fue para mí un ejemplo a seguir —continuó Julian—. Siendo yo joven, acudió muchas veces en mi ayuda, y con el paso de los años seguimos siendo amigos y colegas. Llamé a mi hija Lucinda por ella. —Se interrumpió—. Lucy tiene ahora ocho años. Siempre he abrigado la esperanza de mandarla a Cimmeria cuando sea mayor para que pueda seguir los pasos de su madrina. Ahora me pregunto si algún día tendrá oportunidad de hacerlo.

Era desolador pensar que Cimmeria quedaría en manos de Nathaniel. Aun así, si era lo que tenía que pasar para que hubiese paz, Allie estaba dispuesta a que ocurriese.

—Ojalá hubiese otra solución —dijo ella—. Pero me temo que no la hay.

La respuesta de él no se hizo esperar.

—De hecho, estoy convencido de que sí la hay. Solo tenemos que encontrarla.

DOCE

Las clases se reanudaron al día siguiente.

A pesar de que había anhelado la rutina, a Allie le costó soportar las clases. Le costaba concentrarse en las explicaciones de los profes; habría preferido ir al despacho de Dom y ayudar a buscar a Carter.

También trataba de evitar cualquier situación que implicase quedarse a solas con Sylvain. No estaba preparada para enfrentarse a la complicada relación que tenían.

En cuanto terminaron las clases del día, corrió al despacho de Dom y trabajó allí hasta que empezó el entrenamiento nocturno de la Night School.

No le había dicho a nadie lo de la reunión con el Grupo Orión. De haberlo hecho, habría tenido que contarles que iba a abandonar la Academia Cimmeria. Y esa conversación no pensaba tenerla con nadie hasta que Carter regresara.

Y regresaría.

Sin embargo, no dejaba de pensar en ello. Julian parecía muy razonable y estaba totalmente convencido de que encontrarían una manera de vencer a Nathaniel.

Allie habría dado cualquier cosa porque fuese así.

Por la noche retomaron la Night School. Isabelle le había sugerido que se saltara el entrenamiento («Has tenido una semana pésima»), pero Allie se negó.

Necesitaba estar ocupada, de lo contrario se volvería loca. Quería correr, dar patadas a algo y lanzarlos a todos contra el tatami.

Los estudiantes estaban congregados bajo la luz mortecina de la Sala de Entrenamiento Uno. A un lado de la habitación, Zelazny y dos de los guardias de Raj trabajaban con los estudiantes más jóvenes. Les enseñaban los ejercicios más sencillos sobre estiramientos y musculación.

Al otro lado de la sala, los estudiantes avanzados practicaban con Eloise diferentes técnicas para desarmar a un atacante.

Sylvain también estaba allí. Se lo veía relajado, concentrado. No parecía haberse dado cuenta de que Allie lo evitaba.

Para alivio de Allie, Eloise lo emparejó con Nicole y a ella le tocó practicar con Katie.

Media hora más tarde, Allie sostenía una pistola falsa en la mano y apuntaba a la cara de Katie.

—Bam —dijo.

Katie puso los ojos en blanco.

—Muy graciosa.

—Es lo mejor que se me ha ocurrido —dijo Allie—. No he tenido tiempo de prepararme...

Sin previo aviso, la pelirroja saltó y dio un puntapié a la pistola.

Antes de que Allie pudiera reaccionar, el arma salió por los aires y se estrelló contra la pared.

Ante sus ojos, Katie aterrizó con agilidad. Allie se la quedó mirando con la boca abierta.

—¿Cómo te has quedado, nena? —Katie se sacudió las manos en las caderas. Parecía muy satisfecha de sí misma.

—Recuérdame que nunca me pelee con una bailarina —farfulló Allie mientras buscaba con la mirada el arma que había perdido. Pero Katie ya la había encontrado.

Cuando la recogió, apuntó el cañón al corazón de Allie.

—Te toca, pava.

Allie enarcó las cejas y le dolieron los puntos.

—¿*Pava*?

—Es el leguaje de la calle —Katie se encogió de hombros con indiferencia—. Es tu problema si no te coscas.

—¿Que no me cosco? Ese idioma lo inventé yo.

—¿Vas a patear la pistola o no? —preguntó Katie impacientemente.

Allie advirtió que la otra llevaba la manicura hecha y las uñas pintadas de rosa pálido. ¿Cómo podía dedicarse a pintarse la uñas sabiendo que Carter estaba secuestrado, que Lucinda estaba muerta y que el mundo se había ido al garete?

Por algún motivo, el detalle la molestó. Su ira, ahora siempre a flor de piel, se inflamó.

—Ahora verás qué le hago a la dichosa pistola —dijo entre dientes.

Allie giró sobre la punta de un pie y realizó el mismo movimiento que la pelirroja, aunque con menos gracilidad y mucha más violencia. La pistola voló tres metros y por poco les da a Nicole y Sylvain.

—¡Con cuidado! —la avisó Eloise, que entrenaba con Zoe—. No quiero que nadie salga herido esta noche.

Aunque no estaba arrepentida, Allie agitó una mano a modo de disculpa.

Katie se examinó la muñeca.

—Creo que te has pasado de bruta.

—Gracias —dijo Allie—. Hago lo que puedo.

Katie estiró el cuello y miró hacia donde entrenaban Rachel y Lucas. A Rachel le costaba alcanzar la pistola con el pie, aunque Lucas no paraba de bajar la mano para ponérselo más fácil.

—Prefiero entrenar con Rachel. Sus modales, por lo menos, son intachables.

—Querrás decir que no se le da muy bien pelear.

—Eso también. —Katie cogió una toalla y se secó la cara—. Hagamos un descanso. Mientras tanto, planearé mi venganza.

Allie agarró una botella de agua del suelo y le dio un trago. No lo habría admitido ante nadie, pero le gustaba entrenar con Katie. Aprendía rápido. Ser su pareja era interesante y era una tía divertida.

Además la ayudaba a distraerse. Hacía por lo menos cinco minutos que no pensaba en Carter.

Katie estiró un brazo por encima de la cabeza y se dobló tanto hacia el costado que parecía que iba a romperse.

—Debes estar encantada de que haya vuelto Sylvain.

Allie siguió la mirada de Katie. En el extremo opuesto de la sala, Sylvain y Nicole entrenaban al compás y con una precisión quirúrgica. Los movimientos de Sylvain eran tan gráciles como los de Katie. Poseía el equilibrio de un bailarín y desafiaba la gravedad.

Sus músculos se tensaron al golpear el arma que sostenía Nicole.

Menos mal que me ayudaba a distraerme...

—Lo estoy —dijo, sin mentir del todo—. Todos lo necesitamos.

—¿Todos? —La mirada de Katie se hizo más penetrante—. Qué forma más rara de expresarlo... —Se volvió y miró a Allie con mayor atención—. Ahora que lo pienso, prácticamente no habéis hablado en todo el día. Y vosotros siempre estabais como dos tortolitos. ¿Qué os pasa?

—Nada —mintió Allie—. Estos últimos días han sido horrorosos. —Se miró los pies, como si de repente hubiese algo muy interesante allá abajo.

—Mmm. —Katie no parecía convencida—. Búscate otra excusa. Os vigilo desde hace tiempo, desde antes que sucediera lo de su padre y tuviera que regresar a Francia. He observado algunas tensiones. Os pasa algo, seguro. Ya que estamos en ello, me lo podrías contar.

No parecía que ese hecho la entristeciera o la alegrara. Solo se la veía intrigada.

—¿Nos vigilabas? Dios, qué rarita eres... —La conversación la incomodaba cada vez más, pero Allie intentó hacer como si nada—. En cualquier caso, no es asunto tuyo.

—Entonces tengo razón. —Katie las cazaba al vuelo—. Lo sabía. Conque hay problemas en el paraíso... ¿Qué pasa? ¿Habéis discutido? ¿Lo has engañado? ¿Te ha puesto los cuernos? ¿Se los has puesto tú a él?

Las mejillas de Allie se tiñeron de rojo. Se dio la vuelta precipitadamente y fingió recoger la pistola del suelo.

Cuando volvió, había borrado de su cara todo rastro de culpa.

Apuntó con la pistola a Katie.

—Venga, defiéndete —dijo en tono sombrío—. Si es que te atreves.

Katie puso los ojos en blanco.

—Buen intento, pero no pienso darme por vencida. Dime qué ha pasado.

—Como quieras. *Bam.* —Allie apretó el gatillo—. Se te están acabando las vidas, Katie.

Pero la pelirroja era incansable.

—Dime la verdad. ¿Os habéis peleado? ¿Pasó algo en Francia? ¿Qué hizo?

—No ha pasado nada. —Allie empezó a sudar—. Y no, no nos hemos peleado.

Echó un vistazo por encima del hombro para comprobar que Sylvain no las oía. Pero él y Nicole se estaban riendo de algo, y estaban demasiado lejos para oír su conversación.

—Está bien. Entonces tiene que haber pasado algo en Londres entre tú y Carter —insistió Katie—. Le declaraste tu amor eterno, o algo por el estilo.

A Allie se le cayó la pistola.

No sabía cómo había sucedido. Los dedos se le habían aflojado solos.

La pistola golpeó el tatami sin producir sonido alguno.

Katie abrió sus ojos verdes de par en par. Se había quedado muda, recogió la pistola y encañonó a Allie.

Allie alzó las manos; cualquiera que las mirara habría pensado que era un atraco.

—Por favor —susurró Allie—. Para.

—Jamás. —La mirada felina de Katie era ahora gélida—. Entonces es eso. Aquella noche pasó algo entre tú y Carter. Os besasteis. Estás enamorada.

Había demasiada verdad en aquella retahíla de suposiciones.

Allie bajó las manos y se encorvó.

Recordó a Carter arrodillado sobre ella en la cama de la casa de Kilburn. La había estrechado entre sus brazos y la había apretado contra su fuerte pecho. Las promesas susurradas se arremolinaron en su memoria, manchadas por la culpa y el sentimiento de pérdida que sentía desde entonces.

No se lo había contado a nadie. Ni siquiera a Rachel. Y eso la estaba matando.

No podía seguir callada por más tiempo. No podía mentir más.

Había llegado la hora de sincerarse con alguien, de confesar.

Además, si Katie sabía de algo, aparte de dinero, era de chicos.

—No nos hemos peleado, ¿vale? —La voz de Allie era poco más que un susurro.

—¿Qué has hecho, Allie? —la provocó Katie.

Allie respiró hondo.

—Hicimos el amor.

—¿Qué dices? —Katie la miraba fijamente.

La condena que detectó en las pupilas de la pelirroja la hizo estremecerse.

De repente le parecía muy estúpido haberle dicho la verdad. Pero era demasiado tarde para retractarse.

—Tampoco es que lo planeáramos —se defendió—. Solo... surgió.

Katie se mostraba tan fría que Allie no sabía descifrar qué le pasaba por la cabeza. ¿Desprecio? ¿Incredulidad? ¿Mofa?

Cuando Katie finalmente habló, lo hizo con voz grave; estaba muy enfadada.

—¿Y pensaste en Sylvain en algún momento? ¿En cómo se sentiría? Con todo lo que le acababa de pasar a su padre... —Apartó la vista hacia otro lado con la mandíbula en tensión—. Dios, Allie. No sabía que pudieras llegar a ser tan mezquina.

Allie reconoció el familiar aguijonazo de la culpa que le atravesaba el corazón. Bajó la vista, incapaz de aguantar la desaprobación que leía en la mirada de la otra chica.

—No lo entiendo. —Katie bajó la voz—. ¿En qué estabais pensando?

Allie pensó en los ojos oscuros de Carter. En su voz diciéndole «Allie, yo también te quiero».

¿Cómo podía explicárselo a Katie? ¿Cómo podía describirle el alivio que había sentido al escuchar por fin a su corazón? ¿O cómo era sentir, aunque fuera por unos pocos minutos, que tenía todo lo que deseaba en el mundo?

No tenía palabras para expresarlo.

—No pensábamos en nada —susurró—. Pasó y ya.

—«Pasó y ya». —Katie la miraba incrédula—. Por Dios, Allie. Eso es aún peor. Dime que por lo menos usasteis protección.

Allie se ruborizó. No sabía por qué, pero que Katie le preguntara eso era peor que todo lo demás.

—Pues claro —murmuró mirándose los pies.

—Menos mal.

—Oye —dijo Allie—. Amo a Carter. Y lo siento... por todo. Pero lo amo. Es lo más real que me ha pasado en la vida. Tal vez lo único.

Si esperaba ablandarle el corazón a Katie, iba a llevarse una buena decepción. La pelirroja la miró escéptica, con los ojos entornados.

—*Venga ya, Allie. Tú eres así:* «Hoy te quiero y mañana te odio». Hazte esta pregunta, ¿lo que sientes es amor en mayúsculas? ¿Es amor verdadero? ¿O es un amor de usar y tirar? En plan... —Hizo un gesto impaciente con la mano— «la vida es peligrosa, protégeme con tus fuertes músculos y echemos una canita al aire». ¿O es un amor crudo y sin maquillaje, que duele, que te parte en dos? Porque si no es ese tipo de amor y le rompes el corazón a Sylvain... —Dio un paso hacia ella y le clavó una mirada feroz—. Te juro por Dios que jamás te perdonaré.

—Es de ese tipo —dijo Allie con voz ronca—. Del que duele.

A lo mejor solo eran imaginaciones suyas, pero le pareció que la expresión de Katie se suavizaba, aunque solo un poco. Aun así, la respuesta de la pelirroja fue cortante:

—Pues si es amor del bueno, lo siento por ti. Porque hará daño a mucha gente. Ese tipo de amor deja cicatrices.

Una lágrima resbaló por la mejilla de Allie, pero no contestó.

No había nada que decir.

Desde el centro de la sala, la voz áspera de Zelazny las interrumpió.

—Estudiantes avanzados, les toca hacer una carrera de ocho kilómetros. Los demás quédense en la sala, por favor.

Aliviada, Allie caminó hacia la puerta, pero Katie la agarró del brazo para retenerla.

—Allie... —Su voz era grave y apremiante—. Maneja esto con mucho cuidado.

Los demás estudiantes se dirigieron a la puerta. Al adelantarlas, Rachel las miró con curiosidad. Allie vio que al otro lado de la sala Sylvain se volvía y escudriñaba la multitud. La buscaba. Como siempre.

—Sylvain te ama —susurró Katie—. Y es amor del que duele. —Le apretó la muñeca con los dedos—. Esto lo va a destrozar.

TRECE

La conversación con Katie lo había empeorado todo. Al día siguiente, Allie casi no podía mirar a la cara a Sylvain. La repulsa de Katie la hacía sentirse como una criminal.

Cada vez que se encontraban por los pasillos, la pelirroja le lanzaba una mirada de advertencia que parecía decir *«más vale que arregles esto»*.

¿Pero cómo diablos se suponía que debía hacerlo? Con Carter todavía desaparecido y Sylvain ajeno a lo que había pasado en su ausencia, no veía cómo podía ocuparse de aquello sin que las cosas acabaran mal.

Lo único que podía hacer era evitar totalmente la situación.

Aquella tarde, en cuanto terminó la última clase, subió las escaleras tan rápido que la falda le revoloteó alrededor de las piernas.

Cuando entró en el luminoso despacho de Dom, salía de los altavoces ocultos una suave melodía de jazz. Olía a café recién hecho y a té Earl Grey.

Shak y otro guardia trabajaban en la mesa. Isabelle y Raj hablaban tranquilamente en un rincón.

—Hola, Allie —dijo Dom levantando la vista del ordenador—. ¿Qué hay?

—¿Alguna novedad? —preguntó Allie, como de costumbre.

Dom negó con la cabeza, como de costumbre.

—Todavía no. Poco a poco, chiqui.

Normalmente el pragmático acento americano de Dom la hacía sentirse mejor. Pero en aquel momento le dio ganas de llorar. Tal vez se le notara en la cara, porque Dom se levantó del escritorio y se la llevó al otro lado de la sala.

—Mira, Allie —le dijo—, esto no va a ser rápido. El mundo es un lugar muy grande y tenemos que encontrar en él a un chico de diecisiete años. Encima, la gente que lo tiene escondido es muy buena en lo que hace. Pero lo encontraremos. Aunque no van a ponérnoslo fácil, y no será de un día para otro.

—Lo sé —dijo Allie mordiéndose el labio—. Ojalá fuese más rápido... —Miró a Shak, que tenía los ojos pegados a la pantalla del ordenador—. Oye... ya sé que mi turno no empieza hasta las ocho, pero no tengo otra cosa que hacer. ¿Quieres que os ayude un rato?

—Claro. Siempre viene bien otro par de oídos. —Dom la invitó por gestos a acercarse a la mesa—. Coge unos cascos.

Minutos más tarde, cuando Allie se estaba instalando, llegaron Rachel y Zoe.

—Eh, Allie. —Rachel se paró a su lado—. Pensaba que vendrías más tarde.

Zoe las ignoró a ambas y se asomó por encima del hombro de Shak para ver en qué trabajaba.

—¡Vaya! —exclamó con los ojos fijos en el incomprensible código que había en la pantalla—. Eso es la leche.

—No podía esperar más —dijo Allie—. Me moría de ganas de trabajar.

Había algo de verdad en su explicación, y Rachel la aceptó sin hacer más preguntas, pero Allie se sintió mal por no contarle lo que le ocurría realmente.

Sabía que contarle a Katie lo de Carter en vez de a su mejor amiga podía parecer una decisión extraña. Pero Rachel siempre se las arreglaba para entenderla y empatizar con ella. Katie, por el contrario, le había dicho la verdad sin paños calientes.

Y eso era lo que necesitaba en aquel momento. Aun así, se sentía fatal. Tenía que contárselo pronto a Rachel.

Se colocó los auriculares en la cabeza y los enchufó al portátil. La habitación desapareció y dio paso a las bruscas voces masculinas del universo de Nathaniel.

Las voces de los guardias le resultaban cada vez más familiares. Algunos tenían una personalidad tan característica que empezaba a pensar que los conocía.

El guardia al que llamaban Nueve era el más interesante. Aunque era algo cascarrabias, también parecía divertido e irreverente. Se notaba que en el fondo no le caían bien ni Nathaniel ni Gabe.

Seis, por el contrario, era quejica y antipático. El típico lamebotas. De esos que se pegan a cualquiera con tal de conseguir más poder.

Ese tío le ponía los pelos de punta.

Cuando, tras media hora de cháchara entre algunos subalternos, emergió la voz grave de Nueve en sus auriculares, Allie se alegró secretamente.

—¿Qué hay? —La pregunta parecía dirigida a cualquiera que escuchara.

Los demás le hicieron bromas.

—¿Qué horas son estas de llegar? —preguntó uno de ellos.

Allie reconoció la voz de Cinco. Parecía más joven que el resto, y él y Nueve se solían tomar el pelo, aunque con cierta complicidad. Tal vez fueran amigos.

—Yo diría que son buenas horas —gruñó Nueve de buen humor.

Entonces la voz nasal de Seis los interrumpió:

—Nuestro hombre ha vuelto —dijo con petulancia—. Ya levanta cabeza. Dice Uno que vuelve a ser el de siempre.

Allie se irguió en el acto, alerta, y tecleó en el ordenador *Nathaniel está mejor*.

—Aleluya —se burló Nueve—. ¿Significa eso que vamos a mover el culo, por fin? ¿Se nos ha pasado ya el berrinche?

—Tenemos una reunión a las diecisiete cero cero —dijo Seis haciendo caso omiso del sarcasmo—. Será en el cuartel general. Deberías ir, se cuece algo...

—Vaya, un milagro tras otro —dijo Nueve—. Al final vamos a acabar haciendo algo útil y todo.

Una voz que Allie no reconoció tomó la palabra:

—Oye, Seis, ¿alguna idea de qué sucede?

Se hizo un silencio.

—Solo puedo decirte que va a pasar algo —dijo Seis, encantado de ser el más informado—. Esta noche pasamos a la acción.

Allie se fue directa con la información a Dom. Cuando dieron las cinco de la tarde, el despacho estaba a rebosar.

Isabelle y Raj estaban allí, así como muchos de los guardias, Zelazny y Eloise. Dom sacó la escucha de Nathaniel por los altavoces de la pared. Y aguardaron.

Los minutos se hacían eternos. Allie empezó a dudar de sí misma. ¿Y si no habían dicho a las cinco? Quizás hubiera exagerado la importancia de lo que había oído.

Cuando dieron las seis, los guardias seguían sin dar señales de vida, y la curiosidad que reinaba en el despacho se convirtió en decepción.

Raj se volvió hacia Allie.

—¿Estás segura de que dijeron a las cinco en punto?

A pesar de las dudas que abrigaba, Allie asintió.

—Segurísima.

Los instructores intercambiaron miradas escépticas.

—A lo mejor siguen reunidos —aventuró Eloise.

Nadie contestó.

Una hora era tiempo de sobra para que Nathaniel diera instrucciones a los guardias. Si Allie tenía razón acerca de la hora de la reunión, algo pasaba.

Sylvain se acercó a Raj y le susurró algo tan bajito que Allie no consiguió oírlo. Raj asintió y miró el reloj.

—Esperaremos cinco minutos más —dijo.

Allie desvió la mirada al instante y notó que Sylvain la miraba. Era imposible que no se hubiese dado cuenta de que lo evitaba.

Entonces surgió una voz de los altavoces:

—Ha sido muy esclarecedor.

Allie contuvo la respiración.

Era Nueve. Más sarcástico que nunca.

—¿Verdad que sí? —Cinco sonaba divertido.

—Bueno —suspiró Nueve—, supongo que me toca cancelar los planes para esta noche. Tenía pensado pasármelo en grande con la rubia de la otra noche...

—Entendido. —El otro hombre rio por la nariz—. Tu rubia tendrá que esperar hasta que le hagamos esa visita a la familia del jefe.

Allie se puso tensa. *¿La familia? ¿Se refiere a la familia de Nathaniel?*

Al otro lado de la sala, Raj sacó el teléfono del bolsillo.

La única familia que le quedaba a Nathaniel era Isabelle.

La directora estaba de pie, muy quieta, y agarraba con una mano la silla que tenía enfrente mientras escuchaba con mucha atención.

—¿Cuándo salimos? —La voz de Nueve resonó en el silencio inmóvil del despacho—. ¿Ha dicho a las once?

—Afirmativo —respondió Cinco.

—Voy a empolvarme la nariz —dijo Nueve—. En seguida estaré lista.

Silencio.

Isabelle se volvió hacia Raj. Se la veía pálida, pero cuando habló lo hizo con voz firme:

—Entonces a las once.

Raj salió apresuradamente por la puerta con el teléfono pegado a la oreja. Su respuesta fue tajante:

—Estaremos preparados.

Una hora más tarde, Allie seguía con los cascos puestos y encorvada sobre el ordenador, hasta que Eloise le dio una palmadita en el hombro.

—Haz una pausa—le sugirió la bibliotecaria—. Es la hora de la cena, y ya llevas aquí demasiado rato.

—Estoy bien —insistió Allie—. No tengo hambre.

Eloise escudriñó su cara.

—¿Cuándo descansaste por última vez?

Al ver que Allie, que en realidad no había parado desde las ocho de la mañana, dudaba, Eloise la obligó a levantarse de la silla.

—Hace horas que no hay movimiento —dijo—. De todos modos tenemos suficiente personal por aquí. Y para mí que estás hambrienta.

Poco después pasaron sus auriculares a otro de los guardias de Raj y la bibliotecaria la echó de allí.

—No vuelvas hasta dentro de una hora como mínimo —le ordenó—. Hay leyes contra la explotación infantil, ¿sabes?

Allie, que no tenía ni idea de qué hablaba Eloise, bajó las escaleras refunfuñando.

En el fondo sabía que era poco probable que fuera a perderse algo. Hacía horas que no pasaba nada. Tanto Nueve como Seis y los otros guardias estaban desaparecidos. Raj era de la opinión de que planeaban algo para aquella misma noche.

Pero a Allie le habría gustado seguir con la escucha, por si acaso.

Cuando llegó a la planta baja, el murmullo de las conversaciones que provenían del comedor le hizo saber que la mayoría de estudiantes se habían reunido allí para la cena.

Desde la cocina flotaban apetitosos aromas. Las velas titilaban en todas las mesas y, como era habitual, había en todas ellas cubiertos de plata y copas de cristal. Allie no tenía claro si le gustaba que el personal de servicio se empeñara en ignorar la crisis del colegio o si lo encontraba absurdo.

Encontró a los demás en la mesa de siempre. Había un asiento libre junto a Sylvain. Allie sabía que tenía que ocuparlo; lo contrario habría sido difícil de justificar.

Respiró hondo y se deslizó en el asiento.

—Hola, chicos.

Sylvain se volvió a mirarla. Su expresión era neutra, pero le pareció notar una nueva distancia entre ellos. Sylvain no había sonreído al verla.

—Eh —Rachel, sentada frente a ella y entre Zoe y Nicole, la saludó con la mano—. ¿Se sabe algo más?

Allie negó con la cabeza y luego miró a Sylvain otra vez, consciente de que él no había dicho nada.

—Eh —dijo ella—. ¿Estás bien?

—Perfectamente. —Le había contestado de inmediato, pero de un modo frío.

Estaba intentando pensar qué decir, cuando Zoe la distrajo con una pregunta. Pasó un rato antes de que Allie volviera a mirar al chico. Para entonces, Sylvain lucía una expresión pétrea y comía en silencio.

Allie se sintió fatal. Lo había evitado desde su regreso al colegio, y encima, el chico no tenía ni idea de lo que le pasaba a ella por la cabeza. De lo que pasaba en su vida.

—Siento no haber tenido tiempo de hablar contigo —dijo Allie.

Sylvain dejó de comer. Cuando se volvió a mirarla, a ella le pareció ver el dolor reflejado en sus ojos.

—Los últimos días han sido una locura —explicó Allie, sin resultar muy convincente—. Tal vez podríamos hablar más tarde.

—Tal vez. —Él la estudió en silencio durante un momento—. O tal vez sucede otra cosa.

Tras eso, Sylvain se dio la vuelta y continuó comiendo, como si ella no estuviese.

Allie se quedó helada. ¿Lo había adivinado? ¿Se lo había dicho Katie?

No se atrevía a preguntarle a qué se refería, y tampoco estaba segura de querer saberlo.

Al otro lado de la mesa, Rachel no había perdido detalle y frunció el ceño.

Allie regresó a su plato. Tenía que decirles la verdad a todos.

Y pronto.

—¿Ha pasado algo mientras no estaba? —preguntó Allie tomando asiento junto a Shak. Se alegraba tanto de que la cena hubiese terminado que solo le faltó besar los auriculares.

—Silencio de radio. —Shak se recostó en la silla y se estiró—. Parece que de repente los chicos de Nathaniel han descubierto la disciplina.

Aun así, Allie se colocó los cascos.

—A lo mejor vuelven a hablar.

Pero Shak estaba en lo cierto, y durante casi dos horas ninguno de los guardias habló.

Durante ese rato la sala se había ido llenando paulatinamente; parecía que todos los estudiantes avanzados y los instructores estaban allí. Todos querían saber qué tramaba Nathaniel. Fuese lo que fuese, no podía ser bueno.

Dom no paraba ni un minuto: estaba al teléfono, en las escuchas, coordinando con Raj... Rachel, sentada a la mesa, hacía las veces de su asistente. Nicole estaba sentada junto a Rachel, y Zoe y Lucas trabajaban con Shak.

Sylvain permanecía alejado del resto de estudiantes y hablaba tranquilamente con Raj e Isabelle en un rincón. No miró a Allie en ningún momento.

Finalmente, tras un interminable silencio, a las once en punto la voz de Nueve tronó desde los altavoces.

—En marcha, chavales.

—Recibido —contestó una voz.

Allie miraba fijamente el ordenador, deseando que dijeran algo más. Pero de nuevo se hizo el silencio.

Una sensación desagradable le subió por la columna. Aquello no olía nada bien.

Los guardias de Nathaniel llevaban varios días hablando sin parar y, de repente, se habían quedado mudos. Daba la impresión de que Nathaniel sabía que lo estaban escuchando. Y que se burlaba de ellos.

El despacho quedó también en silencio. Esperaban cualquier sonido de los guardias de Nathaniel, cualquier pista que les indicara qué tramaban.

En aquel silencio, todos escucharon unos pasos que procedían del pasillo, cada vez más cercanos. La puerta se abrió con tanta violencia que Sylvain tuvo que apartarse de ella de un salto.

Era Eloise. Se la veía pálida y jadeaba.

—Es Nathaniel. —Miró a Isabelle—. Está aquí.

CATORCE

La habitación quedó conmocionada.

Todos hacían preguntas al mismo tiempo, como un coro aterrorizado.

—¿Qué?

—¿Dónde está?

—¿Cómo ha entrado?

Aunque no recordaba haberse levantado de la silla, Allie se vio de pie, aturdida por el miedo y con las manos congeladas.

Isabelle y Zelazny se reunieron en la puerta con Eloise. Segundos más tarde, el profesor de Historia salió pitando del despacho, con Eloise pisándole los talones.

—Tranquilizaos, por favor. —La directora alzó las manos pidiendo silencio.

Poco a poco la sala fue quedándose en silencio.

—Nathaniel está al otro lado de la verja. No está en el recinto. —Isabelle abarcó la habitación con la mirada—. No es la primera vez que vivimos una situación parecida. Quiero que todos sigáis el protocolo. Equipo de seguridad, Raj os dará instrucciones. Estudiantes de la Night School, Zelazny y Eloise os coordinarán. De momento quiero que os quedéis en el edificio. Nathaniel ha dicho que quiere hablar conmigo. —Los ojos de la directora recorrieron a los presentes y se detuvieron en el rostro de Allie—. Conmigo y con Allie.

El grupo contuvo la respiración.

—Allie... No —susurró Rachel.

Pero Allie no vaciló, cruzó la sala y se reunió con la directora.

Isabelle la observó. La preocupación le nublaba los ojos.

—No hace falta que te diga lo peligroso que es esto. —Bajó la voz hasta que solo fue un susurro—. No tenemos ni idea de qué trama. No tienes por qué venir conmigo. Nathaniel no tiene ningún derecho a pedírtelo, y yo tampoco.

Allie recordó cómo Carter la había metido en el coche. En cómo había cerrado la puerta tras ella, aun sabiendo que lo dejarían atrás a él.

Yo también puedo ser valiente.

—Te acompaño. —La voz de Allie sonó fuerte y firme—. No me da miedo.

Isabelle le dirigió una mirada agridulce.

—Y pensar que le acabo de prometer a tu madre que te mantendría a salvo...

Se dirigieron hacia la puerta, pero Sylvain se interpuso. Lanzaba rayos por los ojos.

—Isabelle, no puedes hacer esto. No puedes llevártela ahí afuera. Es muy peligroso.

Allie abrió la boca para protestar, pero Isabelle no le dio tiempo a hacerlo.

—Sylvain, ni Allie te pertenece ni es tu responsabilidad. —Sus palabras cortaron el aire—. Es perfectamente capaz de tomar sus propias decisiones. Ahora deja que vayamos a atender nuestros asuntos.

Allie alucinaba. Era la primera vez que oía a la directora hablarle así. Siempre había tratado al chico como a un igual.

Sylvain se volvió hacia Allie, rojo de ira.

—No lo hagas —suplicó—. ¿No te das cuenta? No puedes fiarte de Nathaniel. Puede matarte.

Allie estaba furiosa. En otro tiempo, el instinto de protección de Sylvain la había hecho sentirse segura. Ahora le parecía insultante. ¿No sabía que podía cuidar de sí misma? ¿No veía lo mucho que había aprendido?

—No soy idiota, Sylvain —le espetó—. Ya sé que es peligroso. No necesito tus consejos.

Al ver el dolor en los ojos del chico, Allie sintió remordimientos. Entonces Isabelle tiró de ella.

—Tenemos que darnos prisa, Allie.

Salieron corriendo del despacho. Pronto Sylvain quedó atrás, olvidado.

Allie se concentró en Carter. A lo mejor estaba allí fuera.

Se aferró a esa esperanza mientras Isabelle la informaba rápidamente en voz baja.

—Hay cinco coches, y en cada uno van por lo menos cuatro guardias. Según Eloise, Nathaniel podría estar entre ellos.

—¿Y qué pasa con Carter?

—Nadie lo ha visto. Pero está oscuro —Isabelle la miró de reojo—. A lo mejor va con ellos.

Sus voces resonaron en las escaleras, mientras las bajaban a toda velocidad. Abajo Allie oyó los pasos apresurados de los guardias que corrían a sus puestos. El corazón le aporreaba el pecho.

Cómo le gustaba esa sensación. La adrenalina. El peligro.

Por primera vez en varios días, se notó despejada.

—¿Hay algo más que deba saber?

Los labios de Isabelle se tensaron.

—Nathaniel dice que tiene un mensaje para ti. Insiste en dártelo en persona. Si no, yo nunca habría accedido a que te expusieras de esta forma. —Desvió la mirada—. No me ha dejado otra alternativa.

Alcanzaron el pie de la escalinata a la carrera. Allie oyó el alboroto en la oscuridad que las rodeaba: gente que corría en todas direcciones, voces apremiantes, portazos.

La puerta delantera estaba abierta. En el césped encontraron a decenas de guardias que inspeccionaban el terreno con binoculares de visión nocturna.

Al llegar a la avenida de entrada, Zelazny las interceptó.

—Todos están en sus puestos. —Sus ojos saltaron intermitentemente de Isabelle a Allie. Tenía la frente perlada de sudor. Bajó la voz; las palabras iban dirigidas a Isabelle—: Esto no me gusta. La situación es demasiado fluida. No sabemos qué pretende.

—Soy consciente de ello, August —dijo Isabelle tranquilamente—. Cuida de los estudiantes. Yo me encargo de Allie.

Sin esperar respuesta, Isabelle enfiló por la larga avenida de gravilla y Allie salió rápidamente tras ella.

Se esforzó en pensar otras preguntas; seguro que había más cosas que debía saber. Algo que la ayudase a prepararse mejor. Ni siquiera se habían puesto el equipo negro de la Night School. Isabelle lucía unos pantalones negros y una camisa de seda blanca. Los zapatos de oficina que llevaba no estaban hechos para correr. Allie iba vestida con el uniforme del colegio.

Era una noche sin luna. La oscuridad era total, apenas si vislumbraban el sendero.

La verja quedaba a algo más de un kilómetro. El ritmo de sus pasos se sincronizó. A pesar de los zapatos, Isabelle corría con agilidad. Algunos mechones se soltaron de la pinza que le sujetaba el cabello; los bucles de color miel caían sobre sus ojos.

—¿Crees que es una trampa? —preguntó Allie después de un buen rato. Isabelle no contestó de inmediato.

—Puede ser —dijo pasados unos segundos—. Con Nathaniel todo es una trampa. —Sorprendentemente Isabelle sonrió—. En cierto modo es un hombre previsible.

Era una respuesta extraña. Incluso después de lo que le había sucedido a Lucinda, no parecía que Nathaniel la intimidara. Más que nada, parecía decepcionada.

Allie se acordó entonces de Christopher. Su hermano se había puesto de parte de Nathaniel, pero luego la había salvado de sus esbirros en Londres. La había ayudado a escapar. A lo mejor la relación de Isabelle con su hermanastro era tan conflictiva como la suya.

De repente, divisó algo a lo lejos. Entre los árboles titilaba un débil resplandor. Allie entornó los párpados y miró hacia la luz, tratando de entender qué veían sus ojos. Entonces lo comprendió.

Faros.

No tardaron en distinguir de dónde provenía la luz. Había varios vehículos en hilera colocados frente la verja del colegio. Allie reconoció el más grande: era aquel coche similar a un tanque que los había perseguido desde Londres.

Se le hizo un nudo en el estómago. Aquella cosa era gigantesca; si Nathaniel se lo proponía podía llevarse la puerta por delante.

Cuanto más se acercaba Allie a la valla, menos veía. El contraste entre la oscuridad del sendero y la luz resultaba cegador.

Colocó una mano sobre los ojos a modo de visera y miró hacia el resplandor. Le pareció que algunas figuras las miraban, pero no habría podido decir si eran hombres o mujeres, ni si iban o no armados.

—Buena jugada, Nathaniel. —La voz de Isabelle resonó en el silencio—. Ya puedes apagar las luces.

Durante un instante no sucedió nada. Después las luces se apagaron de golpe.

Ahora sí que estaba ciega. Allie parpadeó con fuerza, pero era como si le hubiesen vendado los ojos.

Se detuvo. No se atrevía a dar ni un paso más.

Se sentía indefensa. Vulnerable.

—Quédate cerca de mí. —El susurro de Isabelle le llegó desde la oscuridad, justo a su lado. No la veía.

¿Cómo voy a quedarme cerca si no sé ni dónde estás?, pensó Allie.

—Nathaniel, ¿qué quieres? —preguntó Isabelle a dos pasos de ella. Con cautela, Allie dio un paso hacia la voz—. No había necesidad de montar este teatrillo.

—¿Es que no te alegras de verme, Isabelle? Qué desilusión. —La conocida voz de Nathaniel hizo que a Allie se le helara la sangre en las venas—. Te he traído un regalo.

—No es mi cumpleaños —dijo Isabelle con velado sarcasmo—. No hacía falta que me trajeras nada.

—¡Claro que sí!

Los ojos de Allie fueron acostumbrándose a la oscuridad y vislumbró una imagen difusa de la escena del otro lado de la verja. Había unos diez hombres fornidos, y parecía que unos cuantos sacaban algo de un coche.

A su lado de la verja, se hallaban únicamente ella e Isabelle. Disimuladamente Allie buscó a su alrededor un indicio de la presencia de los guardias de Raj, pero no vio a nadie.

Seguro que estaban por allí cerca, en alguna parte.

Los guardias de Nathaniel empujaron a dos hombres hacia la verja. Iban esposados y con los ojos tapados. Ambos vestían el atuendo que caracterizaba al equipo de seguridad de Raj.

—Te he traído a tus hombres —dijo Nathaniel con cierto gozo—. En señal de paz.

Estaba más guapo que nunca. Llevaba el cabello oscuro peinado cuidadosamente y una elegante corbata perfectamente recta y anudada. No parecía ir vestido para un intercambio de prisioneros nocturnos, sino para una reunión de trabajo. Pero Allie había aprendido a no subestimarlo. Nada en Nathaniel era ordinario.

Los guardias que lo rodeaban llevaban traje oscuro y corbata. Por lo que Allie pudo ver, todos eran hombres de cabello corto. Rápidamente buscó con la mirada a Carter entre los prisioneros.

No estaba allí.

Isabelle debía de estar pensando lo mismo.

—¿Qué hay del chico? ¿Dónde está Carter West?

Nathaniel extendió las manos.

—Lamentablemente no ha podido acompañarnos hoy. Tenía... otros compromisos.

Allie sintió que el aire abandonaba sus pulmones. Miró fijamente a Nathaniel, incrédula. Estaba segura de que Carter iba a estar allí. De que lo vería.

Los ojos de Nathaniel exploraron su rostro, divertidos.

—Oh, querida —dijo Nathaniel—. Lo esperabas, ¿no es así? Pobrecita...

Se estaba burlando de ella. Disfrutaba con su dolor.

Allie apretó los puños a los costados, tan fuerte que se clavó las uñas en las palmas. Quería pegar a Nathaniel. Y arañarle su cara de engreído.

Al parecer, a Isabelle también se le había agotado la paciencia.

—¿Qué es todo esto, Nathaniel? —La directora avanzó hacia la verja. El tono de humor había desaparecido de su voz—. Lucinda ha muerto por culpa de tu interminable vendetta. ¿No te basta con eso? ¿No has causado bastante dolor? ¿Podemos dejarlo ya?

—Lucinda ha muerto —dijo Nathaniel fríamente— porque se negó a aceptar la verdad. Su tiempo al frente de Orión había terminado. El futuro ha llegado. —Extendió los brazos, como exhibiéndose—. El futuro soy yo.

La furia de Isabelle estalló.

—Puede que lo seas. Pero Lucinda detestaba el futuro que representas. —La directora dio un paso más hacia la verja, y se miraron de hito en hito—. Y no eres el futuro, sino el pasado. Quieres tomar el poder que otros hombres mucho más grandes que tú entregaron al pueblo y apropiártelo. —Ahora estaba al alcance de Nathaniel, pero él no se movió. La miraba, impávido—. Hizo bien en enfrentarse a ti. Y ahora que ella no está… lo haré yo en su lugar.

Allie pensó en el plan de abandonar el colegio (rendirse y empezar de nuevo en otro sitio) y bajó la vista. Isabelle no quería que Nathaniel lo supiese hasta que les devolviera a Carter. Por lo que pudiera pasar.

Los ojos de Nathaniel brillaron como esquirlas de cristal.

—Es bueno saber de qué lado estás, querida *hermana*.

Sus ojos se volvieron hacia Allie.

—¿Qué hay de ti, pequeña? ¿También te enfrentarás a mí?

Allie levantó la vista y lo miró a los ojos, obligándose a no parpadear.

—Hasta la muerte.

Lo decía en serio. Quizás se marchasen. Pero un día volvería y haría que Nathaniel se las pagara.

Él arqueó una ceja.

—Bueno, esperemos que eso no sea necesario. —Miró alrededor, oteando la oscuridad que había tras ellas—. Por cierto, Allie, ¿dónde has escondido a tu hermanito?

Allie frunció el ceño.

—¿De qué hablas?

—No me tomes el pelo, niña —Nathaniel golpeaba impacientemente el suelo con el talón—. Christopher está desaparecido desde la noche del parlamento. Me imaginé que habría vuelto corriendo a tu lado. ¿Anda por aquí?

Eso quería decir que no habían pillado a Chris. Había escapado.

Qué notición. Allie hizo esfuerzos por permanecer impasible.

A lo mejor le había dicho la verdad. Había desafiado realmente a Nathaniel.

—Christopher no es asunto tuyo —contestó.

Nathaniel se acarició el mentón y la atravesó con la mirada.

—Que muchacha más insolente.

—Mira quién fue a hablar.

Él la miró fijamente durante un segundo. Luego echó la cabeza hacia atrás y rió a carcajadas.

—Oh, Allie. Si hubieses escogido el bando correcto, creo que me habrías caído bien.

—*Escogí* el bando correcto —contraatacó ella.

La sonrisa de Nathaniel se desvaneció.

—Te equivocas.

Nathaniel se balanceó sobre sus talones. En la oscuridad, incluso en mitad de aquel camino de tierra y rodeado por sus guardias, conseguía parecer tranquilo; estaba como pez en el agua. Se notaba que disfrutaba enfrentándose a ellas.

—Allie, en Londres me hiciste una promesa. ¿Te acuerdas?

Al principio, Allie no sabía a qué se refería. Nada de aquella noche parecía más importante que Carter y Lucinda.

Entonces el recuerdo acudió a su mente en forma de instantánea. Nathaniel y Lucinda de pie, el uno junto al otro; las luces de Londres extendidas a sus pies como una brillante alfombra.

«Allie, quiero que me prometas que, mientras yo viva, nunca intentarás tomar el control del Grupo Orión».

Lucinda había intentado detenerla, pero Allie se había empeñado en aceptar. De todos modos, nunca había deseado nada de aquello.

—Sí, lo recuerdo.

—Bien. —Nathaniel hizo un gesto vago con la mano.

Allie observó con desconfianza cómo uno de los guardias sacaba un montón de papeles y los pasaba por entre las rejas.

Dio un paso hacia adelante, pero con un gesto, Isabelle le indicó que se quedara donde estaba. Fue ella quien cogió los papeles.

Mientras examinaba la primera página, arrugó los labios en una mueca de disgusto.

Nathaniel seguía hablando.

—Estos papeles te obligan a cumplir esa promesa. Necesitaré que los firmes.

—Allie no va a firmar nada —dijo Isabelle con desdén—. ¿Cómo te atreves siquiera a pedírselo?

—Vamos, Izzy, ya es mayorcita —replicó Nathaniel—. Estoy seguro de que puede tomar sus propias decisiones.

—No, no puede —le espetó Isabelle—. Es menor de edad.

Nathaniel hizo un gesto indiferente con la mano.

—Ya sabes que se puede hacer igualmente.

Mientras discutían, Allie intentaba decidir qué hacer. Al final, nada de lo que ellos dijeran importaba. La decisión era suya.

Aquella noche, cuando accedió a la petición de Nathaniel, lo había hecho en contra de los deseos de Lucinda. Había abrigado la esperanza de que así Nathaniel los dejaría en paz.

Pero se había equivocado.

Lucinda nunca la había mirado con tanta decepción como en aquel momento. Como si le hubiese fallado.

Y no pensaba volver a fallarle ahora.

Allie dio un paso al frente y se quedó muy cerca de la verja. Nathaniel y ella se miraron de hito en hito. Quería que él viera que no le tenía ningún miedo.

—Firmaré los papeles. —Su repentino anuncio pareció sorprender a los dos adultos. Isabelle le dirigió una mirada de frustración.

—Excelente. —Nathaniel rebuscó en el bolsillo de su americana y sacó un bolígrafo.

Entonces Allie terminó la frase:

—Firmaré en cuanto Carter West regrese sano y salvo a la Academia Cimmeria y tú prometas que nos dejarás en paz. Hasta entonces, no pienso firmar nada.

La expresión de Nathaniel se ensombreció. Se había quedado muy quieto y sus mejillas se teñían de rojo.

De repente, uno de los guardias situados tras él, un hombre musculoso con cara de niño y barba de cuatro días, captó la mirada de Allie y le hizo un gesto sutil con la mano.

Aléjate, decía.

Allie dio un paso hacia atrás torpemente, justo en el momento en que las manos de Nathaniel atravesaban los barrotes para agarrarla. Había escapado por pocos centímetros.

Entonces Nathaniel enloqueció.

—¿Se puede saber qué diablos te pasa, niñata? —Pateó la verja metálica repetidamente, con tanta violencia que la hizo temblar.

Los guardias esperaban tras él con estoicismo, como si aquella escena fuera de lo más normal.

Con el corazón a mil por hora, Allie buscó entre las caras de los guardias hasta que dio con el de la barba de cuatro días. Igual que los demás, miraba al frente por encima de Allie, como si ella no estuviera.

¿Por qué la había avisado?

¿Será Nueve?

Tenía que serlo.

Allie tomó una decisión. Encontraría la manera de reunirse con él. Para que se lo explicara.

Miró a la directora de reojo. Observaba la pataleta de Nathaniel con una extraña mezcla de asco y compasión.

Nathaniel, jadeando, se alejó de la verja. Tras aquel estallido de violencia, la noche parecía más silenciosa.

Allie e Isabelle lo miraron con cautela.

—Escúchame, niña —gruñó él—. Si quieres volver a ver a tu noviete con vida, te sugiero que firmes el documento ahora...

—Basta —Isabelle levantó una mano—. No te atreverás a tocarlo. Si haces daño a Carter West, perderás tu ventaja. Lo necesitas para conseguir la firma. Ya tienes tu respuesta, Nathaniel. Entréganos a Carter y tendrás todo lo que deseas.

Nathaniel no tenía ni idea de lo cierto que era eso.

Isabelle sostuvo en el aire los documentos y los rompió por la mitad. Los pedazos revolotearon hasta el suelo y quedaron repartidos a su alrededor como pétalos de flores.

Nathaniel estaba rojo de ira.

—Ten cuidado, Nathaniel —dijo Isabelle en tono burlón—. He oído que en el Parlamento todo el mundo habla de cómo murió Lucinda. Nadie se ha tragado la historia que inventaste. Mira que decir que fue un ataque al corazón... —Negó con la cabeza—. En el Parlamento los rumores corren como la pólvora. ¿Cuánto tiempo crees que aguantarás?

Allie esperaba que Nathaniel perdiese los nervios de nuevo. Pero su respuesta fue sosegada:

—Pisas terreno peligroso, hermanita.

Isabelle sonrió.

—Es justo donde me gusta estar, *hermano*.

Ambos se quedaron quietos un largo rato, como si libraran una silenciosa batalla. Entonces Nathaniel levantó una mano.

—Vámonos.

Al unísono los guardias giraron sobre sus talones y regresaron a los vehículos. Allie buscó entre ellos al de la cara de niño, pero no lo vio; había desaparecido entre las sombras.

Los faros encendidos crearon una cortina que la deslumbró. Isabelle, sin manifestar ningún tipo de miedo, permaneció junto a la verja mirando directamente hacia la luz.

A contraluz, con el cabello dorado que le revoloteaba alrededor del rostro, parecía una diosa. O una princesa guerrera.

Los todoterrenos giraron pesadamente y se alejaron uno tras otro con un rugido.

Cuando se hubieron marchado, la noche quedó en silencio. Allie oyó los quejidos de los pájaros en los árboles, agitados por el ruido de los motores. El viento susurraba entre las ramas de los pinos.

Las únicas personas que quedaban al otro lado del enrejado eran los dos rehenes. Estaban allí de pie, indefensos, con los ojos vendados y las manos atadas a la espalda.

Levantaban la cara con curiosidad animal, como si intentaran ver a través de la tela que les cubría los ojos.

Allie sabía que eran un cebo.

Era típico de Nathaniel. Quizás hubiera detenido los coches carretera abajo, no muy lejos. O hubiera dejado a algunos hombres escondidos en el bosque, esperando una señal suya para atacar en cuanto se abriera la verja.

Nada justificaba la entrega de aquellos hombres.

La situación apestaba a trampa a más no poder.

¿Qué podían hacer? Era demasiado arriesgado abrir la puerta, pero tampoco podían dejar a aquellos hombres ahí fuera.

La directora también miraba a los dos guardias. Se había mostrado tranquila toda la noche, pero ahora estaba ciega de ira.

—¿Se han marchado en serio? —preguntó Allie poco convencida—. ¿Es seguro?

—Me importa un carajo —Isabelle sacó el móvil del bolsillo, apretó un botón y dijo—: Abrid la maldita puerta.

QUINCE

La puerta metálica comenzó a abrirse con un chirrido.

Allie miró fijamente a la directora, incrédula. Era de locos abrir la puerta en aquel momento.

Ese tipo de imprudencia era totalmente atípica en una persona tan cauta y obsesionada con las normas como Isabelle.

La directora estaba de pie en medio del camino de entrada, a escasos centímetros de la verja que se movía.

Casi parecía, pensó Allie, que *deseaba* que Nathaniel regresara.

Eso era más aterrador que cualquiera de los sucesos de la noche. En los últimos meses, Nathaniel había puesto a prueba los nervios de los profesores de Cimmeria.

Quizás en esta ocasión hubiera llegado demasiado lejos. Quizás Isabelle hubiera acabado por perder la cabeza.

—Isabelle… —empezó a decir Allie con vacilación.

Antes de que pudiera terminar la frase, Isabelle sacó nuevamente el teléfono.

—Ahora, Raj.

Del bosque que había a sus espaldas surgieron, como por arte de magia, varios guardias de seguridad vestidos de negro. Eran unos cincuenta y se movían con mucho sigilo.

En mitad de la noche, no eran más que un borrón oscuro en movimiento.

Allie ya se había imaginado que no andaban muy lejos, pues los guardias jamás las habrían dejado solas allí fuera, pero hasta aquel momento no había visto ni rastro de su presencia.

Pasaron junto a ellas y se precipitaron por las puertas abiertas con silenciosa rapidez.

Raj iba a la cabeza, decidido y con cara de concentración. Ni siquiera las miró cuando pasó por su lado.

Los guardias se fueron a toda velocidad hacia los dos rehenes. Al alcanzarlos, se dividieron con silenciosa precisión. La mayoría se fue a inspeccionar los alrededores. Los demás, tras cachearlos, pusieron a salvo a los hombres con los ojos vendados dentro del recinto del colegio.

Todo terminó tan rápido como había empezado. Los guardias, esta vez olvidándose del sigilo, corrieron hacia la verja. Zelazny corría y daba órdenes al mismo tiempo. Las puertas dieron una sacudida y comenzaron a cerrarse.

En cuanto entraron, los guardias formaron una hilera larga y negra frente a la puerta que se cerraba lentamente. Permanecieron allí parados, con aplomo, pero listos para atacar en cualquier momento.

Raj fue el último en entrar; se deslizó entra las rejas como una sombra, justo antes de que la verja se cerrara con un chasquido.

Zelazny fue directo hacia Isabelle. Sus ojos azul pálido la miraban con desaprobación.

—Te has arriesgado demasiado —dijo en voz baja.

Isabelle tenía los ojos puestos en los dos guardias maniatados. Alguien sacó una navaja y cortó las bridas que les sujetaban las muñecas.

—Ha llegado la hora —dijo ella segundos más tarde— de que nos arriesguemos.

Se alejó para ir a hablar con Raj. Zelazny echaba chispas por los ojos, pero no fue tras ella.

Allie observó con creciente impotencia y tristeza cómo los guardias se ocupaban de los rehenes.

Carter no está. Ha sido un engaño.

No sabía qué hacer.

Todo parecía inútil. Hicieran lo que hicieran, Nathaniel los leía como a un libro abierto. No lograban doblegarlo. Jugaba con ellos.

Ellos eran el ratón y Nathaniel, el gato.

¿Cómo iba a cambiar eso? Sobre todo ahora que Lucinda no estaba. Nathaniel jugaría con ellos hasta aburrirse y en cuanto estuviera preparado se quedaría con todo. *Game over.*

—No se preocupe.

Allie alzó los ojos y, para su sorpresa, se encontró con que Zelazny la miraba con compasión.

—Nathaniel pagará por esto —dijo él.

De no estar aturdida por la rapidez con que se habían sucedido los acontecimientos, la habría sorprendido que él reparase en su dolor. O que mostrara su preocupación por ella. Pero eso no se le ocurrió hasta más tarde. En aquel momento solo asintió en señal de agradecimiento.

—Todo el mundo adentro. —La voz de Raj atravesó la noche.

Zelazny giró sobre sus talones; su momentánea amabilidad había desaparecido.

—Vámonos —bramó—. ¡Todo el mundo en marcha! ¡Ahora!

Tras un último y anhelante vistazo hacia la desierta oscuridad, Allie echó a andar.

En cuanto llegaron al edificio principal del colegio, Isabelle se llevó consigo a los dos rehenes liberados para que le proporcionaran información.

—August, Eloise: conmigo. —Lo dijo de un modo tan seco que Allie pensó que era mejor no preguntar si podía acompañarlos.

Con un portazo, el pequeño grupo desapareció en el despacho oculto en el hueco de la escalera.

Se hizo el silencio.

Allie esperó un rato junto a la puerta de Isabelle; a lo mejor había novedades. Los guardias que habían estado prisioneros sabrían algo de Carter. A lo mejor podrían ponerlos sobre la pista de su paradero.

Pero la puerta de madera tallada seguía cerrada a cal y canto.

Se apoyó en la pared e intentó relajarse, pero su pie izquierdo golpeteaba nerviosamente el suelo de madera pulida. No conseguía estarse quieta.

—Allie.

Sylvain se le había acercado por detrás sin hacer el menor ruido. No lo había oído llegar.

Ahora no tenía escapatoria.

—Tenemos que hablar —dijo él.

Aún llevaba puesto el equipo negro de la Night School, y su expresión no presagiaba nada bueno.

A Allie se le hizo un nudo en el estómago. Se esforzó en mostrarse relajada, pero la tensión se le notaba en la voz.

—Claro, ¿qué pasa?

—Aquí no. —Sylvain señaló la escalinata que había a sus espaldas—. Arriba.

Sylvain subió las escaleras con los andares ágiles de un gato, y ella lo siguió tan lentamente como pudo, agarrándose del pasamano.

Tenía un mal presentimiento.

Una vez en el descansillo, Sylvain se detuvo ante los altísimos ventanales. Posó una mano en el pedestal de una estatua de mármol y lo golpeteó brevemente con los dedos; él también estaba nervioso.

Allie quería que hablara él primero. Pero Sylvain seguía allí parado, sin más.

—Lamento haberte gritado antes —dijo ella. Alguien tenía romper el hielo—. Me he pasado.

—No es eso —dijo él.

Sylvain evitaba su mirada.

—Ah. —Allie tenía el corazón en un puño—. ¿Entonces qué ocurre?

Se miraron de hito en hito unos segundos, y luego Sylvain desvió la mirada.

—¿De verdad no lo sabes?

—No —dijo ella, pero la voz le salió en un susurro poco convincente.

La expresión de Sylvain le hizo comprender que no engañaba a nadie.

—Algo ocurrió mientras yo estaba fuera. Lo noto. Sé que están pasando muchas cosas pero… Todo es distinto ahora. Entre nosotros dos.

Allie sintió tanto pánico que empezó a sudar. El corazón le latía sin ton ni son.

Lo sabe, pensó con horrible certeza. ¿Cómo se ha enterado? Y luego: Katie.

Después de todo, parecía que la pelirroja la había traicionado. Tendría que habérselo imaginado. La arpía de Katie y su juego sucio, siempre intentando quedar por encima.

Bueno. Era demasiado tarde para arreglarlo. Tenía que pensar en algo, y rápido.

—No sé a qué te refieres —mintió.

Sylvain sonrió con tristeza.

—Sí, sí que lo sabes.

En aquel instante, Allie odió a Katie con todas sus fuerzas. Más que a Nathaniel.

No podía seguir disimulando más tiempo.

—¿Qué te ha contado Katie? —preguntó acaloradamente—. No deberías creerte todo lo que dice.

—¿Katie? —Sylvain frunció el ceño—. No he hablado con ella en todo el día. —Entonces miró fijamente a Allie. De repente sus ojos lo comprendieron todo—. ¿Qué debería decirme?

Allie se había quedado helada. Ahora sí que la había cagado.

Ni siquiera se le ocurrían más mentiras.

Al ver que no contestaba, Sylvain hizo un gesto vago con la mano.

—Déjalo. Me imagino lo que es. O sea que yo tenía razón desde el principio.

Aquello era horrible. Era lo más horrible del mundo.

Por culpa de sus dudas había creado un lío muy gordo. Y cuando por fin había tomado una decisión, solo lo había estropeado todo aún más.

Allie dio un paso hacia Sylvain, pero no tuvo el valor de acercarse más. De repente, el chico parecía inaccesible.

—Sylvain, por favor —dijo ella.

Él asintió como si Allie acabara de confirmar todas sus sospechas.

—Antes de irme ya sabía que las cosas entre nosotros no estaban bien. Supongo que tenía la esperanza de que, al final… —Su voz se apagó. Apretó las manos y luego las aflojó—. Pero estaba equivocado. —Alzó sus penetrantes ojos azules y encontró los de ella—. ¿No es así? Quieres romper conmigo, ¿verdad?

¿Qué se responde a eso?

Es una pregunta trampa. La respuesta va implícita.

Allie sintió que el suelo se hundía bajo sus pies.

Aquello no podía estar pasando. Tenía pensado ocuparse de eso más tarde. Una vez que todo estuviese resuelto. Cuando Carter hubiese regresado y...

Y ella estuviese lista.

¿Pero cuándo sería? Nunca estaría preparada para romperle el corazón a

Sylvain.

Un insoportable silencio reinaba en el colegio. Como si el edificio entero estuviese pendiente de su separación.

La pregunta de Sylvain seguía en el aire. Sin respuesta.

Quieres romper conmigo, ¿verdad?

—Sí —susurró Allie.

Sylvain soltó un rápido bufido, como si ella lo hubiese abofeteado.

—La verdad —dijo él—. ¡Por fin! —Él le mantuvo la mirada. Sus ojos resultaban de una calma desconcertante—. ¿Es por Carter? ¿Pasó algo entre vosotros?

—Sí —repitió Allie apenada.

Aunque trataba de disimularlo, el cuerpo de Sylvain delataba el dolor que sentía.

—Siempre lo he sabido —dijo él—. Pero aun así...

No terminó la frase. No hacía falta. Allie sabía lo que iba a decir.

Aun así... duele.

Las lágrimas de Allie amenazaban con brotar.

—¿Sabes? —dijo ella—. Hace mucho tiempo, me dijiste que tenía que averiguar quién era yo y que entonces sabría qué quería. Pues lo he averiguado. El tema es que *quería* estar enamorada de ti. —Su voz era cada vez menos firme—. Pero sencillamente... no lo estaba.

Él se miraba las manos mientras ella hablaba. Cuando alzó los ojos, el dolor que había en su cara quebró el corazón de Allie como un pedazo de cristal.

—Estás enamorada de Carter —dijo él llanamente.

Allie no podía soportarlo más. No podía seguir haciéndole daño durante más tiempo.

—Lo sien... —susurró.

—No lo sientas. —Él levantó una mano como para detener las palabras—. No quiero...

Una lágrima bajó por la mejilla de Sylvain. Él se la secó, con una mirada de total incredulidad.

Sin más palabras, se dio la vuelta hacia el pasillo y caminó a paso rápido y decidido hasta que desapareció en la oscuridad.

Y se alejó de su vida.

Allie casi había llegado a su habitación.

Estaba subiendo las escaleras que conducían a la zona de los dormitorios con lágrimas corriéndole por el rostro, cuando oyó voces en el piso de abajo. Se dio media vuelta y se apresuró a bajar hasta el descansillo.

Se asomó por el pasamano para descifrar las palabras.

De repente, Zoe salió como un rayo del despacho de Isabelle y corrió en dirección adonde ella estaba, con la coleta rebotando a cada paso. A medio camino, reparó en Allie.

—Date prisa, Isabelle dice que vayas. —Entrecerró los ojos—. ¿Qué te pasa en la cara?

—Nada —Allie se restregó las mejillas con la manga—. Es que... Nada. —Carraspeó—. ¿Qué ocurre?

—No sé —Zoe hizo ademán de que se apresurara. Allie la siguió escaleras abajo, sin esperar más explicaciones.

—Solo ha salido del despacho de mal humor y te ha llamado. Y como no estabas se ha puesto a gritar. —Se interrumpió—. Isabelle nunca grita.

Bajaron juntas la escalera de caracol a toda prisa y no dejaron de correr hasta llegar a la puerta de la sala común. Zoe entró en primer lugar.

—¿Dónde está Isabelle? —dijo mirando en derredor—. Traigo a Allie.

Rachel y Nicole esperaban junto a la puerta.

—En su despacho. Ha dicho que vayamos todos. —Los ojos de Rachel escudriñaron la cara de Allie sin perder detalle. Arqueó las cejas. Allie se volvió rápidamente.

Encontraron a Zelazny de pie dentro del despacho de Isabelle.

—Pasen —gruñó—. Rápido.

Los guardias que Nathaniel había devuelto aquella noche estaban sentados en las butacas que había frente al escritorio, se los veía nerviosos.

Isabelle y Eloise estaban de pie al otro lado del escritorio y miraban algo en la pantalla de un ordenador portátil.

Isabelle estaba pálida y sus labios eran poco más que una línea.

Zelazny cerró la puerta tras las cuatro amigas.

—Gracias por venir. —Isabelle levantó la vista de la pantalla—. Me temo que hay algo que tenéis que ver.

Allie sintió una presión en el pecho. No podía respirar. Entre todos la estaban asustando.

No puede estar muerto. Por favor, Dios mío, que no esté muerto.

No podía ni hablar. Sus labios parecían estar paralizados.

—¿Qué sucede? —preguntó Rachel frunciendo el entrecejo.

La directora hizo un gesto con la cabeza a los guardias.

—Contadles lo que nos habéis dicho.

Allie se volvió a mirarlos. Fuera eran solo un par de sombras. Ahora podía observarlos con claridad. Tenían el cabello cortado a cepillo. El de la derecha era pecoso y rubio. El de la izquierda tenía la piel y el pelo oscuros. Ambos eran de complexión atlética, pero el último parecía mayor, más o menos de la edad de Raj.

—Nos dijo que os diéramos una dirección web —dijo, vacilante, el guardia de más edad—. Dijo que deberíais ver lo que habéis causado. Dijo que... si no le entregáis el colegio, el chico morirá. Y dijo: «Se acaba el tiempo».

En los oídos de Allie sonó un ruido vago y extraño. Veía que los demás hablaban, pero sus voces sonaban distantes, ahogadas.

La directora alzó una mano y la habitación quedó en silencio.

Entonces giró el portátil para que pudieran ver la pantalla.

Allie vio un cuerpo sentado en una silla, encadenado. Una oscura mata de pelo le tapaba la cara. Al principio, por la postura, fue incapaz de reconocer sus facciones. Pero aun así lo reconoció. Identificaba los hombros. La curva de la espalda.

Entonces el prisionero cambió de postura y miró hacia arriba.

Era Carter.

DIECISÉIS

Allie salió disparada del despacho de Isabelle y corrió pasillo abajo. Entró en tromba por las puertas del baño de las chicas y se metió en el primer compartimento, donde se dejó caer al frío suelo de azulejos; tenía náuseas.

Cuando acabó de vomitar, no se levantó. Simplemente se quedó donde estaba, con la frente apoyada en los brazos, que tenía cruzados sobre el inodoro. Todavía seguía viendo a Carter encadenado. Estaba oscuro y la imagen era borrosa, pero no había duda. Era Carter.

Tenía ganas de llorar, pero no le quedaban más lágrimas. Aquel día las había gastado todas.

Primero Nathaniel, luego Sylvain. Y ahora Carter.

Jamás se había sentido tan derrotada.

Solo quería que aquello parase.

No sabía cuánto tiempo llevaba allí cuando la puerta del baño se abrió con un débil chirrido.

—¿Allie? ¿Estás ahí?

Era Isabelle.

Allie se planteó no contestar. A lo mejor así se marchaba.

Pero sabía que no funcionaría. La directora la buscaría en todos los compartimentos del baño.

Aun así, tuvo que hacer acopio de todas sus fuerzas para contestar:

—Estoy aquí.

Se hizo un silencio.

—¿Te encuentras bien?

No le apetecía hablar con Isabelle. Ni con nadie. Pero tampoco podía esconderse allí para siempre.

De mala gana, se puso en pie lentamente y abrió la puerta del cubículo.

—Estoy bien.

Isabelle ignoró la mentira. Sus ojos color miel escudriñaron el rostro de Allie.

—Hace algo más de una hora que vigilamos a Carter —dijo suavemente—. Tiene agua y no parece hambriento ni drogado. El médico le ha echado un vistazo a las imágenes y no ha visto signos de deshidratación ni heridas graves...

—¡Está encadenado, Isabelle! —la cortó Allie—. Lleva *días* ahí metido. —Al decirlo en alto, todo fue real otra vez. Las manos le temblaban, de modo que cruzó los brazos firmemente para esconder el tembleque—. Lo tienen atado como a un animal.

—Lo sé. —Isabelle la estrechó fuertemente entre sus brazos. Al sentir la calidez del cuerpo de la directora, Allie se dio cuenta del frío que tenía.

—Lo vamos a solucionar —le aseguró Isabelle sin dejar de abrazarla—. Recuperaremos a Carter. Te lo prometo.

Allie no quería promesas. Quería hechos. Y quería la verdad.

Se liberó del abrazo de Isabelle.

—¿Pero cómo? Ni siquiera sabemos dónde está. Y eso que Dom lo ha intentado todo...

Isabelle la estudió atentamente durante unos segundos. Después abrió el grifo y puso una toalla de mano debajo del chorro. Se volvió hacia ella y le dio toquecitos en las mejillas y la frente con la toalla empapada.

—El caso es que Nathaniel acaba de cometer un error descomunal. Hasta ahora solo lo teníamos bajo escucha, pero acaba de poner en manos de Dom un sistema informático mal protegido y una cámara web encendida. Ahora podemos localizar su escondite. —Se inclinó hacia adelante y aguantó la mirada de Allie; sus ojos centellearon de entusiasmo— Iremos a buscarlo.

A la mañana siguiente, el despacho de Dom estaba hasta los topes. Allie, Rachel, Dom, Zoe y Shak estaban en la mesa y trabajaban como locos. Al otro lado de la sala, Nicole, Eloise y varios guardias de seguridad repasaban los mapas y las fotos de las enormes mansiones rurales. Isabelle, Zelazny y Dom rodeaban el escritorio de la informática.

Fuera, la lluvia golpeaba rítmicamente las ventanas. En el interior, la sala rebosaba de actividad. Ahora todos estaban convencidos de que tenían una oportunidad. Nathaniel ni siquiera sospechaba que les había servido en bandeja la información que necesitaban para derrotarle.

Vencido por su propia arrogancia.

Estaban muy animados, y de vez en cuando Allie se dejaba contagiar por el ánimo. Solo unos minutos. Hasta que sus ojos se posaban en el monitor de la pared.

Ahí estaba Carter, encadenado de pies y manos.

Llevaba una camiseta ancha de color gris y unos pantalones demasiado grandes. Tenía el pelo hecho un asco, pero no parecía que lo hubiesen golpeado. Más que nada daba la impresión de que estaba aburrido. Y muy cabreado.

Hacía varias horas que Nathaniel había abierto la transmisión, lo que era de gran ayuda para Dom pero, a la vez, resultaba insoportable.

—Cree que nos tortura —había dicho Isabelle un rato antes—. Pero en realidad nos ha brindado el arma que necesitamos para acabar con él.

Para Allie, sin embargo, era una tortura a secas.

En una de las esquinas inferiores de la pantalla, un reloj señalaba la cuenta atrás. En el terror de la noche anterior no había reparado en él, pero ahora se lo sabía de memoria. Los números digitales de color rojo brillaban como los ojos de un dragón: 72:45:50

Las últimas cifras iban decreciendo.

49, 48, 47, 46...

Los números los avisaban del tiempo que quedaba. Setenta y dos horas y cuarenta y cinco minutos.

Tres días.

Nathaniel había jurado que si para entonces no habían abandonado el colegio, Carter moriría. Así lo habían referido los rehenes liberados con un tono de pesar e indignación.

—Es el típico alarde de Nathaniel —había dicho Isabelle amargamente—. Quiere asustarnos.

El problema era que funcionaba.

Allie no conseguía despegar la vista de la pantalla. Los ojos se le iban solos una y otra vez. La inexorable cuenta atrás alimentaba la sensación constante de estar al borde de un ataque de pánico. El corazón le iba a mil por hora todo el tiempo.

Más rápido, pensaba continuamente. Tenemos que trabajar más rápido.

Estaba agotada. Isabelle había terminado por echarla del centro de operaciones a las cuatro de la madrugada y le había ordenado que no volviera hasta que hubiese dormido un rato. Pero cada vez que intentaba dormir, la asaltaban las mismas pesadillas. Bombas de relojería y una cuenta atrás: tic-tac, tic-tac, tic-tac.

A las siete de la mañana ya estaba de vuelta en el despacho.

Y no estaba sola. Dom, Shak y Zoe intentaban colarse en el sistema informático de Nathaniel. Raj y sus guardias habían salido a registrar las mansiones de los partidarios de Nathaniel en busca de cualquier rastro de Carter.

Con un último vistazo a Carter, Allie se colocó los cascos en la cabeza. Lo único que podía hacer era escuchar a los guardias de Nathaniel.

Y esperar que cometieran un error.

—Otro día más en la mina, ¿eh, Cinco?

Hoy Nueve parece cansado, pensó Allie. Se sentó a la mesa y acomodó los pies en una silla cercana, mientras comía una barrita de cereales. Los auriculares la aislaban de todo ruido salvo de las voces de los guardias, de manera que se le olvidaba que estaba rodeada de gente.

—Es la vida que siempre había soñado —contestó Cinco con ironía.

—¿Verdad que sí? —dijo Nueve—. ¿Cómo está el jefe hoy? Desde la última excursión se lo ve de muy buen humor. —Se interrumpió—. Me pone los pelos de punta.

—Jesús, Nueve. —Allie casi podía ver cómo Cinco ponía los ojos en blanco—. ¿Es que nunca estás contento?

—Cuando me tiro a tu vieja me pongo de buen humor —le soltó Nueve, que las pillaba al vuelo.

Cinco contraatacó con una retahíla de creativos improperios.

—Eres un hombre de empresa, Cinco —dijo Nueve después de que Cinco se hubiera despachado a gusto. No ves la realidad porque no quieres. El jefe está como un cencerro. Y si pierde esto, nos pueden caer diez años, que se dice pronto.

Allie asintió en señal de acuerdo.

—No seas tan gallina, Nueve —se mofó Cinco—. Ganará. Y si no… ¿Qué más da? Estaremos a gastos pagados y con pensión completa por cortesía de Su Majestad la Reina. A mí no me importaría.

—Claro que no te importaría —Nueve parecía divertido—. Pero a mí no me haría ni puñetera gracia.

Intercambiaron insultos durante un rato. Allie se disponía a agarrar una taza de té cuando Nueve dijo:

—¿Sabes la chica de anoche? ¿La de la escuela? ¿Esa que llevaba uniforme?

Allie se quedó petrificada, con la taza alzada en el aire.

—Sí —dijo Cinco de mala gana—. ¿Qué?

—Pues que no me parece bien —dijo Nueve—. Y punto.

—¿Qué no te parece bien? —No daba la impresión de que Cinco estuviese por la labor. Era como si no quisiera enterarse del todo. O como si quisiera que Nueve cerrara la boca.

Seguramente Nueve era consciente de ello, pero siguió hablando.

—Lo que hace el jefe… Solo es una niña. En unos años mi hija tendrá su edad. Una cosa es que se enfrente a su hermana, pero a esa niña, o al que tenemos arriba… No lo veo bien.

Se hizo un breve silencio.

—Será mejor que te ocupes de tus asuntos, Nueve —le advirtió Cinco—. No metas las narices donde nadie te llama.

Durante un segundo, Nueve no contestó. Luego tomó la palabra y fue tajante.

—No me gusta. Punto.

Allie estaba eufórica.

Por enésima vez pensó en aquel gesto sutil. En la mano avisándola de que se alejara; en la mirada de advertencia.

Ahora estaba completamente segura de que había sido él. Nueve. Nueve la había salvado.

Solo tenía que averiguar la manera de ponerse en contacto con él.

DIECISIETE

Durante el resto del día, Allie siguió pegada a los auriculares con la esperanza de que Nueve dijera algo más. Pero tras la última conversación no lo había vuelto a oír. Cuando volvió a aparecer, lo notó cortado. Allie estaba a la mesa, con la cabeza llena de voces masculinas, cuando Eloise le tocó el brazo. Allie apartó los auriculares y miró hacia arriba.

—Isabelle quiere verte. —La bibliotecaria tendió la mano para que le entregara los cascos—. Yo te sustituyo. De todos modos, te toca hacer una pausa.

Allie no tenía la impresión de llevar mucho tiempo sentada hasta que se puso de pie y los músculos se le quejaron. Al mirar el reloj descubrió con sorpresa que ya eran las cuatro de la tarde. Llevaba allí muchas horas.

Antes de salir de la sala, le echó una ojeada a Carter. Estaba sentado en una silla de madera con la cabeza gacha. Era difícil saber si dormía o estaba despierto.

El reloj rojo que brillaba en una esquina de la pantalla le recordó a Allie la cuenta atrás: 64:12:31.

Los números se sucedían tan rápido...

El colegio estaba tranquilo; todo el jaleo tenía lugar en el despacho de Dom o en los terrenos del colegio. Allie estaba prácticamente sola en el amplio pasillo. Cuando llegó al despacho de Isabelle, encontró la puerta cerrada.

Oyó un leve murmullo de voces que procedían de dentro.

Tocó a la puerta suavemente.

—Adelante —dijo Isabelle.

La directora estaba sentada detrás de su escritorio. En las butacas que había enfrente había dos hombres vestidos con trajes caros. Ambos se giraron al ver a Allie indecisa, de pie en el umbral.

—Oh, estupendo, Allie —dijo Isabelle alegremente—. Te esperábamos. Por favor, cierra la puerta.

Alguien había colocado una cuarta butaca junto a la de Isabelle, y la directora la invitó por gestos a que la ocupara.

—Siéntate.

Los hombres no ocultaron su curiosidad. Ambos eran de mediana edad, uno algo más joven que el otro, con pelo castaño claro y gafas de diseño. El otro tenía canas y unos amables ojos azules. Cuando sus miradas se encontraron, él sonrió.

Era una sonrisa paternal, pero Allie apartó la vista rápidamente.

—Allie, estos caballeros trabajaban para tu abuela —explicó Isabelle—. Han venido a hablar contigo sobre el testamento.

Allie se quedó mirándola.

—¿El testamento?

Hasta aquel instante se había olvidado por completo de la conversación que había mantenido con sus padres el día del funeral de Lucinda. Rememoró las palabras de su padre: *Los abogados de Lucinda se han puesto en contacto con nosotros.*

—Así es —Isabelle hacía gala de su voz más agradable, cosa que irritó a Allie—. Lucinda te incluyó en su testamento. Y estos señores han venido a explicártelo.

En ese momento Allie se percató de que a los pies de los hombres había dos maletines y de que el de más edad sostenía una pila de documentos.

—Me llamo Thomas Granville-Smith —dijo el hombre—. Este es Will Ainsworth. Trabajamos para el bufete de abogados que llevaba los asuntos de Lucinda Meldrum. —Miró a Isabelle—. ¿Le parece bien que vaya al grano?

Isabelle inclinó la cabeza.

El hombre volvió su atención a Allie.

—Su abuela dejó instrucciones muy claras de lo que debía suceder en el penoso caso de que falleciera. —Hizo una pausa—. Y espero que no le resulte inapropiado, pero me gustaría aprovechar la oportunidad para decirle que lamentamos muchísimo su muerte. —Sus ojos se ensombrecieron por una emoción sincera, según le pareció a Allie—. Durante muchos años trabajé codo con codo con Lucinda. No sé qué vamos a hacer sin ella.

A Allie le había costado horrores aceptar el pésame incluso de sus amigos más íntimos. No sabía por qué, pero aquellas palabras la habían conmovido.

—Se lo agradezco —dijo ella con sinceridad.

Antes de proseguir, el hombre se aclaró la garganta y bajó la mirada hacia los papeles.

—Bien. Como fue muy específica en cuanto a sus últimas voluntades, creo que lo mejor será que lea en voz alta lo que escribió su abuela. —Sacó unas gafas del bolsillo de la americana y se las colocó; luego puso los documentos a la altura de sus ojos.

—Yo, Lucinda St John Meldrum, en pleno uso de mis facultades mentales, por la presente lego a mi nieta Lady Alyson Elizabeth Sheridan todos mis bienes y posesiones de valor. Todas mis empresas y cuentas bancarias, mis residencias de Londres, Escocia y Saint Barth, así como mis acciones y participaciones sin restricción.

El abogado le mostró el grueso fajo de documentos.

—Aquí tiene una lista completa de las empresas e inmuebles.

Allie se lo quedó mirando con la boca abierta. Las palabras del hombre eran sencillas, pero Allie era incapaz de asimilarlas. Su abuela había sido una de las mujeres de negocios más prósperas del país. Si se lo había dejado todo...

No podía ni imaginarse qué significaba.

No sé ni dónde está Saint Barth ¿y ahora tengo una casa ahí?

Se volvió hacia Isabelle, como si ella pudiera darle sentido a todo, pero tenía la atención puesta en los abogados.

—Por favor, Tom, lea la sección de la que hemos hablado antes. Creo que es importante que Allie lo oiga, ya que le afecta directamente.

—Cómo no. —El hombre pasó una página y buscó el fragmento en cuestión—. Aquí está: A mi hijastro, Nathaniel Ptolemy St John, no le dejo ni dinero ni posesiones, sino una nota de advertencia mucho más valiosa: «Nathaniel, tu sitio no está en la cima del mundo. Ese lugar le pertenece solo a Dios. Debes caminar entre los hombres, como uno más. Hazlo y hallarás todo lo que anhelas».

El abogado se quitó las gafas y las guardó. Por un momento, nadie dijo nada.

—No lo entiendo —Allie se volvió hacia la directora—. Isabelle, ¿cómo puede ser? Solo tengo diecisiete años. No puedo ser dueña de un montón de empresas.

—Buena pregunta. —La directora se dirigió a los dos hombres—: Supongo que es hora de hablar del fideicomiso.

—Ahí es donde entro yo. —El abogado joven miró con deferencia a Tom, que a su vez asintió—. Señorita Sheridan, soy el especialista del bufete en planificación financiera. He venido a explicarle las alternativas que tiene.

Sacó un grueso archivador de su maletín.

A Allie pensó que iba darle un patatús.

—Qué suerte la mía —dijo con un hilo de voz.

—Espera, espera —Rachel miró fijamente a Allie—. ¿Te lo ha dejado *todo*?

—Todo. Y tengo una casa en Saint Barth —Allie se interrumpió—. ¿Dónde está eso?

—Es un lugar muy bonito —Rachel lo dijo como si nada, pero Allie notó en su rostro lo sorprendida que estaba.

La cena acababa de terminar y estaban las dos en la biblioteca, que se hallaba desierta. Allie había mantenido en secreto lo del testamento de Lucinda todo lo que había podido. Le costaba mucho alejarse del despacho de Dom, y de Carter, pero necesitaba contárselo a alguien.

En cuanto la cena terminó, arrancó a Rachel del lado de Nicole y se la llevó.

A lo largo de más de una hora, Will Ainsworth le había hablado de fideicomisos e impuestos de sucesión, y le había tendido a Allie folios y folios con números larguísimos y listas interminables de corporaciones.

Allie no tenía muy claro qué significaba todo aquello.

—¿Lucinda era dueña de Nabisco?

—Hum… No. —La sonrisa de Will era permanente—. Tiene acciones de Nabisco. Esta es su lista de derivados financieros.

—Claro, claro —había contestado Allie sin entender ni jota—. Derivados.

Ahora estaba sentada con Rachel en el suelo de la sección de Grecia

Antigua y conversaban en voz baja. La biblioteca estaba casi vacía, solo había algunos alumnos en las mesas de la entrada, demasiado lejos como para oírlas.

Durante un buen rato, se entretuvieron en calcular cuánto tiempo tardaría Allie en dilapidar la fortuna de Lucinda si se dedicara a gastar un millón de libras al día. Cuando llegaron a los cien años se olvidaron del juego.

—Es de locos, Allie —dijo Rachel—. Tu abuela tenía más dinero que la reina. ¿Qué vas a hacer?

—No sé. Estoy que no me lo creo todavía. Lucinda era dueña de medio mundo. Por un momento pensé que Weetabix me pertenecía. Pero luego resultó que Lucinda solo estaba en la junta. Que tampoco sé qué quiere decir... —Se echó hacia atrás y apoyó la cabeza en una fila de libros con cubiertas de cuero mientras soltaba un suspiro—. Socorro, Rach. ¿Cómo voy a estar en una junta si no sé ni qué es?

Rachel asintió repetidamente.

—Ya lo irás pillando.

—¿Son jefes? —aventuró Allie.

—Más o menos... Creo que son los jefazos de los jefes.

—¿En serio? —Allie no salía de su asombro—. ¿Entonces soy una jefaza?

—Creo que te pagan por no hacer nada, si te sirve de consuelo.

Allie levantó las manos.

—Ay, no sé, Rach. Seguro que Lucinda pensó que me hacía un favor, pero ahora mismo me parece un marrón. De momento, hasta que cumpla veintiún años, es un fideicomiso e Isabelle me echará una mano, pero... dice que tengo que entender cómo funciona todo. —Tiró de un ribete suelto en la encuadernación de un libro—. No estoy preparada.

—Por lo menos eres rica —dijo Rachel—. Algo es algo.

—Asquerosamente rica —apuntó Allie en tono sombrío.

Rachel estiró las piernas y las suelas de sus zapatos rozaron la estantería de enfrente.

—Mi padre siempre dice que no hay nada como ser rico y poderoso para odiar el dinero y el poder.

Allie parpadeó.

—¿En serio?

No le cabía en la cabeza que el siempre circunspecto Raj Patel pudiera decir algo medianamente subversivo.

—Dice muchas cosas —Rachel cambió de tema—. ¿Se te hará raro? Lo de ser rica y eso...

Allie planteó otra pregunta.

—¿Se te hará raro a *ti* que lo sea?

—No. —Rachel respondió sin dudarlo, y Allie torció la cabeza a un lado.

—¿En serio? ¿Tan segura estás?

Rachel se puso seria.

—Allie, después de todo lo que hemos pasado juntas, yo siempre seré tu amiga. Tanto si eres pobre y vives en una caja de cartón como si tienes tanto dinero como para comprar el palacio de Buckingham... Me da igual. Seremos amigas toda la vida. —Sonrió pícaramente—. Espero caerte bien al menos. Porque me vas a tener que soportar una temporadita.

Rachel no tenía la menor idea de lo mucho que aquello significaba para Allie. Era justo lo que necesitaba oír.

Allie se abalanzó sobre ella y la abrazó a lo bestia.

—Eres más ñoña... —dijo Allie—. Yo pensaba que me odiabas.

—Bueno, te odio, pero lo disimulo bien.

Mientras se reían, dos alumnos pasaron charlando por el final del pasillo de altas estanterías en el que se encontraban.

Por un segundo, a Allie le entró el pánico. Creyó que uno de los chicos era Sylvain.

Desde la ruptura no habían vuelto a hablar. Sylvain no había asistido a la reunión informativa después del encuentro con Nathaniel y tampoco se había presentado a ninguna de las comidas. Estaba desaparecido.

Allie todavía no se sentía preparada para verlo.

Soltó a Rachel bruscamente, gateó hasta el final del pasillo y espió a los chicos.

No era Sylvain. Era uno de los estudiantes de intercambio. Y no se le parecía en nada.

Su corazón tardó un par de segundos en recuperar su ritmo normal. Notó que le ardían las mejillas.

Cuando volvió la vista, Rachel la miraba con aire socarrón.

—¿Se puede saber qué haces?

—Nada... —mintió Allie—. Pensaba que... que era Sylvain.

Rachel arqueó las cejas.

—Y eso explica que camines a cuatro patas, claro. ¿Qué pasa?

Allie vaciló. No había tenido la oportunidad de contarle a Rachel lo sucedido. Desde la noche anterior, todo había sido una locura.

—Hemos roto. Y no tengo ganas de verlo.

—¿Qué? —Rachel se quedó de piedra —. ¿Cuándo?

—Anoche.

—Ahora entiendo por qué tenías pinta de haber llorado —Rachel la cogió de la mano—. Qué mierda, Allie. Lo siento. Tendría que haberte preguntado qué te pasaba, pero con lo de Carter y Nathaniel...

Allie hizo un gesto con la mano, como si ahuyentara la disculpa en el aire.

—De todos modos tampoco me apetecía hablar de ello.

—¿Qué ha pasado? —Rachel estudió su rostro—. ¿Fue muy chungo?

Allie pensó en la mirada de incredulidad de Sylvain al ver la lágrima en su dedo.

El recuerdo le provocó una punzada de dolor en el corazón.

—Fue duro —admitió— Mogollón.

Con la voz entrecortada, le contó a Rachel lo que había sucedido en Londres. La noche con Carter. Su repentina comprensión de que lo quería solo a él.

Rachel no la interrumpió en ningún momento. Simplemente dejó que se desahogara y se lo contara todo.

Cuando Allie terminó, Rachel echó la espalda para atrás.

—Vaya —dijo—. Ahora lo entiendo todo. Sabía que os pasaba algo, pero no sabía qué. ¿Y todos estos días te lo has guardado para ti solita?

Allie asintió.

—Quería contártelo, pero...

—Pero últimamente resulta bastante difícil hablar de cosas personales por aquí —Rachel terminó la frase por ella—. No te preocupes. No me molesta que no me lo hayas contado antes. Solo me preocupo por ti. ¿Cómo lo llevas?

—Mal —confesó Allie—. El problema es que todo es por mi culpa. Y lo he estropeado todavía más al no tomar una decisión antes. Sylvain creyó que lo había escogido a él, y cuando le dije la verdad... Le he hecho mucho daño. —Suspiró—. No lo culpo si me odia.

—Eh, no digas eso —la regañó Rachel—. Tampoco te enamoraste de Carter a propósito. Lo intentaste con Sylvain. Soy testigo de ello. Nadie elige de quién se enamora. No se puede.

—Lo sé, pero... Tendría que haberlo hecho mejor.

Rachel sacudió la cabeza.

—Venga. No te sientas culpable, no lo pienso permitir. Lo hiciste lo mejor que pudiste. —Rachel se percató de que, a pesar de sus explicaciones, Allie no estaba convencida, de modo que se acercó a ella y le cogió la mano—. Somos jóvenes. Si no cometemos errores ahora, ¿cuándo vamos a hacerlo? Date margen para aprender. Todavía estamos descubriendo qué queremos y quiénes somos. Todos estamos igual.

A Allie le llamó la atención el énfasis que había puesto en la última frase. Arrugó el ceño, comprendiendo que Rachel tal vez también tuviera sus propios secretos.

—Oye, Rach. ¿Te pasa algo a ti también?

Rachel le soltó la mano. Las mejillas se le tiñeron de rojo. Tardó un momento en contestar.

—Pues ahora que lo dices... —respondió cuando el silencio duró demasiado—. Hay una cosa que...

—¡Allie! ¡Rachel! ¿Estáis aquí? —Desde el otro extremo de la biblioteca, la voz aguda de Zoe interrumpió las palabras de Rachel.

—Estamos al fondo. —Allie dirigió una mirada pesarosa a Rachel, pero para su sorpresa, su amiga parecía aliviada.

—Llegáis tarde a la Night School —Zoe apareció al final del pasillo de estanterías, vestida con el equipo negro y brincando de un pie al otro.

Allie echó un vistazo al reloj; pasaban cinco minutos de las ocho. Llevaban allí mucho más tiempo del que pensaba. En aquel momento advirtió por primera vez lo poco concurrida que estaba la biblioteca.

—Mierda —masculló—. Nos van a dar para el pelo.

Zoe asintió con tanta fuerza que su coleta rebotó.

—Zelazny ha dicho que mováis el culo u os castigará hasta el fin de vuestros días.

La chiquilla imitó la voz gruñona del profe con tanta precisión que Allie no pudo evitar echarse a reír, a pesar de todo.

—Zoe, a veces me das miedo —dijo poniéndose en pie.

—¿Hablas en serio? —La cara de Zoe se iluminó.

Allie y Rachel la siguieron por la biblioteca prácticamente desierta.

—Luego hablamos, ¿vale? —dijo Allie en voz baja—. Me gustaría que me contaras lo que ibas a decir.

—Claro —dijo Rachel—. Pero no te preocupes, no es nada importante.

DIECIOCHO

Cuando llegaron, minutos después, con las zapatillas aún por atar y alisándose la ropa negra, encontraron la sala de entrenamiento repleta de gente.

—Llegan tarde —ladró Zelazny.

—Perdone, señor Zelazny —recitaron a coro.

Allie se preparó para que les cayera un buen rapapolvo, pero el profesor no dijo nada más. Sin más quejas ni improperios, les dio la espalda y siguió con el entrenamiento de los novatos.

Allie y Rachel intercambiaron miradas de asombro. Estaba claro que últimamente los profes estaban muy raros.

Los estudiantes más antiguos se habían congregado al fondo de la sala, en el que se había reservado un espacio vedado a los alumnos nuevos. Las tres amigas se dirigieron hacia allí a toda mecha.

Entre guardias, instructores y el alumnado al completo, la habitación pequeña y cuadrada estaba a rebosar, por lo que Allie no reparó en Sylvain hasta que llegó al fondo.

Estaba cabizbajo y escuchaba algo que Lucas le decía.

Allie sintió una presión en el pecho.

Cuando el chico alzó la cabeza, ella, a pesar de encontrarse prácticamente de espaldas, siguió con los ojos sus altos pómulos y su rotunda mandíbula. Buscó en él algún signo de dolor o de depresión inminente, pero seguía siendo el mismo de siempre. Sin secuelas.

Al reparar en ella, Lucas le dijo algo a Sylvain y él alzó los ojos.

Por una milésima de segundo, sus miradas se encontraron.

Después Sylvain apartó los ojos y cambió de postura para que Allie no pudiera verle la cara.

La sangre acudió a las mejillas de Allie. Se quedó allí plantada durante unos segundos sin saber qué hacer. Al ver a Rachel, Nicole y Katie hablando en un rincón, se apresuró a ir con ellas.

—Eh. ¿Qué tal? ¿Qué pasa? —Las palabras le salieron en un tono exageradamente jovial, pero nadie pareció darse cuenta.

—Por lo visto esta noche nos toca patrullar. —Rachel sonaba descontenta.

—Jugaremos a ser profes. —Nicole tampoco parecía muy alegre.

Allie miró a Rachel y luego a Nicole.

—¿Qué quieres decir con jugar a ser profes?

—Tenemos que llevarnos a los novatos —explicó Rachel—. Será su primera patrulla.

No era de extrañar que estuvieran mosqueadas. Los novatos estaban muy verdes para exponerlos a ese peligro.

—¿Y por qué les ha dado por ahí? —preguntó Allie—. Pensaba que los guardias se ocupaban de la vigilancia.

—Parece ser que hay tantos guardias fuera buscando a Nathaniel que por aquí vamos cortos de personal —dijo Rachel en tono grave—. Nos necesitan para tapar agujeros.

—Joder —susurró Allie, incapaz de disimular su ira. Menuda noche había elegido para llegar tarde. Si hubiese llegado puntual, por lo menos habría intentado convencer a Raj y a Zelazny de que se lo repensaran.

Era el peor momento para dejar el colegio sin protección. Seguro que Nathaniel estaba al acecho, como un halcón con su presa.

—Todo el mundo atento. —La voz de Zelazny cortó la cháchara estudiantil como una sierra—. Raj Patel les entregará la misión que se les ha asignado. Él estará a cargo de las actividades de esta noche. ¡He dicho *silencio*!

Raj avanzó hacia el charco de luz que había en medio de la lúgubre sala. Hasta entonces Allie no había advertido su presencia.

Era alto e imponente, fuerte pero no exageradamente musculoso, de piel morena y mirada penetrante. Su habilidad para ponerlos a todos firmes sin pronunciar una palabra y para desaparecer como un espectro cinco minutos más tarde, nunca dejaba de asombrarla.

—El protocolo de esta noche es bien sencillo —empezó a decir Raj—:

Patrullaréis en equipos de tres. A todos los alumnos avanzados se os han asignado dos cadetes. Aquí tenéis los equipos. —Agitó una hoja de papel que crujió en el silencio—. Cada equipo tiene asignada una zona concreta. Tened en cuenta que mis guardias también harán su ronda, no estaréis completamente solos. Los jefes de los equipos estarán conectados por radio con la base. —Su mirada recorrió uno a uno a los presentes, como si buscara algún signo de flaqueza—. Pero no os confundáis, esto no es ninguna broma. La ronda de hoy va en serio. La Night School no es un juego.

Allie estudió las caras de los novatos que miraban al jefe de seguridad embelesados, con los ojos muy abiertos.

Cómo le hubiese gustado también a ella seguir creyendo que alguien poseía todas las respuestas. Anhelaba los viejos tiempos, cuando la Night School consistía sencillamente en carreras nocturnas y extraños acertijos filosóficos. En aquel entonces seguía pensando que los profes los podían proteger de todo mal.

Daba igual, pronto todo habría acabado. En cuanto Carter regresase.

Mientras Raj se dirigía a los novatos, Allie se sorprendió preguntándose cómo sería su vida cuando se mudaran. ¿Tendría el otro colegio unos terrenos tan extensos como los de Cimmeria? ¿Necesitarían patrullas de vigilancia?

Por mucho que se esforzara, le resultaba imposible imaginarse en otro colegio. Cuando intentaba visualizar su nuevo refugio, era exactamente igual que Cimmeria.

Al otro lado de la sala, Raj concluía sus instrucciones:

—Recordad lo que habéis aprendido. Quedaos con los estudiantes avanzados. Haced lo que os digan y sed prudentes.

Mientras Raj colgaba la hoja en la pared, Allie oyó cómo Katie decía para sí misma:

—Cielos, espero que no me toque ser alumna avanzada…

Allie y los demás se apiñaron en torno a la lista. Halló su nombre a la mitad de la página. «Allie Sheridan, Charlotte Reese-Jones, Alec Thomason. Zona 6».

—Genial —exclamó Zoe—. Esclavos.

—Aprendices, Zoe —la corrigió Rachel.

—Lo que tú digas. —Zoe atravesó la sala como una flecha y gritó—:

¡Stephen y Nadja, sois míos!

Rachel la miró con aire desesperado. Nicole, que la observaba, sonrió:

—Pobrecitos.

Desde el umbral, Zelazny gruñó:

—El tiempo es oro, señores. En marcha. Alumnos avanzados, aquí están los aparatos de radio.

Rachel, Nicole y Allie intercambiaron miradas de resignación.

—Y aquí las más motivadas de la sala —dijo Allie.

DIECINUEVE

Charlotte resultó ser de la misma altura que Allie y con una media melena castaño claro que llevaba recogida en una cola de caballo. Sus serios ojos color avellana parecían no perder detalle. Alec era un chico lacónico y torpe, con gafas y cabello oscuro. Ambos aparentaban unos trece años.

Estaban esperando fuera del colegio a que Allie se pusiera el auricular del aparato de radio en la oreja. Aunque no era muy grande, le costaba colocarlo correctamente. Mientras luchaba por introducírselo en la oreja, la mayoría de grupos ya se había marchado hacia sus respectivas zonas, aunque todavía merodeaban algunos por allí, haciendo preguntas y repasando el protocolo.

—Mierda —masculló Allie cuando se le volvió a salir el pinganillo.

—Me parece que te lo estás poniendo al revés —apuntó Alec al cabo de un rato.

Refunfuñando para sus adentros, Allie intentó ponerlo en el otro sentido, tal como el chico había sugerido. Encajó a la perfección.

—Gracias —dijo fijándose en él realmente por primera vez. La cara le resultó familiar—. Me suenas.

Las delgadas mejillas del chico se pintaron de rojo.

—De la otra noche. Me perdí y me llevasteis de vuelta al colegio.

Al instante Allie recordó al chaval aterrorizado de gafas torcidas y cara pálida que los guardias les habían endilgado unas noches antes.

—¿Eras tú?

Él se encogió de hombros y se miró los pies.

—Zoe va demasiado rápido.

—Eso no te lo voy a discutir —dijo ella en tono irónico—. También trabajas con Dom, ¿no?

—Un poco. —El chico alzó los ojos rematados por unas cejas gruesas y rectas y la miró—. Cuando estoy en casa me gusta hackear cosas. Ya sabes, por pasar el rato. Juegos y cosas así.

Allie trató de imaginarse con la edad del chico y hackeando algo por pura diversión. No lo consiguió.

El último grupo de alumnos rezagados los adelantó y se dirigió al bosque, lo que recordó a Allie que tenían que ponerse en marcha.

—Muy bien —dijo ella—. Nos ha tocado la zona Seis, es el área de la capilla. Correremos sin prisa, pero sin pausa. No os alejéis de mí. Y no os perdáis. —Le lanzó una mirada a Alec—. Con un poco de suerte volveremos al colegio de una pieza. Solo tenemos que sobrevivir a las próximas dos horas.

Hasta ella se dio cuenta que no había dado el mejor de los discursos de motivación. Pero, dadas las circunstancias, tendrían que apañárselas con eso.

Atravesaron al trote la vasta extensión de césped. Era una noche clara y fría. La luna estaba casi llena y colgaba baja en el horizonte. Sobre los árboles, las estrellas que salpicaban el cielo brillaban como polvo de plata.

—Está muy oscuro —dijo Charlotte.

—Los ojos se te irán acostumbrando —contestó Allie. Pero aminoró el paso para darle tiempo a que se habituara a la oscuridad.

Mientras corrían no les quitó el ojo de encima a los aprendices.

Charlotte no estaba delgada; sus mejillas regordetas la hacían parecen todavía más joven, pero aguantaba muy bien el ritmo. Corría con agilidad, como si, al igual que Allie, hubiese nacido para ello.

No se podía decir lo mismo de Alec, que empezó a ahogarse a los pocos minutos.

—Intenta respirar con el diafragma —le aconsejó Allie corriendo a su altura.

—¿Y eso qué quiere decir? —dijo él en tono quejumbroso.

—Quiere decir —dijo Allie— que respires hondo. Llena los pulmones a tope. Son muy grandes. A no ser que tengas asma. ¿Tienes asma?

—No, no tengo. —Alec evitaba mirarla a la cara. Parecía avergonzado. En realidad parecía que todo le diese vergüenza. Era un patoso sin remedio.

Allie se obligó a tener paciencia. Intentó analizar su propia forma de correr.

—Busca tu ritmo. Cada dos pasos inspira y espira. O sea, inspiras, pie izquierdo, pie derecho; espiras, pie izquierdo, pie derecho. —Corrió junto a él y lo estudió mientras probaba el método con evidente recelo.

Aunque Charlotte no tenía problemas para correr, se les unió y respiró rítmicamente tal como Allie había demostrado.

A Allie le empezaba a caer bien aquella chica.

—¿Estás mejor? —preguntó Allie.

El chaval encogió los hombros.

—Yo qué sé. Puede ser.

Pero tenía mejor aspecto. El tono violáceo que habían adquirido sus mejillas empezaba a difuminarse.

—Muy bien. —Allie se imaginó que él le había dado las gracias; le quitaba las ganas de darle un guantazo—. Ahora intenta mejorar el paso, no lo hagas en plan caballo, sino talón punta, talón punta...

—Jesús... —murmuró él.

A Allie se le había agotado la paciencia, cambió de lado y corrió junto a Charlotte.

—¿Qué tal, Charlotte?

—Todo el mundo me llama Charlie —dijo la chica—. Solo mi madre me llama Charlotte.

Allie sonrió. Al fin y al cabo ella se había pasado la vida repitiendo lo mismo.

—¡Pues Charlie se ha dicho!

El resplandor frío de la luna desapareció en cuanto se internaron en el bosque. Ahora solo oían el roce de sus pasos y la respiración pesada y todavía desentrenada de Alec.

Allie se adelantó unos metros por si hallaba indicios de peligro. Corrían a una velocidad mucho menor de lo que era habitual para ella y se moría de ganas de ir más rápido. Pero tampoco quería que le diera un síncope a Alec o que Charlie se torciese un tobillo, de modo que tardaron quince minutos largos en alcanzar el muro de la capilla.

Iban retrasados, pero Allie intentó mostrarse positiva.

—Esta es nuestra zona —anunció en voz baja.

Los dos novatos intercambiaron miradas perplejas.

—Hum... ¿Y qué hacemos ahora? —preguntó Alec.

—La inspeccionaremos en busca de algo que se salga de lo normal.

—¿Como qué?

—Sesos y vísceras. Yo qué sé, Alec. Usa un poco la imaginación.

—Tranquila, ¿eh? —murmuró él—. Qué borde...

En la vida seré profe, juró Allie.

Cuando llegaron a la cancela de la capilla estaba cerrada a cal y canto, pero Allie decidió que sería mejor echarle un vistazo de todos modos. Por si acaso.

El cerrojo se abrió con un tintineo metálico y la puerta crujió al abrirse.

En el camposanto reinaba el silencio. El olor a hierba recién cortada se había desvanecido. Allie se obligó a no mirar hacia la tumba de Lucinda.

Con rigurosa disciplina, inspeccionó el recinto. Todo estaba en orden.

Enfiló por el pequeño sendero que conducía a la puerta principal de la iglesia, seguida muy de cerca por los dos jóvenes, y giró con fuerza el picaporte.

Dentro de la capilla, la oscuridad era total. No había electricidad, por lo que no podían darle a ningún interruptor.

Allie sacó una linterna del bolsillo.

—No me digas que todo este rato llevabas esa linterna —Alec habló demasiado alto.

Allie lo mandó callar de un gesto seco.

Entró en la capilla y parpadeó, deslumbrada por el resplandor de su linterna. Poco a poco, reconoció los murales de las paredes: el dragón, el Árbol de la Vida. Los bancos estaban distribuidos en líneas perfectas, a la espera del siguiente oficio.

A la espera del siguiente funeral.

El débil perfume de los lirios que todavía flotaba en el aire le recordó los centenares de flores que habían llenado la iglesia unos días atrás.

Ahora estaba vacía.

—Todo despejado. —Allie apagó la linterna.

Los tres oyeron el ruido de un roce al mismo tiempo.

Un escalofrío recorrió la columna de Allie. Antes no había visto nada.

Charlie reprimió un grito.

Allie se apresuró a encender la linterna y la apuntó al fondo de la iglesia. Nada.

El ruido se repitió. Sonaba como unas manos rozando los muros suavemente. O como uñas arañando la piedra.

No sonaba… humano.

De repente algo salió disparado de entre las sombras hacia el haz de luz. Allie dio un brinco y soltó la linterna.

Charlotte ahogó una especie de gemido. Alec la agarró y la apartó de su trayectoria.

La cosa pasó junto a la cara de Allie y al batir las alas le rozó la coronilla.

El corazón le aporreaba el pecho, y por una milésima de segundo Allie creyó que no conseguiría reponerse del susto.

Pero al ver que los más jóvenes estaban aterrorizados, se obligó a respirar con tranquilidad.

—Solo era un murciélago, chicos —dijo.

—¿*Solo* un murciélago? —bisbiseó Charlie alucinada, como si le hubiese dicho que *solo* era un triceratops.

Allie no sabía por qué, pero lo encontró divertido y se sorprendió partiéndose de risa en silencio.

Los dos novatos se la quedaron mirando.

—Perdón —susurró recobrando la compostura—. No hay peligro. Os lo aseguro.

Recogió la linterna del suelo y cerró la puerta detrás de ellos. Con Allie a la cabeza, recorrieron en fila india el camino de vuelta a la cancela que habían dejado abierta.

Tras un susto como ese, es muy habitual bajar la guardia. El estimulante sentido de supervivencia nos despoja de todo miedo, aunque solo sea por un instante.

Tal vez fue por eso que Allie no lo vio hasta que llegaron a la cancela.

Al otro lado había un hombre de pie entre las sombras. La luz de la luna creaba reflejos rubios en su cabello.

—Allie —dijo él sorprendido—, eres tú.

Charlie chilló y retrocedió precipitadamente, y se dio de bruces contra Alec, que la atrapó antes de que cayera al suelo.

Allie, por el contrario, no salió corriendo. Solo se quedó mirando al hombre que tenía enfrente.

—¿Christopher?

VEINTE

Allie estaba anonadada. Como si estuviera soñando. Lo veía bien; algo despeinado, pero aparte de eso, se lo veía fuerte. Vestía unos vaqueros informales, camiseta negra y unas Converse.

Ni rastro del traje que llevaba cuando trabajaba para Nathaniel.

—¿Pero qué… qué haces aquí? —balbuceó Allie.

Se había olvidado por completo de Charlie y de Alec. De cuál era su papel allí. Ahora solo tenía ojos para su hermano. ¿Qué estaría haciendo allí?

La nerviosa sonrisa de Christopher se borró tan pronto como se había dibujado.

—Te estaba buscando, gatita —dijo.

—¿Cómo has entrado? —Allie miró alrededor, como si el oscuro bosque que los rodeaba pudiera responder a la pregunta—. ¿Escalaste la verja?

—Ah, eso. —Se metió las manos en los bolsillos y se balanceó sobre los talones—. Deberíamos hablar de eso en algún momento, sí. Pero por ahora digamos que he entrado y ya está.

Algo en la postura de Chris le recordó tanto a Nathaniel que la sacudió como una bofetada. De pronto Allie recordó quién era. Qué se suponía que tenía que hacer.

—Como quieras. —Apretó el botón del micrófono que llevaba sujeto en el cuello de la camiseta—. Allie al habla. Estoy en la capilla.

—Allie, no lo hagas. —Christopher le suplicó con la mirada.

Pero ella no podía protegerlo. Esta vez no.

—Tengo a un intruso.

Christopher retrocedió, nervioso, y miró alrededor furtivamente, como si pensase que un equipo del SWAT podía salir en cualquier momento del bosque.

—No lo entiendo —dijo Christopher—. Ya no estoy con Nathaniel. Te salvé en Londres. He vendido todo lo que tenía para llegar hasta aquí sin que me detectaran. —Mostró las manos vacías y la desnudez de sus muñecas—. Mira, hasta el reloj que me regaló papá.

Daba la impresión de que su disgusto era sincero, pero Allie ya no estaba segura de conocer lo suficientemente a su hermano como para saber si fingía. Hacía mucho tiempo que Christopher se había escapado de casa. La última vez que habían hablado de verdad ella era solo una niña.

Pero ya no lo era.

—Si realmente ya no trabajas para Nathaniel, lo averiguaremos. Y no tendrás ningún problema. —Lo dijo con calma e indiferencia. Como si se dirigiera a un extraño.

Christopher la miraba sin dar crédito.

—¿Cómo puedes hacerme esto? Soy tu hermano. Me harán picadillo. Ellos piensan que estoy de parte de Nathaniel.

A los lejos oyeron pesados pasos que avanzaban en la oscuridad. Decenas de personas corrían hacia ellos. Allie vio la luz de las linternas brincando y revoloteando como luciérnagas entre los árboles.

Venían todos.

Allie se volvió hacia su hermano, que retrocedía hacia la verja como si, ingenuamente, creyese que podía escapar.

No era de extrañar; daba la impresión de que habían movilizado un ejército entero para ir a buscarlo.

En aquel momento Allie temió haber tomado una mala decisión, pero ya era demasiado tarde.

—Lo siento, Chris —dijo, sintiendo cada vez más miedo por él—. Tenía que hacerlo.

En aquel instante, los primeros guardias penetraron apresuradamente en el camposanto.

—Atrás. —Un hombre musculoso de piel oscura y vestido completamente de negro se interpuso entre ellos y apartó a Allie de su hermano.

A su alrededor retumbaban las órdenes:

—De rodillas. ¡Vamos!

—Manos detrás de la cabeza.

—¡Muévete!

Mientras los guardias rodeaban a su hermano, Allie se retiró poco a poco.

Christopher obedeció sin dejar de mirarla; se puso de rodillas y colocó las manos detrás de la nuca.

Un guardia le inmovilizó las muñecas con unas esposas de plástico; otro le registró los bolsillos y encontró solamente un móvil, que confiscó.

Uno de los guardias se irguió y dijo a su micro:

—Intruso bajo custodia.

De un empujón, los guardias tiraron al suelo a Christopher. Ahora ya no miraba a Allie. Tenía la mirada fija en algún punto indefinido del horizonte.

La escena la hizo sentir incómoda: la falta de resistencia de Christopher, la agresividad de los guardias...

La repugnaba haber llegado hasta ese extremo.

En cuestión de segundos todo había terminado. Sacaron de malas maneras a Christopher del cementerio y lo condujeron camino abajo hasta el colegio.

Nuevamente reinó el silencio.

Allie inhaló bruscamente una bocanada de aire. Sacudió la cabeza como para despertarse de aquella pesadilla y buscó a los cadetes con la mirada.

Charlie y Alec se habían acurrucado en la oscuridad de la puerta de la capilla y la miraban con inquietud. Como si la intrusa fuera *ella*.

Apretando los dientes, Allie les hizo gestos para que se acercaran.

—Venga. Nos vamos.

Aunque con evidente recelo, los jóvenes salieron lentamente de la seguridad de su refugio y la siguieron de vuelta al colegio.

Pasó un buen rato antes de que alguien se atreviera a hablar.

A medio camino, Charlie rompió el silencio.

—¿Quién era ese?

—Mi hermano —dijo Allie sin más.

—Un momento. —A Alec le costaba seguir el ritmo de la carrera y respiraba entrecortadamente—. ¿El que se ha colado en el colegio es tu *hermano?*

—Ajá. Antes trabajaba para Nathaniel. —Allie miraba al frente, al oscuro bosque que tenía delante—. ¿Alguna pregunta más?

Después de eso, Charlie aflojó el paso y corrió al lado de Alec.

Cuando llegaron al edificio del colegio, Allie se detuvo y señaló una puerta lateral.

—Volved a la sala de entrenamiento y contadle a Zelazny lo que ha ocurrido.

Le costaba respirar, y no era debido a la carrera. La ansiedad se había ido apoderando de ella a cada paso. Si Christopher había ido allí era porque trabajaba para Nathaniel o porque necesitaba su ayuda.

¿Por qué será?

Alec la obedeció enseguida, pero Charlie se quedó atrás y miró a Allie con preocupación.

—¿Y tú? —le preguntó Charlie—. ¿Qué vas a hacer?

Aquella chica empezaba a caerle bien. Apuntaba maneras.

Pero no fue eso lo que Allie le dijo cuando se encaminó a la puerta delantera.

—Voy a averiguar qué leches hace mi hermano aquí.

El silencio en el colegio era tal que de camino al despacho de la directora Allie solo oía el eco de sus pasos.

—¿Isabelle? —dijo llamando a la puerta mucho más fuerte de lo necesario—. Soy Allie.

La puerta estaba cerrada con llave y no salía luz por ninguna rendija.

Allie paseó lentamente por el pasillo presionándose los labios con los dedos e intentó pensar.

¿Adónde lo habrían llevado? A Eloise la habían retenido en una casa alejada del edificio principal, cerca del estanque que había en los límites de la propiedad. A Jerry lo habían encerrado en una antigua bodega en las entrañas del colegio.

¿Pensarían que Christopher era una amenaza tan grande como para hacer lo mismo con él? No tenía ni la menor idea.

—Allie. ¿Qué ha ocurrido? —Sylvain apareció bajando la escalera—. Isabelle dijo que habías encontrado a un intruso.

Quizás por la fuerza de la costumbre, el corazón de Allie dio un vuelco, pero en cuanto Sylvain apareció en el haz de luz, se entristeció. Él se detuvo a una distancia prudencial; su expresión era tranquila, enigmática.

—Era mi hermano. —De repente notó un nudo en la garganta—. Era Christopher.

—¿Cómo? ¿Aquí dentro?

Sylvain estaba perplejo y ella no lo culpaba. No sabía qué era peor, que acabara de entregar a su propio hermano o que él hubiese logrado colarse en el colegio sin que nadie lo detectara.

Allie asintió.

—No sé qué hace aquí ni cómo ha entrado. No he podido hablar con él. Los guardias de seguridad se lo han llevado tan rápido... —Ella le dirigió una mirada de súplica—. Sylvain, necesito hablar con él. Tengo que saber a qué ha venido.

—Allie...

Percibió en la voz del chico sentimientos encontrados. Seguramente lo último que le apetecía a él era echarle una mano. Ella le había dejado muy claro que no necesitaba su ayuda. Y sin embargo, allí estaban otra vez.

—Ha trabajado para Nathaniel durante varios años —dijo él—. Estaba completamente metido en su mundo. Nada indica que haya cambiado.

—Pero en Londres me salvó. Arriesgó la vida por mí. —Defender a Chris la hizo sentirse mejor y se envalentonó—: A lo mejor es cierto que quiere pasarse a nuestro bando. ¿Y si quiere ayudarnos? ¿O ayudarme a mí? No puedo permitir que lo encierren en una mazmorra o que le hagan vete a saber qué. —Viendo la duda en los ojos del chico, ella dio un paso indeciso hacia él—. Sylvain, es mi *hermano*.

El francés se pasó los dedos por el cabello ondulado.

—Sé que es difícil, pero míralo fríamente —dijo Sylvain—. Imagínate que no es tu hermano. Imagínate que es el mío. Y que ha trabajado todo este tiempo con Nathaniel y que él lo adoctrinó hace años. Al cabo del tiempo, un día, solo una vez —Sylvain mostró un dedo—, acude en mi ayuda. ¿Debería creer que ha cambiado su forma de pensar? ¿O debería sospechar de él?

El ánimo de Allie se deshinchó. Sylvain tenía razón. Pero no podía rendirse todavía. No sin hablar antes con Christopher.

—Soy consciente de que tal vez sea solo una trampa. Pero aun así no quiero que lo interroguen sin estar yo presente. Sé de qué palo van, Sylvain.

Y tú también. —El chico alzó las manos en un tácito acuerdo—. Solo quiero asegurarme de que lo traten bien. Eso es todo. —Se miraron mutuamente—. ¿Me ayudarás?

Él no contestó de inmediato.

Allie no pensaba suplicar. Estaba casi segura de que Sylvain sabía adónde se habían llevado a Christopher. Era íntimo de Raj y Zelazny, y siempre lo habían involucrado en las decisiones importantes. Era la típica información que él tendría.

Pero si Sylvain no pensaba echarle una mano, buscaría a Christopher ella sola.

Creyó ver la sombra de una emoción en los ojos azules de él, un destello de la pérdida que ella también sentía. Y de la conexión que siempre había existido entre ellos. Distinta de la que tenía con Carter. No era ese tipo de amor. Pero era igual de sincero.

—Debo de estar loco. —Sylvain dejó escapar un largo soplido—. Acompáñame. Creo que sé dónde está.

El chico giró sobre sus talones y se adentró en el pasillo a grandes y decididas zancadas.

Allie se apresuró a seguirlo.

—¿Estás seguro?

—No. Pero si yo fuera ellos, lo habría llevado a una de las antiguas bodegas del sótano. Son seguras, recónditas... —Él se volvió a mirarla—. Y están insonorizadas.

Cuando llegaron al ala de las aulas, estaba a oscuras, pero la conocían tan bien que no les costó encontrar el camino. Sylvain se movía con resuelta gracilidad. Allie sincronizó sus pasos con los de él.

Sabía que a Isabelle no le haría ninguna gracia verla, pero le daba igual.

Lo que le había dicho a Sylvain era cierto, aunque solo en parte. Quería proteger a Christopher, sí, pero también quería averiguar por sí misma si decía la verdad. Si podía fiarse de él.

Casi habían llegado al final de pasillo cuando Sylvain se detuvo en seco y Allie se dio de bruces con él. El chico la agarró de los hombros para evitar que se cayera.

Incluso a oscuras, Allie vio la ardiente mirada que él le dirigía.

—Cuidado.

Ella se apresuró a retirarse.

—Perdona —balbuceó Allie.

Pero Sylvain ya se había dado la vuelta. Abrió una puerta como cualquier otra, que reveló una escalera que bajaba hacia la oscuridad más absoluta.

—Por aquí. —La voz de Sylvain sonó imperturbable.

La vieja escalera de piedra olía a humedad. Como no veía nada, Allie se aferró a la barandilla de metal mientras bajaba. Era incapaz de ver a Sylvain, tan solo oía el roce de sus pasos en los peldaños.

—¿Qué crees que quiere? —La voz de Sylvain resonó en la escalera.

—No lo sé —contestó ella—. A lo mejor está harto de Nathaniel. A lo mejor está de nuestra parte realmente.

—¿Y si no es así?

—Entonces es una trampa. —Le pareció que su propia voz se burlaba de ella—. Y Nathaniel lo ha enviado para sabotearnos. O para espiarnos.

Las escaleras terminaron abruptamente y de repente Allie se encontró en una habitación pequeña y sombría desde la que partían varios corredores.

El sótano era un laberinto de viejos túneles y anexos que se habían ido añadiendo a lo largo de los años. Algunos databan de hacía siglos y eran mucho más viejos que el edificio del colegio.

Se adentraron en un pasillo largo y estrecho. El techo era bajo y la única iluminación provenía de los viejos candelabros de las paredes. Emitían una luz temblorosa y fantasmal que proyectaba sombras que parecían saltar y agacharse de una forma casi humana. Allie estaba hecha un manojo de nervios.

Después de recorrer un tramo largo y recto, el corredor giraba bruscamente a la derecha.

Al llegar al recodo, surgieron de entre la oscuridad dos guardias que les bloquearon el camino.

—No estáis autorizados a estar aquí —dijo uno de ellos.

Allie advirtió que Sylvain se ponía rígido, pero antes de que hablara, ella dio un paso adelante y se enfrentó a los guardias.

—Soy Allie Sheridan —anunció—. Necesito hablar con Isabelle de inmediato. Abrid paso.

Los dos guardias intercambiaron una mirada. Después retrocedieron y les dejaron pasar.

No me puedo creer que haya funcionado, pensó Allie alucinada. Era verdad que las cosas habían cambiado mucho desde la muerte de Lucinda. Ya no era una estudiante cualquiera.

Si es que lo había sido alguna vez.

—Interesante —murmuró Sylvain—. ¿Podrías explicarme qué acaba de pasar?

—Es una larga historia —Allie señaló el final del pasillo—. Creo que los hemos encontrado.

Raj e Isabelle estaban de pie junto a un grupo de guardias enfrente de una puerta maltrecha.

Se trataba del mismo sitio en el que habían encerrado a Jerry Cole.

Allie sabía qué había allí dentro. Muros de piedra desnudos. Y cadenas.

—Isabelle. —El nombre salió más seco de lo que pretendía, y la directora dio un respingo antes de volverse.

—¿Allie? ¿Qué haces aquí? —Isabelle frunció el ceño—. Sylvain, ¿qué pasa?

—¿Habéis metido a Christopher *ahí*? —Allie señaló la puerta—. ¿En la misma celda que Jerry? ¿Por qué? ¿Qué le estáis haciendo?

La directora alzó las manos.

—Calma, Allie...

—No está encadenado. —Raj se acercó a ellos con el semblante serio—. Solo necesitábamos un lugar seguro en el que valorar la situación. Nada más.

Visto así no parecía tan descabellado, pero a Allie no le gustaba ni un pelo aquel simbolismo.

—Iba ir a buscarte en cuanto supiéramos a qué nos enfrentábamos —dijo Isabelle.

—Es bueno saber que se me tiene en cuenta en los asuntos importantes, siempre y cuando *os encuentre.*

—Tu hermano no corre ningún peligro —dijo la directora en tono apaciguador—. Al principio, cuando lo trajeron los guardias, ni siquiera sabíamos quién era. Recibió el mismo trato que cualquier otro intruso hasta que nos dijo cómo se llamaba. Eso lo ha cambiado todo. Obviamente.

Todo el mundo se comportaba de modo tan razonable que Allie no tuvo más remedio que tranquilizarse.

—Está bien —dijo a regañadientes—. ¿Qué os ha contado hasta ahora?

Era vagamente consciente de que Sylvain seguía a su lado. Escuchaba atentamente, pero no participaba.

—Poca cosa —dijo Raj—. De hecho nos estábamos planteando comenzar el interrogatorio de verdad ahora. —Al ver la mirada obstinada de Allie, añadió—: Y ya que estás aquí, podrías echarnos una mano. Para empezar, podrías contarnos si sabes por qué ha venido.

—La última vez que vi a Chris fue la noche del parlamento. Golpeó a Gabe en la cara con un bate para que me soltara. Me dijo que... —Allie recordó la conversación que habían tenido en mitad de aquel caos espeluznante—. Que estaba de nuestra parte.

—Allie. —Isabelle habló con voz amable—. No te hagas muchas ilusiones. A Nathaniel se le da muy bien lavarle el cerebro a la gente. Y sus hombres mienten muy bien.

Allie pensó en Nueve y en su permanente descontento.

—Lo sé —dijo Allie—. Pero no creo que funcione con todo el mundo.

Los demás no parecían muy convencidos.

—A ver, ya sé que esto puede ser una trampa, ¿vale? Lo único que digo es que deberíamos escuchar lo que quiere decirnos, por si acaso.

—Tengo una idea. —Sylvain miró a Raj—. Podríais utilizar esto en el interrogatorio. Que Allie se ponga de parte de Christopher. Isabelle y tú podríais seguir tal cual, como si no la creyerais.

Raj se quedó pensativo.

—Podría funcionar —dijo lentamente—. Si Christopher cree que tiene a alguien de su parte...

—Podría cometer un error —Sylvain acabó la frase por él.

—Y si no está fingiendo, no lo hará —concluyó Allie.

Miró una a una las caras del círculo, sabía que aparte de ella nadie confiaba en que Christopher dijera la verdad.

En realidad ella tampoco estaba segura al cien por cien.

—Manos a la obra —dijo Raj dirigiéndose a la puerta. Isabelle lo imitó.

Allie empezó a seguirlos. Estaba casi en la puerta cuando se dio cuenta de que Sylvain no se había movido.

Se volvió a mirarlo.

—¿Vienes?

Él negó con la cabeza. Y Allie reconoció en su expresión un atisbo del antiguo Sylvain.

—Esta no es mi batalla —dijo él—, sino la tuya. Ve y salva a tu hermano.

VEINTIUNO

La bodega era una estancia abovedada, larga y angosta, de paredes de piedra gris. En su interior hacía más frío que en el pasillo.

Cuando encerraron a Jerry Cole allí, le pusieron grilletes y cadenas, y retiraron todo el mobiliario salvo por una silla. Christopher, sin embargo, estaba suelto y sentado a una mesa. Ante él humeaba una taza de té intacta.

Se lo veía tenso, pero no asustado. Cuando Allie entró en la sala, él alzó los ojos y la miró aliviado.

Allie se situó al otro lado de la mesa, junto a Raj e Isabelle.

—Christopher, soy Isabelle le Fanult, la directora de la Academia Cimmeria. —El tono de Isabelle era distante, aunque no llegaba a ser antipático—. Te presento a Raj Patel, nuestro jefe de seguridad. Nos gustaría hacerte unas preguntas.

—Claro —dijo Christopher educadamente—. Lo comprendo.

—Primero cuéntanos cómo has entrado en el recinto.

—Es algo que Nathaniel me enseñó hace mucho tiempo. En el lado norte hay un viejo acceso. Una especie de poterna. —Carraspeó—. Así, hum… Bueno. Así es cómo entra Nathaniel.

Raj parecía estupefacto.

—Según creo, esa poterna se selló hace décadas.

—*Estaba* sellada —lo corrigió Christopher—. Si uno se fija bien, las cerraduras son falsas. Así es como entré la última vez. Esta noche he probado suerte, pensando que a lo mejor no os habíais dado cuenta todavía. —Alzo las manos en ademán de disculpa—. Y he acertado.

Isabelle se volvió hacia Raj, incrédula. El jefe de seguridad se puso en pie de un brinco y salió sigilosamente de la bodega.

Cuando volvió, segundos más tarde, aunque se mostraba impasible, Allie sabía que estaba que echaba humo. La tensión se le notaba en la mandíbula apretada.

—Van a comprobarlo. Sigamos. —Raj posó la vista en Chris—. ¿Es ese el único acceso que conoces?

Christopher se encogió de hombros.

—Por lo menos es el único del que me habló Nathaniel. Para él es muy importante. Pero no es culpa de usted no haberlo visto antes, ya verá lo bien camuflado que está. Nathaniel es muy bueno en su trabajo.

Aquella muestra de compasión no pareció ablandar a Raj. Más bien consiguió enfadarlo.

—¿Por eso te uniste a Nathaniel? ¿Porque es *muy bueno*? —preguntó Raj con desdén.

Christopher no contestó enseguida; sus dedos entrecruzados formaron un triángulo sobre la mesa.

—Comprendo su sarcasmo, pero en parte sí —dijo finalmente—. Nathaniel hizo un muy buen trabajo al hacerse amigo mío cuando yo era un chaval. También cuando me convenció de que no podía confiar en mi familia y de que todo en lo que yo creía era erróneo. Consiguió confundirme y debilitarme. Y confié en él. —Dejó escapar un largo suspiro—. Y era la última persona de la que tendría que haberme fiado.

Allie observaba a su hermano con atención, en busca de cualquier indicio de doblez. Pero parecía totalmente sincero. Parecía Christopher, su Christopher.

—¿Quieres hacernos creer que te atrajo hasta su bando y que después te arrepentiste? —Isabelle no sonaba muy convencida—. Discúlpame, Christopher, pero te fuiste con él a los diecisiete años. Y ahora tienes casi veinte. Has tardado mucho en decidir que te equivocaste, ¿no te parece?

Las mejillas de Christopher se tiñeron de rojo. Pero miró a la directora a los ojos sin parpadear.

—Si insinúa que soy un imbécil, pues supongo que sí, lo soy. Quise creer que yo era ese tío rico que él me había pintado, alguien que se merecía tener el mundo a sus pies. Quise creer que ustedes eran mis enemigos y que él era mi amigo. Sin embargo, al final me he dado cuenta de que Nathaniel solo es un chalado que quiere castigar a su familia. Igual que yo me fui con él para castigar a la mía. —Rio amargamente—. ¿No es irónica la vida?

—Christopher —Isabelle se inclinó hacia delante—, lo que nos pides es un acto de fe enorme, sin más argumentos que tu palabra y la confianza que Allie te profesa.

Los ojos de Christopher saltaron hacia Allie.

—Yo nunca le mentiría a Allie. Ni a usted. —Se volvió hacia Isabelle—. De verdad, estoy aquí porque ahora sé lo peligroso que es Nathaniel. He visto lo que está dispuesto a hacer. Y las únicas personas de este mundo que luchan contra él están en esta habitación.

Se hizo un silencio. Después Allie carraspeó.

—Chris, Nathaniel tiene prisionero a un amigo mío. El que conociste en Londres, el que me ayudó.

—Lo recuerdo —dijo Chris—. Pelo oscuro, cachitas, ¿ese? —Sonrió con aire burlón—. Por un momento creí que iba a matarme. —Se interrumpió—. Pensaba que habíais escapado del parque.

—Lo hicimos —dijo ella—. Pero Nathaniel nos siguió.

—Mierda —dijo él con empatía—. ¿Y ahora es su rehén?

Allie asintió, incapaz de disimular lo mucho que aquello la afectaba.

—Nathaniel nos ha dicho que lo matará. Tenemos que impedírselo, pero no sabemos dónde está. Y se nos acaba el tiempo.

Christopher le mantuvo la mirada durante un largo rato. Después se volvió hacia Isabelle y Raj.

—¿Han comprobado la casa de Londres?

Asintieron.

—Está bajo vigilancia desde el día del parlamento —dijo Raj—. Nathaniel no ha vuelto a ir por allí.

Christopher se frotó el mentón con una mano con aire pensativo.

—Hay dos posibilidades: la casa de campo de Surrey de los Gilmore o la antigua finca St John en Hampshire.

Allie parpadeó. *La casa de campo de los Gilmore; los padres de Katie.*

—Ya hemos comprobado la casa de los Gilmore. Allí no está.

Raj abrió una carpeta que había permanecido intacta frente a él durante toda la reunión. Hojeó algunos papeles y, pasados unos segundos, alzó la vista.

—No tenemos constancia de una finca St John. No la tenemos en nuestros archivos.

—Qué raro. —Christopher arrugó el ceño—. Es lo único que le dejó su padre. O por lo menos eso es lo que va diciendo. Dice que usted lo heredó todo.

La última frase iba dirigida a Isabelle.

Isabelle frunció el entrecejo.

—Pensaba que había vendido la finca al morir mi padre. ¿Dices que no es así?

Christopher negó con la cabeza.

—Yo he estado muchas veces, y Nathaniel va mucho por allí.

Raj e Isabelle se miraron; a pesar de su aparente impasibilidad, Allie percibió el entusiasmo de ambos.

—¿Y dónde está esa finca exactamente? —La expresión de Raj era de estudiada indiferencia.

—En la campiña. Cerca de un pueblucho minúsculo llamado Diffenhall —dijo Christopher—. Cuatro casas, en realidad. Si me traen un mapa se lo puedo enseñar.

Raj atravesó la estancia a grandes zancadas y abrió la puerta. Susurró algo rápido a un guardia.

Mientras tanto, Allie escrutaba a su hermano disimuladamente. Parecía el mismo de siempre, pero... lo encontraba distinto. Mayor. No habría sabido decir en qué lo notaba exactamente, pero los últimos años lo habían cambiado. Ya no era ningún niño. Sus mejillas lucían una incipiente barba dorada.

Raj regresó y observó a Christopher con interés renovado.

—Tenías razón acerca de la poterna. Los guardias dicen que todas las cerraduras habían sido cambiadas por imitaciones perfectas.

—No les he mentido acerca de nada —dijo Christopher con aparente sinceridad—. Ya les he dicho por qué he venido. —Calló un instante—. No deberían dejar la puerta así. Si Nathaniel se entera de que estoy aquí, la usará.

—La hemos bloqueado —contestó Raj en tono huraño—. Mañana se tapiará. —No tomó asiento, sino que permaneció de pie junto a ellas y posó suavemente las yemas de los dedos sobre la maltrecha mesa—. Te traeremos un mapa. Quiero que me enseñes dónde está esa casa.

Raj invitó por señas a Allie e Isabelle a que se levantaran.

—Venid conmigo, por favor. Quiero comentaros algo.

Salieron los tres juntos, pero ya en la puerta, Allie se volvió. Christopher miraba cómo se marchaban.

Allie nunca había visto a su hermano tan solo.

—¿Qué opinas? —le preguntó Isabelle a Raj.

El jefe de seguridad se pasó la mano por el mentón.

—No sé. Si está fingiendo, es muy bueno.

—Ha tenido un buen maestro —le recordó Isabelle.

Estaban en corro en el lúgubre pasillo del sótano. A poca distancia, cuatro de los hombres de Raj montaban guardia ante la puerta de la bodega.

Isabelle se volvió hacia Allie, que los había escuchado sin decir nada.

—¿Tú qué piensas? Lo conoces mejor que nosotros.

Allie dudó.

—Ojalá estuviera completamente segura —reconoció—. Parece el Christopher de antes, pero...

—Pero puede que solo nos esté tomando el pelo —Raj terminó la frase por ella—. Entonces estamos todos de acuerdo.

Allie no se lo discutió, pero tenía el corazón dividido. Al no fiarse de Christopher, lo traicionaba; pero en los últimos tiempos, su hermano había hecho muy poco para ser digno de confianza.

Y aunque hubiese cambiado de bando realmente, Allie era leal a Cimmeria. A sus amigos, que estaban arriba. Y no a un hermano que, no hacía tanto, había intentado prender fuego al colegio con ella dentro.

—En cuanto le echemos un vistazo a esa finca lo tendremos más claro. —Isabelle gritó por encima del hombro—: ¿Qué pasa con ese mapa?

Uno de los guardias habló por radio y luego se volvió hacia la directora.

—Está en camino.

Isabelle se volvió hacia Raj y lo fulminó con la mirada.

—Por cierto, ya hablaremos de esa poterna. ¿Cómo se os ha podido pasar por alto?

Los labios de Raj se tensaron.

—Ojalá lo supiera. Al parecer es un trabajo muy profesional. En cualquier caso, es inadmisible y asumo toda la responsabilidad de esta falla de seguridad.

No era nada habitual que un alumno presenciara las críticas de Isabelle hacia alguien del personal. Allie se sintió como una fisgona accidental. Incómoda, trató de distraerse mirando hacia otro lado.

—Hmm. —Parecía que Isabelle estaba a punto de seguir con una queja más acalorada cuando Dom emergió de entre las sombras con un portátil bajo el brazo y varios papeles en la mano.

Saltaba a la vista que había llegado corriendo desde el despacho del ático. Cuando llegó a su altura le faltaba el aire.

—Existe —dijo antes de que Isabelle pudiera preguntar nada—. La finca existe.

Apoyó como pudo el ordenador en un saliente de la pared y lo abrió. La pantalla se encendió y en ella apareció un mapa.

Dom golpeteó con el índice un punto rojo que señalaba la ubicación.

—Aquí hay una granja que se llama St John's Fields. Ha pertenecido a la familia St John desde hace muchas generaciones.

La pantalla del ordenador era la luz más potente del pasillo. Su resplandor confería un halo fantasmal a las caras de todos ellos.

—¿Estás segura de que es el mismo St John? —La voz de Isabelle sonaba tensa—. ¿Mi padre?

Dom asintió.

—Figuró en la cartera de inmuebles de tu padre hasta poco antes de su fallecimiento. En algún momento se puso a nombre de Nathaniel St John. —Le tendió un folio a Isabelle—. No la encontramos en la lista de propiedades de Nathaniel porque hace más de diez años la traspasó a una sociedad inmobiliaria llamada Ptolemy Properties Limited. —La luz se reflejó en las gafas de Dom—. Básicamente se vendió la finca a sí mismo.

—Y así dejó de estar a su nombre. —Raj sonaba impresionado.

—Exacto. El único inmueble que no traspasó es la casa de Londres. —Dom miró a Isabelle y luego a Raj—. Hemos revisado todos los inmuebles de la cartera y no hemos encontrado otro en la zona donde creemos que se esconde Nathaniel. Lo estamos repasando a conciencia otra vez de todos modos, por si se nos ha escapado algo.

—Gracias, Dom. —Isabelle sonrió satisfecha—. Me parece que has dado con el sitio.

Raj ya había sacado el teléfono del bolsillo.

—En cuanto salga el sol tendremos que reorientar el satélite y echarle un vistazo a la finca. Mandaré para allá a algunos de mis hombres. Y si encontraras cualquier dato sobre las medidas de seguridad que tienen por allí....

Dom asintió.

—Estamos en ello.

Raj echó un vistazo a su reloj.

—Creo que hasta que no veamos el sitio, no hay mucho más que podamos hacer. No nos vendría mal descansar un poco. Puede que sea la última vez que podamos hacerlo en mucho tiempo.

Allie recordó la inexorable cuenta atrás del reloj.

—Venga ya, Raj —objetó—. No hay tiempo.

Normalmente no le hablaba así a Raj, de tú a tú. Pero, para su sorpresa, a él no le importó.

—Comprendo cómo te sientes —dijo él—. Y actuaremos rápido. Solo necesito unas horas más para reunir información; al amanecer nos pondremos en marcha. El equipo de Dom trabajará toda la noche —Miró a Allie a los ojos—. Si Carter está allí, no podemos fallar.

Veinte minutos más tarde, Allie estaba en el despacho de Dom frente al monitor de la pared. La imagen era tan oscura que apenas veía el rostro de Carter. Estaba sentado en una silla con la cabeza gacha y parecía dormido, o casi. Había cierta tensión en su cuerpo encorvado, como si se resistiera a descansar. Como si se obligara a mantenerse despierto.

Igual que Allie.

Al otro lado del despacho, en los ordenadores de la mesa redonda, había varios guardias que no conocía; entre ellos una mujer con una trenza larga y rubia que escuchaba a los esbirros de Nathaniel a través de unos cascos.

De vez en cuando los guardias le dirigían miraditas de curiosidad, pero nadie la molestó.

Raj, Isabelle y Dom habían ido al despacho de la directora para organizar la operación, no sin antes mandar a Allie a la cama. Pero en vez de hacerles caso, Allie había subido al despacho del ático.

El reloj del monitor marcaba 52:21:38.

Era espantoso lo rápido que se sucedían los números.

Se moría de ganas de ver a Carter. De escuchar su voz. Quería cruzárselo por el pasillo y decirle «Eh». Así, en plan normal. Porque eso significaría que se veían cada día y que verse no era nada del otro mundo, porque al cabo de un rato lo harían otra vez.

«Eh, tú» se imaginó que le contestaría él. Y, de algún modo, eso la hizo sentir peor.

Porque solo eran fantasías. Y Carter corría mucho peligro.

Allie alzó una mano indecisa y tocó a Carter. Sintió el frío de la pantalla en las yemas de los dedos.

—Aguanta, Carter —susurró—. Vamos a ir a buscarte.

Algo más tarde, Allie se despertó sobresaltada. Miró alrededor, desorientada. Estaba todo tan oscuro que tardó un momento en darse cuenta de que estaba en su habitación.

Apenas recordaba haberse metido en la cama. Cuando abandonó el despacho de Dom, estaba tan cansada que el recuerdo era solo un borrón. Todavía llevaba puestas la falda y la blusa del uniforme, y la colcha yacía descuidadamente sobre sus piernas.

Estaba atontada, como si siguiera soñando. Pero estaba segura de que no era así.

Algo la había despertado. Un ruido.

Buscó a tientas el interruptor de la lamparilla del escritorio y le dio sin querer al despertador, que se estrelló contra el suelo con un ruidito musical.

Cuando por fin halló el interruptor, le pareció que la luz brillaba demasiado, la cegaba.

Entonces lo oyó otra vez.

Toc, toc, toc.

Tres golpes rápidos. Venían de la puerta.

Allie se espabiló de repente.

Con un hábil movimiento se deshizo de la colcha y saltó de la cama. Cruzó la habitación descalza, sin hacer ningún ruido.

Pegó la oreja contra la fría madera de la puerta y contuvo la respiración.

El corazón empezó a aporrearle el pecho.

—¿Quién es? —preguntó con la voz todavía ronca por el sueño.

Al principio no oyó nada.

—¿Allie? Soy Dom.

Allie exhaló y la tensión que sentía se liberó. Tiró de la puerta con fuerza y halló a Dom a oscuras en el pasillo.

Todavía iba vestida con la misma ropa. Como llevaba las gafas puestas, a Allie le costó leer en sus ojos, pero algo en su expresión le provocó un nudo en el estómago.

—¿Ha pasado algo?

—Es Carter —dijo Dom—. Nathaniel ha cortado la transmisión.

VEINTIDÓS

Cuando Allie entró a la carrera en el despacho de Dom minutos más tarde, encontró a Isabelle junto al mapa hablando con tres guardias de seguridad. La directora se había cambiado de ropa, vestía unos pulcros pantalones grises, una blusa blanca y un cárdigan negro de cachemir echado sobre los hombros. De no ser por las ojeras que ensombrecían sus ojos, nadie habría adivinado que no había dormido.

Raj estaba con Dom al fondo de la estancia; iba recién afeitado y escuchaba atentamente las explicaciones de Dom con una taza de café en la mano.

Shak y Zoe estaban a la mesa, cada uno frente a un ordenador, aunque no escribían; miraban el monitor de la pared.

Allie siguió su mirada. Carter había desaparecido. En su lugar, sobre un fondo oscuro, había una advertencia en grandes letras blancas: DADME LO QUE QUIERO Y VOLVERÉIS A VERLO.

La cuenta atrás continuaba en una esquina de la pantalla: 47:53:15.

—¿Qué ha ocurrido?

Las palabras de Allie salieron como un susurro de asombro. Pero Isabelle la oyó y acudió rápidamente junto a ella.

—Ah, Allie. Me alegro de que estés aquí. Mira. Nathaniel ha interrumpido la transmisión. Dom y Shak están intentando conectarla otra vez, tal vez se pueda piratear la webcam de alguna manera. En eso están ahora mismo. Mientras tanto...

Allie no la dejó acabar.

—No lo entiendo. ¿Por qué ha hecho eso? ¿Se puede saber qué pasa?

El suelo pareció abrirse bajo sus pies.

Habían estado a punto de sacar a Carter de allí... Y ahora ni siquiera sabían si seguía en aquel sitio.

—Allie —dijo Isabelle—. Nathaniel es así. Le encanta hacer teatro. —Isabelle se volvió hacia Dom—. Muéstraselo.

Dom tecleó algo. De repente, Carter reapareció en el monitor. Estaba encadenado a una pared. Le habían tapado la boca con algo y se lo veía pálido. Segundos más tarde, Nathaniel entró en escena.

Como era habitual, vestía de traje, con una corbata perfectamente anudada. En sus muñecas destellaban unos gemelos. Era perverso que un individuo tan espantoso resultara atractivo.

Nathaniel se movía sin prisas. Se acercó a la cámara y se inclinó sobre ella. Su cara apareció en primer plano. Alargó la mano hacia algo que no vieron. De repente, había sonido; Allie oyó los pasos de Nathaniel y el tintineo de las cadenas de Carter al cambiar de postura.

Nathaniel se alejó silbando. La melodía resonó de forma espeluznante mientras cruzaba el espacio y se colocaba detrás de la silla de Carter. Cuando estuvo listo, bajó las manos hasta los hombros del chico y sonrió a la cámara.

Carter se estremeció al notar su contacto. Un músculo se crispó en su mejilla. Allie advirtió el odio que asomaba a sus ojos.

—Isabelle, Allie. —Los labios de Nathaniel dibujaron una sonrisa perfecta, odiosa—: Os di la oportunidad de que comprobarais dónde estamos. Habéis recibido mi mensaje. Como podéis ver, el tiempo se agota. Acabemos con esto de una vez. —La cadencia de su voz resultaba casi agradable. Como si hablara con viejos amigos—. Todos sabemos que el juego ha terminado. Terminó aquella noche en Londres. Admitid la derrota. Abandonad el colegio y no volváis jamás. Decidles a los cuatro gatos que todavía apoyan a Lucinda que estáis hartas. Y Carter West regresará a vuestro lado.

Carter sacudió la cabeza e intentó hablar, pero la cinta que le cubría la boca hacía incomprensibles sus palabras.

Nathaniel prosiguió:

—Si os negáis, preparaos para verlo morir. En vivo y en directo. —Nathaniel dio unas palmaditas al hombro de Carter en un desagradable y burlón gesto de compasión. Allie sintió nauseas—. Ya habéis visto el reloj. Sabéis el tiempo que os queda. Como dicen por ahí, todas nuestras líneas están abiertas. Pero por ahora apagaré esto. Creo que ya habéis visto bastante.

Hizo un gesto hacia alguien que estaba fuera de plano. En el acto la imagen desapareció y fue reemplaza por una serie de números blancos.

—Es el teléfono de Nathaniel —explicó Isabelle con desdén.

Después apareció en la pantalla la advertencia que Allie había visto al entrar.

Isabelle se volvió hacia Allie.

—Así está desde entonces.

Una oleada de terror alcanzó a Allie repentinamente.

—No puedo soportarlo más. Tenemos que hacer algo. —Allie alzó la voz—. Habrá *algo* que podamos hacer, ¿no?

Se hizo el silencio en la sala. Ahora todos la miraban.

—Ya lo estamos haciendo, Allie —respondió Isabelle con calma—. Esto es solo una estratagema. Estoy segura de que tú también te das cuenta. Usa la cabeza, no el corazón, y piénsalo fríamente. Nathaniel dejó que viéramos a Carter porque sabía que nos asustaría. Ahora nos lo ha arrebatado por el mismo motivo. Quiere que nos entre el pánico. Esa es su motivación. No le des ese gusto.

Allie no tenía ni idea de cómo hacer eso. Se sentía como si le hubiesen arrancado el corazón de cuajo.

Raj se unió a ellas con gesto grave.

—Allie, creo sinceramente que Carter está bien. Nathaniel es un hombre de negocios, y quiere algo que nosotros tenemos. No tiene motivos razonables para hacerle daño a Carter.

—Puede que ahora esté bien —dijo Allie alargando el brazo y señalando el reloj rojo de la pantalla en su inexorable cuenta atrás—. ¿Pero qué pasará dentro de dos días, Raj? —Él abrió la boca para contestar, pero Allie no lo dejó hablar—. Quiero que vuelva. Nathaniel debe pagar por esto. Esta vez tenemos que hacerlo bien...

Su voz tembló de emoción y se mordió el labio con fuerza.

Raj le contestó:

—Está a punto de amanecer. Yo me marcho con algunos de mis mejores hombres a St John's Fields. Dom ha reservado tiempo de satélite. Creo que Carter está allí. Y si tengo razón, lo encontraremos. —Se inclinó hacia adelante y miró a Allie a los ojos—. Te doy mi palabra, Allie. Lo traeremos de vuelta.

Tal como había prometido, poco antes del amanecer, Raj y su equipo partieron a inspeccionar los extensos terrenos de St John's Fields.

Al despuntar el día tuvieron noticias del contacto de Dom en la compañía del satélite. A eso de las seis de la mañana, el amenazador mensaje de Nathaniel desapareció y dio paso a una imagen de la verde campiña inglesa.

Durante un segundo, todo el mundo dejó lo que estaba haciendo y miró el monitor. La imagen mostraba una carretera sinuosa. Por entre el frondoso follaje de los árboles, Allie vio asomar una gran casa de ladrillos con una chimenea. También había varias granjas algo más apartadas de la carretera.

En el césped de la parte delantera había varios coches aparcados. Fuera lo que fuera aquel sitio, estaba lleno de gente.

Allie se quedó mirando la casa fijamente, como si al hacerlo pudiera revelarle qué escondía. No vio ningún movimiento.

Daba la impresión de que estaba vacía.

Dom le envió a Raj la imagen del satélite.

Después de eso… no ocurrió nada. Esperaron una eternidad. De vez en cuando llegaban algunos vehículos y los ánimos se agitaban. Pero cuando llegó la tarde, todavía no habían visto ni a Nathaniel ni a nadie de su círculo más inmediato.

Poco a poco la débil llama de la esperanza que Raj había encendido empezó a extinguirse.

Allie comenzó a dudar de todo. Sus pensamientos se convirtieron en un bucle de miedos.

¿Y si no es el sitio correcto? Solo nos queda un día y medio. Es muy poco. ¿Por qué estamos perdiendo el tiempo en esa casa?

Y finalmente, la inevitable sospecha.

¿Y si Christopher nos ha mentido?

Esa pregunta la torturaba.

Así que aquel mismo día, algo más tarde, salió discretamente del despacho y se fue en busca de su hermano. Lo encontró sentado en la sala común, con un libro abierto sobre el regazo. Los dos guardias encargados de vigilarlo estaban sentados a pocos metros de él.

Alguien le había prestado unos pantalones y un suéter azul marino con el escudo de Cimmeria. Se lo veía cómodo, como si hubiese pertenecido toda la vida a aquel lugar. Allie se enfureció.

¿Por qué tenía que estar él seguro y calentito mientras Carter estaba secuestrado?

Estaba decidida a averiguar la verdad.

—Tienes mejor aspecto —dijo Allie dejándose caer en uno de los sillones de piel que había frente a Christopher—. ¿Has dormido?

—Sí. —Sus ojos exploraron la cara de Allie—. No puedo decir lo mismo de ti. ¿No has pegado ojo?

—No tengo tiempo —dijo ella—. Queda mucho por hacer.

—Todavía no lo habéis encontrado. —Christopher lo estaba constatando, no era una pregunta. Las sospechas de Allie aumentaron.

—No —admitió ella—. Nathaniel nos dio acceso a una transmisión para que viéramos su… cárcel. —Era la única manera de describirlo—. Pero anoche la desconectó.

Christopher bufó.

—Mierda, Allie. Lo siento. Es la típica jugarreta de Nathaniel. Menudo gilipollas. —Christopher la miró—. Os está tomando el pelo. Lo ves, ¿no? No sé qué os habrá pedido ahora, pero para él solo es un juego.

Allie no sabía qué pensar. Su hermano resultaba completamente convincente. Parecía cabreado con Nathaniel y que se compadecía de ella de verdad.

¿Pero y si era mentira?

—Eso es lo que dice Raj —respondió Allie de mala gana—. Pero cuesta creerlo cuando Nathaniel dice que matará a Carter si no nos hemos largado de aquí en cuanto se agote el tiempo.

Examinó el rostro de su hermano y trató de adivinar sus pensamientos.

—Chris, nos lo hemos jugado todo a una carta con la información que nos diste sobre St John's Fields. Pero por allí no hay ni rastro de Nathaniel. Cero. —Allie se inclinó hacia adelante para hacer coincidir sus ojos con la mirada sorprendida de su hermano—. Dime que no te lo has inventado, por favor. Soy tu hermana. Por el amor que me hayas podido tener, no me hagas esto ahora. Porque si estás mintiendo, te juro por Dios que me considero hija única a partir de ahora.

A pesar de todos sus esfuerzos por mantenerse firme, la voz de Allie tembló. Miró un segundo hacia otro lado para recuperar la compostura.

Cuando volvió a centrarse en él, Christopher le sostuvo la mirada.

—Allie, no os he mentido, te lo juro por mamá. Voy en serio. Nathaniel se acabó para mí. He venido aquí porque no quiero saber nada de él. Te lo suplico. Créeme.

Allie no se inmutó, buscó en la voz y los gestos de él algún signo de doblez, pero no encontró más que un ruego y una expresión sincera.

Allie se arrellanó en el sillón.

—Me gustaría creerte, en serio. Pero me da miedo. Hace mucho que te fuiste. Y todo este tiempo has estado con él. Ahora mismo no me puedo fiar de ti. Quiero hacerlo, pero no puedo.

Christopher parecía herido.

—Venga, Allie —dijo él—. No seas así. He arriesgado la vida para llegar hasta ti. Lo he arriesgado todo. Por lo menos dame una oportunidad de demostrarte que digo la verdad.

—No sé cómo. —Allie alzó la voz y se obligó a bajar el tono—. Todo es arriesgado. Si te doy una oportunidad, es un riesgo. ¿Que no te la doy? —Levantó las manos—. Igual. Haga lo que haga, estoy jodida. —Parecía que él quería hablar, pero Allie no lo dejó—. El caso es que si no eres el Christopher que yo conocí y si Nathaniel te ha lavado tan bien el cerebro que no eres tú mismo, Carter puede morir. Y yo no estoy dispuesta a que eso ocurra.

Christopher se frotó los ojos antes de contestar.

—Nathaniel me comió el coco cuando yo era un crío. Era vulnerable y se aprovechó de mí. Nunca he negado los errores que he cometido. Pero te aseguro, te juro, que eso se acabó. He visto la clase de persona que es. Mata a gente. O, mejor dicho, contrata a gente que lo hace por él. Y eso me pone los pelos de punta. —Vaciló y clavó los ojos en los de Allie—. Llegué a pensar que te mataría, Allie. En serio. Y todavía pienso que es capaz de hacerlo si cree que puede resultarle útil. ¿Querías saber por qué estoy aquí? Pues es por eso.

Durante un momento, Allie no supo qué decir. Había pensado cantidad de veces que Nathaniel la podía matar o que podía ordenarle a Gabe que lo hiciera. Pero oírlo de boca de su hermano la asustó todavía más.

Y, quizás más importante aún, creyó a Christopher. La intensidad de su voz, el odio contenido hacia Nathaniel; nadie podía fingir así. Nadie. A lo mejor le había mentido acerca de otras cosas, pero en eso lo creía. Había vuelto porque temía por ella.

—Vale —dijo Allie—. Entonces necesito que me ayudes.

Él escudriñó su cara esperanzado.

—Entonces, ¿me crees?

—Más que antes —admitió ella—. Pero si quieres que todos piensen que has cambiado, tienes que ayudarnos a recuperar a Carter.

Christopher enarcó una ceja.

—Al, no me he equivocado con lo de St John's Fields. Sigo pensando que Nathaniel lo tiene allí. No confía lo suficiente en nadie como para dejar un activo tan valioso como tu amigo en manos de otra persona. Es demasiado precavido para hacerlo. Seguro que lo tiene en su casa. —Clavó un dedo en la mesa para dar énfasis a sus palabras—. Está ahí, Allie.

El corazón de Allie dio un brinco, pero su semblante se mantuvo impasible.

—Tenemos a gente vigilando la zona —dijo Allie—. Pronto sabremos si tienes razón. Pero aunque Carter esté ahí, necesitamos encontrar la manera de entrar. Y no parece fácil. Llevo un tiempo escuchando a los guardias de Nathaniel, y hay un montón.

Christopher no discrepó.

—Tiene un pequeño ejército. Y si le gusta esa casa es porque está alejada de la carretera. Igual que este colegio. —Echó una ojeada a los guardias que lo vigilaban al otro lado de la estancia—. La casa tiene un sistema de seguridad muy potente y... —Se interrumpió—. Vaya, que el tío está obsesionado con la seguridad.

Era justo lo que Allie esperaba.

Adoptó un tono desenfadado y planteó su idea.

—Creemos que la clave está en los guardias. Necesitamos poner a uno de ellos de nuestra parte.

Todavía no se lo había contado a Raj. Pero sabía que tenía razón. Nueve los ayudaría. Y ahora que estaban tan cerca, debía conseguir toda la información que pudiera sobre él.

Christopher asintió pensativamente.

—Podría funcionar. Ponéis a un guardia de vuestra parte, y mientras él distrae a los otros, entráis y salís de la finca de forma segura. Sí. —Parecía impresionado—. Puede que sea la mejor manera de hacerlo. ¿Raj ha pensado en alguien en concreto?

—Me parece que sí —mintió Allie—. Pero necesitamos más información. Así sabremos cómo aproximarnos a él.

Chris pareció aceptar su explicación sin dudar de ella.

—¿Qué quieres saber?

—¿Por qué son leales a Nathaniel?

Christopher no vaciló.

—Por la pasta.

—¿La pasta? —Allie no disimuló su sorpresa—. ¿Cómo? ¿Es porque les paga y ya está?

—Más o menos. Nathaniel sabe escoger a sus empleados y además les paga un pastizal. —Se inclinó hacia adelante para entrar en materia—. Cuando los contrata, muchos de esos tíos tienen problemas graves de dinero. Manutención de los hijos, bancarrota, deudas de juego… Su vida es un desastre. Eso es lo que busca Nathaniel precisamente. Exmilitares o expolicías en dificultades. Nathaniel aparece de la nada y les ofrece una solución a todos sus problemas.

A Allie se le debió notar el escepticismo en la cara, porque su hermano se puso un poco a la defensiva.

—Al, estoy hablando de una suma de dinero que te puede cambiar la vida. Trabajas unos años para Nathaniel y si te lo montas bien, tienes la vida solucionada. Te ha tocado el gordo. Y no tienes de qué preocuparte nunca más.

Allie pensó en las cosas que le había oído decir a Nueve y a los otros guardias. Que no había dinero que pagara lo que les pedían.

—Entonces —dijo Allie— ¿por qué no lo dejan pasado un tiempo? No creo que sea un trabajo fácil.

—Porque el dinero es adictivo —contestó Chris—. Empiezan pensando que es el curro perfecto. Pero cuando se dan cuenta de lo chungo que es, en realidad están atrapados. Si lo dejan, vuelven a caer de cabeza en los viejos problemas. Y quieren un coche nuevo, una casa, una novia… Siempre hay algo que hace que todo merezca la pena. —Suspiró—. En realidad ese dinero es como una cárcel sin paredes.

Allie pensó en la cantidad de ceros que había en los papeles que había firmado hacía poco con los abogados de Lucinda. ¿Ahora también vivía en una de esas cárceles?

Se obligó a concentrarse en el tema que tenían entre manos.

—¿Sabes cómo se llaman en realidad? Por radio hablan en código.

Christopher puso los ojos como platos.

—¿Habéis pirateado las comunicaciones de Nathaniel? —Cuando Allie asintió, él sonrió—. Sois unos máquinas. —Se pasó una mano por la cabeza como si tratara de recordar—. Conozco a unos cuantos, pero hay decenas. Si me enseñaras una foto, te podría decir si los conozco. Pero sin verlos es difícil.

Allie anotó mentalmente que tenía que pedirle fotos de los guardias a Raj.

—¿Cómo podríamos acercarnos a ellos? —preguntó después—. O sea, dices que hacen esto por dinero… ¿Aceptarían un soborno? Si les pagamos más de lo que les paga Nathaniel, ¿crees que alguno nos ayudaría?

—Puede que sí. No creo que la mayoría lo apoyen porque estén de acuerdo con él o porque les caiga bien. Pero vas a necesitar un buen fajo de billetes.

—El dinero no es problema.

Christopher la miró, divertido.

—¿De dónde vas a sacar tanta pasta, Al? Mamá y papá no han visto esa cantidad de dinero en su vida. Estos tipos querrán dinero *de verdad*.

Allie abrió la boca y la volvió a cerrar.

Su hermano no sabía lo que había pasado. No sabía nada del testamento de su abuela. Ella tampoco tenía por qué decírselo. Podía decirle que se refería al dinero de Isabelle. Pero quería ver cómo reaccionaba al enterarse.

Unos chicos que estaban sentados cerca de la puerta salieron de la sala común. Ahora solo quedaban ellos dos y los guardias.

—Verás… —dijo ella con cuidado—. Lucinda me dejó algo de dinero al morir.

—¿En serio? Vaya. —Christopher aguzó la mirada—. ¿Cuánto es *algo*?

—Mogollón.

—Ajá. —Christopher se arrellanó en el sillón y la estudió; de repente, sus ojos lo comprendieron—. Allie, ¿te lo ha dejado todo?

Allie pensó en Nathaniel e Isabelle. Una herencia había destrozado su relación, su familia, sus vidas. La decisión de su padre (algo que escapaba totalmente al control de ellos dos) había caído sobre sus vidas como un mazazo.

Pero Christopher le había hecho lo mismo a su familia al escaparse de casa. Tal vez entre ellos ya no hubiera nada que destrozar.

Allie levantó la vista y miró a su hermano a los ojos.

—Más o menos.

Él bufó. Cuando retomó la palabra, lo hizo en voz baja.

—Allie, nuestra abuela era multimillonaria. ¿Me estás diciendo que ahora eres…?

—¿Multimillonaria? —preguntó ella. ¡Qué raro sonaba! Pero había visto aquellos ceros. Y no tenía sentido negar la verdad, ni a su hermano ni a sí misma—. Eso creo. Más o menos. Sí.

Él se la quedó mirando durante un largo instante. Después una sonrisa se dibujó lentamente en su cara. Sus hombros se agitaron con risa contenida. Echó la cabeza hacia atrás y estalló en carcajadas.

—¡Qué fuerte, Allie! Menudo notición. No sabes cuánto me alegro de que te lo haya dejado todo a ti y ni una libra a Nathaniel. —Se palmeó la rodilla con la mano y ambos guardias lo miraron con aire pensativo—. Le va a dar algo cuando se entere. Primero su padre y ahora Lucinda. Con todo el dinero que le podría haber caído del cielo las dos veces, se podría haber comprado todo eso que quiere. Me parece… —Se secó los ojos— fantástico.

Allie sonreía, pero no dejaba de observarlo. Sin embargo, no vio en Christopher el menor atisbo de rencor o de rabia. Ni nada que indicara que hubiese preferido que Lucinda le dejara el dinero a él.

Allie se permitió relajarse un poco.

—Bueno, no me siento tan rica —gruñó—. Para empezar, sigo estando en un puñetero internado.

Por algún motivo eso le hizo todavía más gracia a Christopher.

—Qué familia —dijo él cuando paró de reír—. Menuda panda de ricachos más rara.

VEINTITRÉS

Tras dejar a Christopher, Allie subió las escaleras a toda pastilla; la adrenalina le corría por las venas y hacía latir su corazón a un ritmo frenético. Ahora ya tenía toda la información que necesitaba para presentarles el plan a Isabelle y a Raj. Si lograba convencerlos, tal vez todo terminara aquella noche.

Había llegado la hora de hablar con Nueve.

Apelaría a su odio por Nathaniel y le ofrecería un montón de dinero.

Podía funcionar.

Pero cuando entró en tromba en el centro de operaciones, preparada para soltar su perorata, se encontró a todo el mundo al fondo de la sala escuchando unas voces que salían de los altavoces.

La tensión podía palparse en el ambiente; nadie se movía ni hablaba. Parecían absortos en el sonido.

Antes de que Allie pudiera preguntar qué sucedía, Dom reparó en ella y levantó una mano para que guardara silencio.

Allie cerró con cuidado la puerta tras de sí.

Dom habló por radio:

—¿Qué ves ahora?

La voz de Raj crepitó desde los altavoces:

—Hemos identificado dos vehículos de Nathaniel. Estamos viendo a unos guardias con uniformes negros que pasean por el recinto. Parece una patrulla.

Dom e Isabelle intercambiaron una mirada.

Isabelle se inclinó hacia la radio.

—¿Cuál es tu valoración, Raj? ¿Crees que este es el escondite?

Hubo un silencio antes de que Raj respondiera.

—Creo que sí. —Adoptó un tono de cautela—. Pero necesitaría más pruebas. No estoy del todo convencido de que no sea una trampa.

Isabelle se mordió el labio. Allie notó que intentaba reprimir su impaciencia. Les quedaba muy poco tiempo. Estaban tan cerca de conseguirlo...

—¿Qué necesitas, Raj? —La voz de Isabelle era contenida—. ¿Podemos hacer algo con las imágenes del satélite?

—No estaré satisfecho hasta que tengamos contacto visual —dijo él—. Tenemos que estar cien por cien seguros. Acaban de poner en marcha varios coches; parece una especie de convoy. Con un poco de suerte, será el transporte personal de Nathaniel. ¿Veis algo desde ahí?

Todos se volvieron al unísono a mirar el monitor de la pared. Allie entornó los párpados y examinó la imagen, cada vez más familiar, del tejado de una gran casa y los distintos cobertizos desperdigados por los alrededores. Según parecía, había tres coches detenidos ante la puerta principal. Pero las copas de los árboles le tapaban la vista; no se percibía gran cosa entre el follaje.

Al parecer Dom había llegado a la misma conclusión.

—Necesitamos hacer zoom —murmuró para sí al tiempo que tecleaba algo en el ordenador.

Segundos más tarde, la imagen se amplió. Esta vez Allie distinguió perfectamente los relucientes techos oscuros de los vehículos bajo el sol del mediodía. La puerta principal apenas se veía.

—Estamos viendo los coches, Raj —dijo Isabelle—. Pero no hay nadie.

—Esperad —dijo él—. Acaban de meterse dentro. No estoy en el mejor sitio para poder identificarlos. Hasta que no lleguen a la cerca no podré hacerlo; esperaba que los vierais mejor que yo.

En el monitor, la puerta principal se abrió y un grupo de hombres salió por ella.

—Hay movimiento —dijo Isabelle con voz tensa—. Son cuatro... No, cinco hombres. Llevan traje en vez de uniforme negro. —Miró hacia la radio—. Podrían ser ellos, Raj.

—Recibido —contestó el jefe de seguridad—. ¿Los habéis identificado?

Isabelle se había acercado a la pantalla para mirar a los hombres de cerca, por lo que fue Dom quien contestó:

—Negativo, Raj. Un árbol nos tapa la vista.

Allie miraba fijamente la imagen y se había acercado a Isabelle sin darse cuenta.

Solo se veían unas coronillas y unos hombros con traje azul marino y gris bajo las ramas extendidas de un castaño.

Después se abrieron las puertas y los hombres desaparecieron a bordo de los coches. Portazos. La imagen del satélite no tenía sonido, pero Allie había visto que los coches se movían ligeramente y el polvo flotaba al cerrarse las puertas.

Los vehículos avanzaron en silencio.

—Raj, se mueven. —dijo Dom en tono apremiante—. No tenemos identificación.

—Recibido. Los veo. Esperad.

Allie oyó que Raj hablaba en voz baja con alguno de sus guardias. Después la señal quedó totalmente en silencio.

Los coches recorrieron lentamente el corto camino de acceso. La sala contuvo la respiración, nadie se atrevía a moverse.

Isabelle se había quedado frente al monitor y se tapaba la boca con una mano mientras observaba la procesión de coches.

Junto a ella, Allie no despegaba los ojos de la pantalla.

Vamos, vamos, rogaba.

A través de una sombra moteada el satélite mostró una pesada cerca que se abría lentamente. El primer coche se incorporó a la carretera, seguido de cerca por el segundo.

El tercer vehículo estaba torciendo hacia la carretera cuando la voz de Raj crepitó desde los altavoces:

—Identificación confirmada. Nathaniel va en el coche número dos. Repito: identificación confirmada. —Allie notó en su voz que sonreía—. Lo tenemos, chicos.

La sala gritó de alegría. Isabelle hundió los hombros un segundo, antes de erguirse de inmediato y dirigirse a grandes pasos hacia la radio. Shak y Allie chocaron las manos en el aire.

Hasta Dom se permitió un instante de celebración.

—¡Toma ya! —oyó Allie que decía la informática más bien para sí.—. Esto habrá que celebrarlo. —Rápidamente, sin embargo, regresó a su decoro habitual y volvió a conectar el micrófono. Alzó la voz por encima del alboroto—. Recibido, Raj. Identificación confirmada. —Tras un silencio añadió—: Me imagino que habrás oído cómo se ha recibido la noticia por aquí.

—Afirmativo —dijo Raj en tono alegre—. Os informo que uno de mis hombres está siguiendo a Nathaniel y su séquito. Los demás nos quedaremos por aquí vigilando la casa.

Siguieron discutiendo algunos detalles técnicos y otros asuntos. Entonces Isabelle se encaminó a la puerta e indicó por gestos a Zelazny que la siguiera.

—Tenemos que repasar algunas cosas —oyó Allie que decía—. Me preocupa la logística de la siguiente fase. Y la velocidad.

Allie esperó a que salieran al pasillo y salió disimuladamente tras ellos.

—Isabelle.

Los dos profesores la miraron sorprendidos.

Allie respiró hondo.

—He tenido una idea.

—Ni hablar. —Isabelle negó rotundamente con la cabeza—. No pienso permitirlo. —Dirigió una mirada mordaz a Allie—. La verdad, me sorprende que te atrevas a sugerirlo.

—A ver, un momento. —Zelazny alzó las manos—. Yo tampoco creo que sea la mejor idea del mundo, pero tampoco se me ocurre nada mejor. ¿A ti sí?

Allie estaba sentada junto a él en una de las butacas de piel que había frente al escritorio de Isabelle. Les acababa de explicar su plan a grandes rasgos y dejaba que lo discutieran entre ellos. Ya se había imaginado que lo primero que haría Isabelle sería negarse en redondo.

Lo que no esperaba es que Zelazny la apoyara a ella.

—Es arriesgar demasiado. —Isabelle se inclinó hacia delante—. Por no hablar de la seguridad de Allie.

Zelazny no se amedrentó.

—Podríamos hacerlo en un lugar público. Allie no estaría sola en ningún momento. Si lo hacemos bien, es imposible que le suceda nada.

Cuando Isabelle hizo una pausa para pensar en la respuesta, intervino Allie:

—Mira, ya sé que nos la estaríamos jugando, pero llevo escuchando a Nueve desde hace días. No es que esté algo descontento. Es que odia a Nathaniel. La otra noche me ayudó y no tenía por qué hacerlo. Habló de mí y dijo que no le parecía bien lo que hacía Nathaniel. —Se señaló el corazón—. Al fin y al cabo, solo soy una niña, ¿no? Nueve tiene una hija, se lo oí decir. Me verá, le recordaré a su hija y no se le pasará por la cabeza lastimarme.

Isabelle negó con la cabeza y apretó los labios.

—Aunque estuviese dispuesta a exponerte a ese peligro, no estoy segura de que él esté por la labor de escuchar a una adolescente.

—Pues te equivocas. A quien no escuchará es a alguien como tú o Raj, a un adulto. Da la impresión de que no se fía de los mayores. —Allie inspiró—. Creo que a mí me escucharía.

La directora sondeó su mirada y nuevamente sacudió la cabeza.

—Lo siento, pero no. Sé que quieres hacerlo, pero es demasiado peligroso.

Allie quería decirle a Isabelle que la decisión no estaba en sus manos. Que Lucinda la habría apoyado. Quiso gritarle que más valía que la ayudara porque pensaba hacerlo de todos modos.

Pero sabía que con eso solo empeoraría las cosas.

—Por lo menos, escúchanos primero —dijo Zelazny rompiendo cuidadosamente el silencio—. Allie ya ha allanado el terreno; ha investigado al guardia, ha escuchado sus conversaciones y ha tenido un primer contacto. Sabemos que no está contento. Y que no está entregado a la causa de Nathaniel. —Se golpeó la pierna con el puño—. Creo que Allie tiene razón. Tenemos que conseguir que se pase a nuestro bando.

—Lo siento, pero no voy a permitir que lo haga Allie. —El tono de Isabelle era tajante—. Eso sí que no.

—No me parece bien que te cierres en banda. Estás dejando que tus sentimientos se interpongan. —Zelazny miró a la directora con severidad—.

Allie es inteligente y capaz, y está bien entrenada. Es una de las mejores. No debería darte miedo usar a una de tus mejores alumnas.

—August, me sorprende que te plantees enviar a un alumno a una operación tan impredecible —le reprochó Isabelle—. Pensaba que después de lo sucedido en Londres habíamos acordado que cambiaríamos nuestros métodos.

Allie tomó la palabra y se esforzó en sonar tranquila.

—Isabelle, comprendo que esto te ponga nerviosa. Y me doy cuenta de que es peligroso. Sabes que es así. —Allie le sostuvo la mirada a Isabelle hasta que ella asintió—. Sé cómo piensa ese guardia. Cómo funciona su mente. Sé que no se fía de sus colegas, cree que son todos unos vendidos. Creo que está donde está porque estaba desesperado. Christopher dice que todos esos tíos están endeudados. Seguro que Nueve estaba metido en algún berenjenal. Creo que ahora quiere dejar ese trabajo. Y que podría escucharme porque soy joven. Le sabe mal por mí, y deberíamos aprovecharlo.

—Allie, aunque eso fuese así, no me parece motivo suficiente para que te acerques a uno de los guardias de Nathaniel y te presentes como la presa que Nathaniel siempre ha querido atrapar. —Los ojos de Isabelle saltaron de Allie a Zelazny—. Estoy segura de que vosotros también lo veis así.

Zelazny estaba preparado para ese argumento.

—Por eso lo haríamos en un lugar público —insistió—, y por eso mandaríamos a media docena de guardias. ¿Que él intenta algo? Pues estamos listos para neutralizarlo.

—Lo siento, August, pero la respuesta es no. —La expresión de Isabelle era firme. Su tono indicaba que daba por zanjada la reunión.

La valentía de Allie se había ido diluyendo y empezó a desesperar. Si Isabelle pensaba que el plan era tan malo… a lo mejor lo era. ¿Qué sabía ella? Solo era una adolescente.

Pero mientras perdía la esperanza, se acordó otra vez de aquel momento en la verja. La intensidad de los ojos de Nueve. Aquel sutil gesto de advertencia.

Y su comentario a través de la radio: «No lo veo bien».

La determinación de Allie regresó. Isabelle tenía que entrar en razón. Si no la dejaban reunirse con Nueve, lo único que podrían hacer era esperar en

St John's Fields a que la cuenta atrás se agotara o intentar un peligroso asalto que podía acabar muy mal para todos.

Quedaban poco más de veinticuatro horas.

Un día.

Allie se echó hacia adelante.

—Isabelle, comprendo que estés asustada, pero *por favor*, confía en mí. Ese hombre, Nueve, puede ayudarnos a entrar. Si aprovechamos esta oportunidad, nos podría ser de gran ayuda para recuperar a Carter. —Al ver que Isabelle estaba a punto de rebatírselo, Allie habló más rápido—: Si dice que no, lo peor que puede pasar es que le enseñemos nuestras cartas. No es que le vaya a servir de mucho a Nathaniel. Solamente se enteraría de que conocemos su paradero.

—En realidad, lo peor que podría pasar es que por la pantalla del ordenador os acabemos viendo a Carter y a ti encadenados. —Isabelle la desafió con la mirada—. ¿Estás preparada para eso?

Allie contuvo un estremecimiento. Pero cuando respondió lo hizo con voz firme.

—Conoces muy bien a Raj. No dejará que eso ocurra.

—Isabelle. —Zelazny pronunció el nombre con inusual ternura—. Creo que sabes que Allie tiene razón. Está bien entrenada, tiene experiencia y está dispuesta a aprovechar la oportunidad. Podemos cuidar de ella.

La directora lo miró de hito en hito durante un largo momento. Luego se presionó los dedos contra la frente.

—No puedo hacerlo, August. —Su voz era cada vez más inestable—. No puedo cavar otra fosa en ese cementerio.

Zelazny se quedó en silencio. Luego habló con seguridad:

—No lo harás. Te lo prometo.

La directora dejó escapar un largo suspiro y se irguió en el asiento.

—En el caso de que accediera, ¿cuándo querríais hacerlo? —preguntó con manifiesto recelo.

El corazón de Allie dio un brinco. Intentó disimular su triunfalismo bajo una expresión solemne.

—Cuanto antes. Pero primero tenemos que averiguar todo lo que podamos sobre él. No sabemos cómo se llama, ¿o sí? —Zelazny miró a Allie.

—Sí, sí lo sabemos —contestó Allie luchando contra sus ganas de sonreír—. Christopher me dijo que se llama Owen Moran.

Christopher no sabía mucho sobre los guardias, pero casualmente Moran le había hecho de chófer durante dos meses. «El tío no es muy hablador», le había dicho. «Nunca me contó nada de su vida. Siempre parecía estar enfadado por algo, pero nunca supe por qué». Después había añadido, pensativo: «Como chófer era la leche».

Isabelle cogió un bolígrafo y apuntó algo. Después se dirigió a ellos sin levantar la vista del papel.

—Quiero que se me informe de cada paso de la operación. —Zelazny asintió, como si la petición fuera una obviedad —. Y quiero que Dom y su equipo investiguen a fondo a ese guardia. Quiero saber cómo piensa, qué come, dónde duerme. Nadie va a reunirse con nadie hasta que yo lo conozca tan bien como Allie.

La directora les dirigió una mirada de acero.

—No me gusta. Sobre todo después de lo que ha sucedido. Pero es cierto que no tenemos otra opción. Tenemos que sacar a Carter de allí y marcharnos de este colegio lo antes posible. Ya va siendo hora.

VEINTICUATRO

Al salir del despacho de Isabelle, Allie giró a la derecha en dirección al centro de operaciones pero, antes de que pudiera dar un paso más, Isabelle la agarró del brazo con fuerza.

—Ah, no. De eso nada —dijo Isabelle—. Estás exhausta. Apenas has comido y dormido en todo el día. Ya se lo he comunicado a Dom y a los profesores, y ahora te lo digo a ti: todos los alumnos estáis obligados a descansar. Te prohíbo que trabajes hasta dentro de una hora, y si pueden ser tres, mejor. El personal ha dejado comida en el comedor para los que os habéis perdido la cena. Quiero que comas y descanses. Después podrás volver al trabajo.

—Ni hablar. —Allie la miraba sin dar crédito. Sus ojos buscaron la ayuda de Zelazny, pero ya se alejaba por el pasillo.

Esa batalla tendría que librarla sola.

—Isabelle, no me hagas esto ahora. —Apareció en su cabeza una instantánea con los números rojos de la cuenta atrás.

La directora se mostró indiferente.

—Allie, he cedido en muchas cosas. Pero no pienso permitir que se me desmaye el alumnado de agotamiento. Y ahora, largo. —Señaló el pasillo que conducía a las escaleras—. Come y descansa.

Al ver la obstinada mirada de Allie, la directora suspiró y bajó la mano.

—Te prometo que mandaré llamarte si Dom te necesita, ¿vale? Y ahora, ¿puedes hacer el favor de marcharte?

Allie aceptó su sino de mala gana.

—De acuerdo. Pero solo media hora.

El caso es que, ahora que podía pararse a pensarlo, Allie estaba hambrienta. Llevaba levantada desde antes del amanecer y no había comido casi nada en todo el día.

En el comedor encontró las mesas del bufé colocadas a lo largo de una pared y repletas de comida. Bocadillos y ensaladas, grandes boles de fruta y apetitosas bandejas de galletas colocadas en fila.

Junto a las grandes y humeantes jarras de té y café había cubos plateados con hielo de los que asomaban botellines de bebidas energéticas.

Eran casi las diez de la noche y en el ambiente reinaba una especie de agitación nocturna. Los alumnos se agrupaban alrededor de las mesas y charlaban, con bebidas energéticas en la mano. Los guardias también estaban por allí, con los pies sobre las sillas y tazas de té.

En los malos tiempos, Cimmeria lucía en toda su gloria.

Tras llenarse el plato hasta arriba, Allie se puso a buscar un sitio donde sentarse.

La disposición de las mesas era distinta para los comensales rezagados; nada de elegantes manteles o de velas encendidas para ellos.

Un destello cobrizo y una inesperada risa cantarina atrajeron la atención de Allie hacia la mesa a la que estaban sentados Katie y Lucas. Estaban acurrucados, reían y se susurraban. Allie no había hablado con Katie desde su ruptura con Sylvain.

Decidió que ya era hora de hacerlo.

—Eh —dijo depositando la bandeja en la mesa.

—Ah. —Katie la miró con la altivez distante de un gato persa—. Eres tú.

Lucas, como de costumbre, sonrío afablemente.

—Eh, Allie. ¿Qué tal? Qué pasada lo de St John's Fields. —Se crujió los nudillos—. Parece que vamos a ponernos en marcha.

—No hagas eso. —Katie señaló con los ojos las manos del chico.

—Perdona, cariño. —Lucas dejó caer las manos.

Allie puso los ojos en blanco y mordió el sándwich tostado de queso. Se derritió en su boca. Era la primera cosa caliente que comía en todo el día.

Lucas echó un vistazo al reloj, se puso en pie y se desperezó.

—Voy a ver si encuentro a Zelazny y me entero de cómo va la cosa.

—Ve —dijo Katie para sorpresa de Allie—. Haz lo que tengas que hacer.

Él besó suavemente a Katie en la mejilla y se marchó a toda prisa.

Allie lo observó mientras cruzaba el comedor. Sus largas zancadas le recordaban tanto a Carter que dolía.

Devolvió los ojos al plato.

—Me he enterado de que habéis cortado. —Las palabras de Katie pillaron a Allie con la guardia baja. La boca se le secó de repente y el sándwich se le hizo una bola.

Tragó incómodamente.

—¿Quién te lo ha dicho? Yo no se lo he contado a nadie.

Katie la miró con aire compasivo.

—Sylvain. ¿Quién iba a ser?

—Ah, vale —masculló Allie—. Claro.

—Quiero que sepas que yo no le dije ni una palabra. —La pelirroja dio recatadamente un trago a su botella de agua—. Lo adivinó él.

—¿Cómo? —Allie apartó el plato; se le habían quitado las ganas de comer—. ¿Cómo lo adivinó?

En cierto modo, Allie ya lo sabía. Se imaginaba perfectamente cada pieza del puzzle mental que Sylvain había hecho encajar. Pero estaba cansada y se sentía culpable.

Quería que Katie le echara vinagre en las heridas.

—Te comportabas de un modo tan raro que pensó que sucedía algo. Tenías los nervios a flor de piel. Estabas distante. Cambiada. —Katie jugueteó con la etiqueta de la botella—. Yo no le dije nada, Allie.

Allie recordó la expresión de Sylvain, su mirada de dolor.

Exhaló.

—Me alegro de que lo adivinara.

—¿Qué dices? —Katie se la quedó mirando.

—Quería romper con él, pero no encontraba el valor para hacerlo —admitió Allie—. No sé qué habría hecho si él no hubiese cortado conmigo. Aprecio muchísimo a Sylvain, Katie. A pesar de todo. Me alegro de que lo sepa y que así pueda… pasar página. —Le sostuvo la mirada—. Cuida de él, ¿vale? Ya sé que conmigo no hablará pero… asegúrate de que está bien. De que no hace ninguna locura.

—Sylvain nunca haría ninguna estupidez. —Su tono sonaba estirado, pero su expresión era sorprendentemente compasiva—. No te preocupes. Ya me encargaré de que coma algo de vez en cuando.

—¿Cómo...? —Allie se aclaró la garganta—. ¿Cómo está?

Katie se reclinó en la silla y suspiró.

—¿Cómo va a estar? Hecho polvo. Está coladito por ti. Pero lo superará, Allie. Has hecho lo correcto.

Nunca se le habría ocurrido que esas tres palabras pudiesen salir de la boca de Katie Gilmore. Intercambiaron una mirada de tácito entendimiento.

—¡Allie, aquí estás! —Rachel entró corriendo al comedor, Nicole iba con ella—. Isabelle nos ha prohibido trabajar. Me he imaginado que a ti también.

Rachel llevaba el cabello ondulado recogido hacia atrás en una pinza; algunos rizos se le habían soltado y enmarcaban su cara en forma de corazón. Se la veía contenta.

Las recién llegadas se sentaron al lado de Allie.

—Nunca pensé que diría esto, pero... estoy harta de esos ordenadores. —Rachel miró a Nicole, que en aquel momento mordía una manzana perfectamente redonda—. Necesito una pausa.

—Yo me muero de ganas de que vuelva Raj y nos diga que ya podemos ir a buscar a Carter. —El acento francés de Nicole era como un velo de seda que recubría cada una de sus palabras—. Por mí podríamos ir hoy mismo. —Echó la cabeza hacia atrás y su larga melena cubrió parte del respaldo de la silla—. Odio esperar.

Con su cabello oscuro, sus sonrosadas mejillas y su tez pálida, Nicole se parecía más que nunca a Blancanieves. Su belleza resultaba accidental, no daba la impresión de que pensara en ello en ningún momento, y aun así era hermosa: su esbelta figura, el óvalo perfecto de su rostro...

¿Por qué no acabaron juntos ella y Sylvain?, se sorprendió pensando Allie *como muchas otras veces. ¿Por qué yo y no ella?*

Nicole tragó un pedazo de manzana y su mirada coincidió con la de Allie.

—He oído que te has reunido con Isabelle. ¿Ella cree que lo conseguiremos? ¿Sacaremos a Carter de allí?

Allie no vaciló.

—Por supuesto.

Los ojos verdes de Katie centellearon.

—Lo que no entiendo es qué vamos a hacer después de eso.

Allie se quedó callada. Todavía no le había contado a nadie lo que habían planeado Isabelle y ella. De hecho, rara vez lo comentaba con Isabelle. Tenían el acuerdo tácito de dedicar toda su energía a recuperar a Carter. Ya se preocuparían del mañana cuando llegase.

Allie tenía ganas de contárselo a los demás. Quería decirles que tenían un plan. Que empezarían de nuevo en un lugar seguro.

¿Pero era el mejor momento para decirlo?

Seguía debatiéndose cuando Nicole se encogió elegantemente de hombros.

—Bueno —suspiró la francesa—, no creo que nos enteremos esta noche. Tenemos que despejarnos. Rachel y yo vamos a dar una vuelta. Necesitamos salir de estas cuatro paredes. —Miró a Allie y después apartó los ojos—. Sylvain y Zoe también se apuntan. Si queréis venir...

Las miradas de Allie y Katie se encontraron. La pelirroja enarcó una ceja.

—No, gracias —dijo Allie—. En un rato tengo que ir arriba a... hacer una cosa.

Todas sabían que era mentira.

—Si cambias de parecer y te apetece, vente, en serio... —la invitó Rachel—. No hay problema.

Sí, sí que lo hay, pensó Allie.

Se preguntó si llegaría el día en que ella y Sylvain pudieran estar en la misma habitación sin que la situación fuera tensa e incómoda.

—A lo mejor me apunto más tarde —dijo Katie, y mostró la sala con un gesto—. Estoy harta de este sitio.

Al cabo de unos minutos, Nicole y Rachel se levantaron y se fueron caminando en perfecta sincronía y con las cabezas muy juntas.

Mientras las veía alejarse, Katie suspiró.

—Son tan monas...

Allie encogió los hombros, extrañada.

—Si tú lo dices...

—¿Qué? —Katie parpadeó con asombro—. ¿De verdad no piensas que son la pareja más bonita de todo Cimmeria ahora mismo? En serio, Allie. Tienes el corazón de piedra. —Volvió a mirar hacia el umbral de la puerta por la que desaparecían en aquel momento las dos chicas y sonrió con indulgencia—. Yo las encuentro supercucas.

Al principio Allie no la entendió.

—¿De qué habl...?

La pregunta se apagó en sus labios.

Entonces, con la misma brusquedad que un repentino martillazo, comprendió las palabras de Katie. Ahora todo tenía sentido, todo encajaba, todo cuadraba a la perfección.

Los ojos de Katie se desplazaron de la puerta hasta Allie y se detuvieron. Puso los ojos como platos.

—¡Venga ya! —Ni siquiera trató de disimular su sorpresa—. Es imposible que no lo supieras. Rachel es tu *mejor amiga*.

Allie se había quedado muda. Negó con la cabeza. Notó como la sangre acudía a sus mejillas.

No lo sabía.

—No lo entiendo. —Katie la observaba desalentada—. Pero si lo sabe todo el mundo, ¿cómo puede ser? Las han nombrado la «Pareja Lesbi Más Mona del Año».

Katie entrecomilló su frase con los dedos en el aire.

—Lo de Nicole ya lo sabíamos todos, claro. Pero confieso que con Rachel me llevé una sorpresa. —Se golpeteó la barbilla con la uña, como si la orientación sexual de Rachel fuera un plato más en la carta de un restaurante caro—. Además, llevan juntas desde... yo qué sé. Hace varios meses.

Allie no salía de su asombro. ¿Rachel la había engañado? ¿Se lo había ocultado a propósito?

¿O estoy tan en la luna que no me he dado cuenta?

Frente a ella, Katie seguía ocupada en esclarecer el por qué de su ignorancia.

—Todo el mundo daba por hecho que sabías lo de Nicole, sobre todo después del beso.

Allie irguió la cabeza. Al ver que no decía nada, Katie le dedicó una mirada de exasperación.

—¿No te acuerdas de cuando jugamos a «verdad o reto» en el castillo? ¿Hola? Tierra llamando a Allie.

Un repentino recuerdo acudió a la mente de Allie: la hoguera, el beso inesperado de Nicole, sus suaves labios, su perfume caro y su largo cabello acariciándole las mejillas.

Nunca se le había pasado por la cabeza que Nicole la hubiera besado por algo que no fuera alucinar al personal. Jamás había pensado que simplemente le apeteciera… besarla.

Katie no dejaba de mirarla, como si le debiera una explicación, pero Allie no sabía qué decir.

Sí, nos besamos, pero pensé que solo era un juego…

Ahora lo entendía todo. Rachel y Nicole inseparables. Rachel y Nicole cogidas de la mano. Nicole tan protectora con Rachel en la Night School. Las risas que había oído en la habitación de Rachel.

Resultaba tan obvio…

Le iba a explotar la cabeza. Los ojos le escocían por las ganas de llorar.

¿Cómo podía ser tan estúpida?

Katie la observó mientras encajaba las piezas.

—¿Entonces nunca habéis hablado de esto entre vosotras?

Allie negó con la cabeza.

—¿Y nunca te diste cuenta de que…?

Nunca me dijo ni una palabra.

Una lágrima bajó por la mejilla de Allie, cálida al principio, pero dejando un rastro frío a su paso. Se sentía como una idiota. Traicionada.

Todos lo sabían menos yo.

—Me tengo que ir —susurró Allie poniéndose de pie; la silla chirrió contra el suelo de madera pulida.

—Allie, no, espera… —empezó a decir Katie. Pero Allie ya corría hacia la puerta cuando las palabras salieron de su boca.

Al llegar al gran vestíbulo, Allie se detuvo. No sabía adónde ir. No podía salir al jardín. Se los podía encontrar. Y tendría que darles explicaciones de lo estúpida e ingenua que había sido. Delante de Sylvain. Que la odiaba.

No comprendía por qué Rachel no se lo había contado. Era algo superimportante. Tu mejor amiga no se guarda un secreto así.

Tu mejor amiga confía en ti.

¿O no?

«Ahora mismo me está pasando algo», le había dicho Rachel un día. «Te lo contaré, te lo prometo».

Pero no lo hiciste.

Se le escapó un sollozo.

Un trío de guardias se acercaba, y Allie se puso de cara a la pared. No quería que la vieran llorando.

Pasaron de largo sin prestarle atención.

Cuando los perdió de vista, Allie se secó las mejillas con el dorso de la mano. No podía quedarse allí como un pasmarote, llorando en medio del pasillo.

Subió los escalones de la gran escalinata de dos en dos. Después subió otro tramo más hasta el dormitorio de las chicas, muy tranquilo a aquellas horas.

Cuando llegó a su habitación, ni se molestó en encender la luz. Cruzó a tientas la estancia y se sentó en el escritorio, después de apartar libros y papeles. La lamparilla del escritorio cayó estrepitosamente contra el suelo.

Levantó la falleba y empujó las hojas de la ventana con tanta fuerza que golpearon la pared. El aire fresco acarició su cara húmeda.

La luna estaba casi llena y proyectaba sobre todas las cosas un resplandor azulado. Era una noche fría.

Durante un segundo permaneció allí sentada y se permitió llorar.

Se sentía peligrosa; un cóctel volátil de dolor, rabia y fatiga se agitaba en su interior. Quería romper cosas.

Necesitaba respirar.

Por encima de todo, lo que más deseaba era ver a *Carter*. Quería cruzar corriendo el tejado y meterse en su habitación. Contárselo todo. Que él la ayudara a encajar las piezas, a calmarse. De estar allí, él habría sabido qué hacer.

Pero no estaba. Estaba sola.

Aun así, eso no significaba que tuviera que quedarse allí sentada.

Se deslizó hasta el extremo del escritorio y, sin vacilar, sacó las piernas al vacío. Después se puso de pie sobre la cornisa.

Se quedó allí de pie unos segundos, agarrada al marco de la ventana, esperando a que sus ojos se acostumbraran a la oscuridad.

La brisa le trajo flotando desde abajo voces y risas lejanas.

Se encogió de dolor. A lo mejor Katie había ido corriendo a contarles a los demás lo tonta que era. Tal vez aquellos fueran ellos, riéndose a su costa.

En el fondo sabía que eso no tenía ni pies ni cabeza; Rachel jamás se habría burlado de ella, pero Allie estaba demasiado alterada para pensar con claridad.

Estaba muy dolida.

Avanzó por la cornisa en dirección al tejado, a un ritmo demasiado rápido para ser seguro. Las lágrimas nublaron sus ojos, pero no aminoró el paso.

Caminó temerariamente, dejando que los pies encontraran el camino por sí solos.

La primera ventana que pasó era la de Rachel. Tras el cristal, la habitación estaba a oscuras.

¡No me lo contaste! se imaginó diciéndole. *¿Por qué? ¿De verdad pensabas que eso cambiaría algo entre nosotras? ¿Es que no me conoces en absoluto?*

—Tendrías que haber confiado en mí —susurró, tocando el frío cristal de la ventana de Rachel.

Allie siguió su camino apresuradamente, un pie y después el otro, casi deseando que le pasara algo malo. Deseando lastimarse.

Pero pisaba en firme; había cruzado esa cornisa muchas veces.

Cuando llegó al punto más bajo del tejado, recordó la noche en que Sylvain la había subido hasta allí.

Pero no necesitaba la ayuda de ningún chico. Era fuerte.

No necesitaba a nadie.

Se agarró a la recia cañería y subió ágilmente hasta el tejado de pizarra.

No resbaló. No perdió el equilibrio.

Estaba sana y salva.

Ascendió hasta el punto más alto, en el que una de las altas chimeneas del edificio parecía hendir el cielo. Al fin se detuvo.

Un soplo de brisa le pegó los pliegues de la falda a los muslos desnudos y le alborotó la melena. Se echó el cabello hacia atrás y se lo recogió detrás de las orejas para dejar que el aire fresco le besara la cara.

Allí arriba la luna parecía más grande; un punto luminoso en el cielo que brillaba sobre ella.

A veces, para ver las cosas con claridad, necesitas subir a un sitio elevado. Desde allí lo veía todo: los terrenos del colegio en los que habían ocurrido cosas tan terribles; la torre de la capilla que asomaba entre los árboles a lo lejos; el pico del cenador cuya piedra blanca parecía brillar en la oscuridad.

El mismo tejado también guardaba muchos recuerdos. Jo había estado a punto de caer al vacío desde allí arriba. Sylvain le había dicho que la amaba. Carter le había contado los secretos de Cimmeria.

Jo. Carter. Sylvain. Los había perdido a todos.

¿También había perdido a Rachel ahora? ¿La falta de confianza sería capaz de romper una amistad que para Allie era la única cosa segura de su vida?

Deslizó la espalda por los ladrillos de la chimenea y se sentó en el suelo con las rodillas muy cerca del pecho. Se obligó a respirar. Tenía que tranquilizarse y reflexionar.

Poco a poco se fue calmando. Las lágrimas se secaron. Intentó ponerse en el lugar de Rachel.

¿Pero por qué...?

—Hola, Allie.

La voz que había interrumpido sus pensamientos le resultó espantosamente familiar.

Allie se paralizó.

Gabe estaba de pie en el borde del tejado y le sonreía como si nada. El reflejo de la luna confería a sus cabellos rubios una tonalidad dorada.

—Te estaba buscando.

VEINTICINCO

Allie se puso en pie de un brinco y pegó la espalda a la chimenea.

—¿Gabe...? ¿Qué haces aquí?

El corazón le aporreaba el pecho, los pulmones se le habían comprimido de tal que manera que el aire salía con sacudidas cortas y bruscas. No le llegaba suficiente oxígeno. No lo bastante para pensar.

—Yo también me alegro de verte —dijo Gabe.

Alto, rubio y de complexión atlética, Gabe era todo músculos. Sonreía a Allie fríamente mientras lanzaba hacia arriba un pedrusco y volvía a atraparlo con facilidad. ¿Cómo podía encontrarlo atractivo antes? De saber lo que sabía ahora, jamás se le habría pasado por la cabeza.

Aquel tipo era una serpiente con patas.

Allie miró desesperadamente el tejado vacío que la rodeaba, como si de repente alguien pudiera salir en su ayuda. Pero estaba sola. Justo como lo había querido.

—¿Cómo me has encontrado?

La sonrisa de él se ensanchó.

—Deberías encender la luz de tu habitación, Allie. Hemos estado así de cerca. —Gabe dejó un espacio milimétrico entre el pulgar y el índice.

Un escalofrío recorrió la columna de Allie: se le erizó el vello de la nuca.

Pensó en los rincones sombríos de su habitación; Gabe había estado allí y ella no se había dado ni cuenta.

El chico volvió a lanzar la piedra al aire y le dirigió a Allie una elocuente mirada.

—Iba a matarte en ese momento, mientras lloriqueabas en el escritorio.

Pero entonces saliste por la ventana. —Agarró la piedra en el aire—. Y he tenido una idea mejor.

Allie sentía que la cabeza no le funcionaba. Parecía que el miedo le había congelado las neuronas.

No puede ser. Gabe no puede estar aquí.

Se suponía que estaba en la finca con Nathaniel. Aquello no tenía ningún sentido.

¿Cómo ha entrado?, se preguntó mientras hacía esfuerzos por conservar la calma. Ahora la poterna está tapiada.

Gabe tiró la piedra a un lado. Allie oyó un vago repiqueteo cuando golpeó las tejas y rodó por el borde del tejado. No la oyó tocar el suelo.

—Esto es un aburrimiento —dijo Gabe con una mirada de fastidio.

Tenía que hablar con él. Distraerlo. Hacer tanto ruido como fuera posible para que alguien los oyera.

Allie repasó mentalmente lo que sabía de escuchar a los guardias. Las burlas de Nueve hacia el chico que se hacía llamar Uno.

Usa eso.

—¿Qué quieres, Gabe? —Allie adoptó un tono de indiferencia y puso los brazos en jarras—. ¿Nathaniel te ha dado permiso para venir? Pensaba que te ataba corto desde que la cagaste en Londres.

Él entornó los ojos.

—¿Que yo la cagué? ¿Pero qué chorradas dices, Sheridan? Estuve genial. Y si no pregúntaselo a tu abuelita. —Una sonrisa maliciosa se dibujó en su cara—. Ah no, espera, que ya no puedes preguntarle nada.

Allie tenía demasiado miedo para enfadarse.

—Pues me dio la impresión de que Nathaniel pensaba todo lo contrario —dijo ella—. Que lo habías estropeado todo.

Gabe rió por la nariz, pero Allie advirtió cómo se le tensaban los hombros.

—Nathaniel no sabe cómo agradecerme que le solucione los problemas —le espetó—. El tío tiene muchos líos.

—¿En serio? —Allie adoptó un tono compasivo, aunque se le revolvió el estómago—. Mal hecho por su parte.

—Es un gilipollas —dijo Gabe—. Pero no molestará mucho más.

¿Qué quería decir con eso?

Cuanto más lo pensaba Allie, menos sentido tenía aquello. Habían escuchado al grupo de Nathaniel las veinticuatro horas del día. No había ningún ataque planeado.

Nathaniel tenía a Carter y estaba negociando un intercambio. No tenía sentido que mandara a Gabe allí. Necesitaba que Allie firmase aquellos papeles. Seguro que lo último que deseaba era un enfrentamiento.

Allie se quedó mirando a Gabe, que escondía un brazo detrás de la espalda.

—Gabe. —Su voz fue apenas un susurro—. ¿Sabe Nathaniel que estás aquí?

Más tarde no recordaría haber visto moverse al chico. Sylvain siempre decía que Gabe era «el mejor de todos». Y era cierto. Gabe era rápido. Muy rápido.

Un segundo antes, Gabe estaba junto a la chimenea y la miraba fijamente; ahora estaba detrás de ella y le apretaba la fría hoja de una navaja contra la garganta.

—Yo no recibo órdenes de nadie.

Gabe susurró las palabras rozándole la oreja con los labios y echándole el cálido aliento en la nuca.

Allie era incapaz de moverse. No soportaba que la tocara, pero la afilada hoja de la navaja estaba apretada contra su garganta. Se sentía indefensa.

—Esto es una locura —dijo Allie, y tragó saliva con dificultad—. Si me haces daño, Nathaniel te matará. Raj te matará.

Él acarició amorosamente el cuchillo. Allie sintió que la hoja le quemaba la piel del cuello.

—No voy a hacerte daño, Allie. Voy a matarte. Y después mataré a mi jefe.

En la voz de Gabe no había asomo de duda. Parecía totalmente ajeno a las inimaginables consecuencias que tendría matarla. No había indecisión en él. Lo encontraba totalmente razonable.

En él no existía esa voz interior que nos impide matar a una persona. Para él, asesinar a Allie allí mismo sería un puro trámite.

—Espera —dijo ella sin aliento—. Espera, espera...

¿Pero qué iba a decirle? ¿Qué podía hacer? Estaba justo donde él quería tenerla. Era el fin.

Las lágrimas brotaron de sus ojos; ahora la luna era una estrella borrosa de mil puntas.

Voy a morir.

Todo lo que hacía tan solo cinco minutos le había parecido tan importante, de repente le resultaba completamente insignificante.

¿Qué más daba si Rachel no le había contado que le gustaban las chicas? Todo el mundo tiene secretos.

¿Qué más daba si Sylvain estaba enfadado con ella?

Se le pasaría.

Lo veía tan claro ahora...

Podía vivir sin tener a Sylvain en su vida. Podía vivir sin Cimmeria.

Si por lo menos pudiera *vivir*.

Ahora era muy consciente de todo cuanto la rodeaba.

El viento había parado. Tenía el vello de los brazos de punta. El pecho de Gabe se hinchaba y se deshinchaba contra su espalda. Los tendones de su mano. La punta del cuchillo, fría y mortífera, rozando su piel.

Allie oía sus propios latidos tan claramente que era como si salieran de unos altavoces. Cada latido era como un martillazo contra sus costillas.

Sus sentidos se habían aguzado como nunca en su vida.

Así es como termina.

¿Cómo era aquello que había leído? *Todo el mundo muere de repente.* Era un trabajo que había hecho para la clase de Literatura. El profe había trazado un círculo alrededor de su descripción de la muerte de Julieta. «Su muerte no fue repentina»

En el margen, el profesor había escrito: «Todo el mundo muere de repente».

Ahora sabía que era cierto. Gabe solo tenía que girar la muñeca, y ella estaría muerta.

De repente.

—En parte me da rabia hacer esto. —Gabe se acercó más a ella y apretó su cuerpo contra el de Allie—. Estás muy buena. ¿Qué os pasa a las tías en Cimmeria? Será que ese uniforme me pone cachondo...

Gabe deslizó la mano desde el hombro de Allie hasta sus pechos.

Allie no podía respirar. El mero contacto le daba ganas de vomitar. Se debatió, pero él presionó el cuchillo con más fuerza contra su cuello, recordándole quién tenía el control. Allie se quedó inmóvil.

—Eso está mejor —dijo él. Y ella deseó matarlo.

—Para —dijo ella con pocas esperanzas.

Pero él siguió sobándola. Disfrutaba con su humillación. Disfrutaba con su terror.

—Qué desperdicio. A lo mejor podríamos pasar un buen rato antes... —Cuando la mano de Gabe bajó por sus muslos y empezó a meterse por debajo de su falda, Allie tomó una decisión.

Aunque al final la matara igualmente, no pensaba ponérselo fácil. Pelearía.

De momento sigo viva.

Allie giró la cabeza hacia la derecha tanto como pudo, bajó la boca hacia el hombro de Gabe como si fuera a besarlo. Y le clavó los dientes.

Él retrocedió, pero Allie no lo soltó. Gabe trató de liberarse, pero Allie hundió los dientes con más fuerza. Le dolían las mandíbulas, pero no pensaba soltarlo.

Gabe juró en voz alta y le golpeó la cabeza con la mano que tenía libre. Un zumbido sonó en la oreja de Allie y la mandíbula le dolió tanto que temió que se le hubiera dislocado.

Solo entonces Allie lo soltó. Pero al mismo tiempo se dejó caer, cosa que obligó a Gabe usar las dos manos para contenerla.

Durante el forcejeo, Gabe perdió el cuchillo. La hoja resbaló y arañó el cuello de Allie, que notó una especie de quemazón en el lado derecho del cuerpo.

Allie se puso a gritar. Un hilillo de sangre caliente le bajaba por el cuello y le empapaba la blusa.

—Cállate. —Gabe intentó taparle la boca, pero ahora Allie peleaba como una pantera. Usaba los codos, las manos y los pies. Le pisó un pie con todas sus fuerzas y él gimió de dolor.

Había mucha sangre. Las manos de él estaban resbaladizas, y ella gritó otra vez aporreándole las costillas con el codo.

Allie notó que el golpe había hecho recular a Gabe.

—Serás zorra —jadeó él alzando la navaja. La luz plateada de la luna se reflejó en la hoja. Allie alzó el brazo para bloquear el golpe y le asestó un puñetazo en la muñeca con todas sus fuerzas.

Como la empuñadura estaba resbaladiza por la sangre de Allie, el cuchillo salió volando por los aires y se estrelló al otro lado del tejado.

Gabe maldijo, soltó a Allie y salió corriendo tras el arma. Al recogerla, se volvió nuevamente hacia Allie.

—Vas a morir, zorra —rugió, echando chispas por los ojos—. No te va a servir de nada resistirte.

—Eso no es verdad.

Zoe estaba en el borde del tejado mirando fijamente a Gabe.

Allie sintió que el pavor se le congelaba en el pecho.

Zoe no, por favor. Zoe no.

Gabe alzó las manos con aire frustrado y miró a Allie.

—¿Y esta cría quién diablos es?

Pero Allie estaba totalmente concentrada en Zoe. Quería correr junto a ella, pero Gabe se interponía.

—¿Qué haces aquí? Vete. Vuelve abajo *ahora mismo.* —Allie mantuvo la voz baja pero enérgica.

—Katie ha dicho que no te encontrabas bien —explicó Zoe sin quitarle ojo a Gabe. Parecía fascinada por él—. He ido a tu habitación. Os he oído hablar. —Durante un segundo, miró a su alrededor admirada—. Nunca había subido al tejado. Es la bomba.

Gabe alzó el cuchillo con la mano ensangrentada. Estaba agachado con los brazos extendidos, balanceándose en la punta de los pies y mirándolas con ojos calculadores.

Los tres dibujaban un triángulo sobre el tejado: Zoe estaba muy cerca del borde del tejado, demasiado cerca; Allie se encontraba frente a ella y temía acercársele, pero estaba dispuesta a todo para protegerla; Gabe se hallaba junto a la chimenea, frente a ambas.

Gabe centró su atención en Zoe.

—Oye, mocosa. ¿Por qué no le haces caso a tu amiguita? Si no, la mataré a ella y luego te mataré a ti —dijo como si tal cosa, como si le contara qué había cenado aquella noche.

Zoe ladeó la cabeza con la curiosidad de un pájaro. Aparentaba menos de catorce años con la falda plisada y la blusa blanca del uniforme.

—Eres Gabe —anunció Zoe—. Te vi en Londres.

Los labios de él formaron una cruel sonrisa, pero entonces Zoe acabó la frase.

—Estabas inconsciente. —Exploró la cabeza del chico con los ojos—. ¿Te dejó cicatriz? Debió de dolerte mucho.

—Ya basta.

Con una especie de rugido, Gabe se lanzó hacia la chiquilla con el cuchillo en alto. Como el centro de gravedad de Zoe era más bajo, logró moverse fácilmente fuera del alcance de su agresor. Se agachaba tan rápido y con tanta facilidad que Gabe estuvo a punto de perder el equilibrio; agitó violentamente los brazos al borde del tejado hasta que recuperó la estabilidad.

Zoe se hallaba ahora junto a Allie.

—Estás sangrando —dijo la pequeña mirándole el cuello—. Parece un corte superficial. No ha afectado ninguna arteria. Pero será mejor que apliques presión.

Allie parpadeó perpleja. Entonces recordó la reciente fascinación de Zoe por la sangre. Seguro que cuando no ayudaba a Dom se pasaba las horas muertas con las enfermeras, haciéndoles preguntas y recopilando información.

Allie no sabía qué hacer. No era capaz de cuidar de sí misma, mucho menos de cuidar también de Zoe.

—Ven, pequeña. —Gabe agitó el cuchillo—. No tengas miedo.

—Menudo capullo —murmuró Zoe siguiendo el arma con los ojos.

Allie también miraba el cuchillo.

—Es bueno, Zoe —le advirtió—. Y rápido.

—Yo también soy rápida —dijo la chiquilla en voz baja—. Cuando venga, ve a la izquierda. Yo iré a la derecha.

Allie no tuvo tiempo de protestar.

Gabe subió a toda pastilla la pendiente del tejado, directamente hacia ellas.

En el último segundo, Allie salió disparada hacia la izquierda, aunque sin quitarle ojo a Zoe en ningún momento. La más joven parecía una bala; se alejó de Gabe a toda prisa, como volando. Las dos chicas se encontraron de nuevo en el borde del tejado.

Debido al desnivel, Allie tenía que esforzarse por mantener el equilibrio. De momento estaban a salvo, pero ahora Gabe estaba en posición de ventaja. Las miró desde arriba con manifiesta irritación.

—Estoy harto de vuestros juegos. —Hizo un gesto con el cuchillo—. Allie. Ven aquí o juro que mato a la cría.

—No le hagas caso —la advirtió Zoe.

Hablaban a gritos. Allie no comprendía cómo a aquellas alturas nadie había subido allí a ver qué ocurría. Un guardia. Un profe. *Cualquiera* que pudiera ayudarlas.

No sabía qué hacer. Podrían contener a Gabe un rato, pero no ganarle. Al final él acabaría consiguiendo su objetivo.

Allie ya no notaba el corte del cuello. Solo estaba aterrorizada por Zoe. No soportaba la idea de que Gabe le hiciera daño. De que le sucediera lo mismo que a Jo. Prefería morir antes que presenciar eso.

—Vale. —Puso los brazos en alto. Zoe le dedicó una mirada de rabia, pero Allie la ignoró—. Iré contigo. Pero antes deja que ella se vaya.

La postura de Gabe se relajó. Sus ojos saltaron de Allie a Zoe y lanzó la navaja al aire. El arma dio dos vueltas, hermosa y mortal bajo el resplandor de la luna.

Gabe atrapó el cuchillo al vuelo con la facilidad que da la práctica y señaló con él a Zoe. Después trazó con el cuchillo un camino hacia la parte más baja del tejado, hacia la cornisa, hacia la salvación.

—De acuerdo. Piérdete, niña. Te has salvado. —Se volvió hacia Allie y le dedicó una sonrisa terrorífica—. La que me interesa es ella de todos modos.

Zoe no se movió. Apretaba los labios.

—Zoe, vete. —Allie estaba temblando, pero estaba resuelta—. No pienso perderte.

Zoe alzó los ojos hacia ella. Le brillaban más que de costumbre.

—Si te mata también me perderás.

Pero me dolerá menos, pensó Allie sosteniéndole la mirada.

Cogió a Zoe por los hombros y la hizo girar.

—Vete —repitió, esta vez alzando la voz.

Zoe la miró como si se sintiera traicionada y dio dos reticentes pasos hacia adelante.

Gabe puso los ojos en blanco y lanzó nuevamente el cuchillo al aire.

—Voy a llorar de la emoción —se burló.

Algo en el tono de él hizo que Zoe se decidiera. Allie vio la repentina determinación en el rostro de su amiga. Pero Gabe no la conocía lo bastante como para darse cuenta.

Sin previo aviso, Zoe se dio media vuelta y se lanzó sobre él; como una flecha de carne y hueso, cruzó el antiguo tejado con la melena flotando tras ella.

Gabe comprendió lo que estaba haciendo cuando ya era tarde.

—¿Pero qué...?

Zoe le propinó una patada brutal en el abdomen. Gabe, cogido por sorpresa, resopló al recibir el golpe que le hizo perder el equilibro y caer rodando por el tejado. Dio dos vueltas y logró detenerse sin más ayuda que su fuerza bruta.

Zoe se dirigió hacia él, rápida y ligera.

—¡Zoe! —Allie echó a correr tras ella. Sabía lo que pasaría después. Sabía lo rápido que Gabe se recuperaba. Sabía que Zoe nunca lo había visto pelear.

El tiempo pareció congelarse.

Las tejas eran sólidas bajo los pies de Allie y la gravedad era una aliada que la empujaba hacia las dos figuras recortadas contra la luz de la luna. Zoe se veía tan menuda, tan frágil...

Allie no oía nada, ni sus pasos ni su corazón. Corría en un vacío de terror. Era incapaz de pensar o respirar.

Con una decisión aterradora, Gabe se irguió y fue a por Zoe, veloz como el ataque de una serpiente. No necesitó darse la vuelta para saber dónde se encontraba la chiquilla; simplemente lo sabía. Él siempre lo sabía.

Es el mejor de todos.

Allie no tenía la menor duda de que Gabe pretendía tirar a Zoe desde el tejado, igual que había hecho antes con aquel pedrusco. Con los mismos remordimientos.

Pero justo antes de que él agarrara el bracito de Zoe, Allie los alcanzó. Se agachó, tal como le habían enseñado, dejó que su peso y la velocidad le dieran el impulso necesario y golpeó con el hombro el abdomen del chico.

Al tiempo que le asestaba el golpe, Allie echó la mano hacia atrás y Zoe, con los ojos como platos, se la agarró en un gesto puramente instintivo.

Gabe también intentó sujetarse a ella; luchó por aferrarse a cualquier cosa que evitara su caída.

Pero Allie estaba fuera de su alcance. Y sus manos no tocaron más que aire.

No había nada a lo que sujetarse. Nadie que tirara de él.

Bajo la luz fría y brillante de la luna, los ojos confusos de Gabe se posaron en los de Allie durante lo que pareció una eternidad, aunque debió de durar una milésima de segundo.

Después, con expresión estupefacta, Gabe cayó al vacío engullido por la oscuridad, sin más ruido que un golpe de aire.

VEINTISÉIS

Allie no quería soltar la mano de Zoe.

Estaban en el despacho de Isabelle, rodeadas por el frenético alboroto de los gritos y las discusiones entre guardias y profesores.

Una enfermera había bajado a limpiarle y vendarle la herida del cuello a Allie. Mientras la enfermera trabajaba, ella permanecía inmóvil. Aturdida, distante. Le puso una inyección y apenas notó el pinchazo.

Lo único que sabía Allie era que su mano estrechaba la mano menuda y fina de Zoe, cálida y bien viva.

Durante un rato, una Zoe perpleja aguantó educadamente aquel contacto tan poco habitual. Finalmente se inclinó hacia Allie.

—Me haces daño.

Aunque le supuso un esfuerzo sobrehumano, Allie le soltó la mano.

Zoe estiró y cerró los dedos repetidamente. Cuando comprobó que Allie no le había provocado daños permanentes, sonrió.

—Tengo que ir a contarle a Lucas lo que ha pasado. ¡Va a alucinar!

Zoe salió disparada de aquel abarrotado despacho como una bala de energía y desapareció.

—Ya está. —La enfermera empezó a recoger sus enseres y a meterlos en un maletín negro—. Hemos terminado.

Isabelle abandonó el corro de profesores y se les acercó. Posó una mano en el hombro de Allie.

—¿Cómo está?

—Con unos puntos más. —La enfermera habló en tono de reproche, como si le echara la culpa a Isabelle de lo ocurrido—. Gracias a Dios, el corte no es profundo y no ha afectado a ninguna arteria. —Cerró el maletín con un golpe seco y los labios apretados, como si se estuviera cortando de decirle cuatro cosas—. Le he puesto una inyección, tal como me pediste.

—Gracias, Emma. —La voz de Isabelle era contenida—. Perdona que te hayamos sacado de la cama.

—Ya estoy acostumbrada —dijo agriamente la enfermera antes de abandonar la estancia con la bata médica flotando tras ella.

Isabelle exhaló y bajó la vista hacia Allie.

—¿Te duele mucho? —Le acarició con un dedo el cuello ensangrentado de la blusa. Era un gesto sutil pero tierno.

Allie, incapaz de sentir nada, ignoró la pregunta.

—Isabelle, ¿estás segura de que Gabe está muerto de verdad? Prométemelo. —Había repetido la pregunta un montón de veces. No podía evitarlo.

No había visto el cuerpo; no la habían dejado. Desde el tejado había oído vagamente el golpe. Y el revuelo que había levantado cuatro plantas más abajo.

Pero no lo había comprobado con sus propios ojos. Por poco se cae detrás de él, llevada por la inercia del mismo empujón. Pero Zoe la había agarrado con brazo firme, había hecho contrapeso con su cuerpo, clavando los talones en las duras tejas, y había conseguido ponerla a salvo.

Para cuando llegaron abajo, el colegio había entrado en erupción. Había guardias rodeando el cuerpo. Se había obligado a los alumnos a quedarse en la sala común. Guardias y profesores corrían de aquí para allá, en busca de más intrusos.

Cimmeria estaba en estado de alarma; no estaba permitido entrar ni salir del colegio. En el fondo, todo el mundo sabía que era inútil. Aquel lugar era demasiado grande para protegerlo por completo. Podían sellar todos los agujeros y cerrar las puertas que les diera la gana. Pero una verja de tres metros no era ningún obstáculo para alguien con verdaderas ganas de colarse en el colegio.

Gabe y Nathaniel se lo habían demostrado constantemente.

Aun así, tenían que intentarlo.

—Está muerto —dijo Isabelle—. Te lo juro.

Se sentó junto a Allie en la otra butaca de piel.

—¿Qué pasará ahora? —Allie bajó la vista hacia sus manos manchadas de sangre—. ¿No deberíamos llamar a la policía?

—Por supuesto que no. —La directora la cortó en seco; su expresión denotaba lo absurdo de su sugerencia—. Nos hemos encargado... del cuerpo. —Se inclinó hacia Allie y captó su mirada—. Nadie va a enterarse de lo sucedido. Jamás. Nos hemos ocupado de todo. De verdad, no te preocupes por eso.

Pero a Allie no la reconfortaba saber que nadie la llevaría ante la justicia. Porque eso también significaba que ningún juez escucharía su versión de los hechos ni la exoneraría del crimen. Sería un oscuro secreto que nunca podría compartir con nadie y que le pesaría para siempre en la conciencia.

Tampoco es que se sintiera culpable. No exactamente. Hasta cierto punto, sus actos estaban justificados —defensa propia, proteger a una amiga—, pero no por eso Gabe dejaba de estar muerto.

He matado a una persona. Aunque acababa de ocurrir, era incapaz de asimilarlo. ¿Cómo se sentiría en un año? ¿Y en diez?

Para entonces seguramente no se lo creería todavía.

Sentía el cuello rígido por culpa del corte y el vendaje. Cada vez que intentaba mover la cabeza notaba una quemazón en el cuello. No sabía qué le había dado la enfermera; ahora le dolía menos, pero se sentía más aturdida. El perfil de todo cuanto la rodeaba se estaba desdibujando.

Isabelle seguía hablando, explicándole lo que estaban haciendo los profes. Pero a Allie le costaba concentrarse. Paseó la mirada por las caras de preocupación de guardias y docentes. Quería preguntar algo, pero era incapaz de formular la pregunta.

De pronto la invadió una agradable sensación de calidez y se notó cansada. Los párpados le pesaban.

¿Qué me habrá dado la enfermera?

—No puedo... —Intentó decirle a Isabelle lo que le pasaba, pero solo consiguió arrastrar las palabras.

—Necesitas descansar. —A través de una nube de agotamiento, Allie vio a Isabelle llamando por gestos a dos guardias. Uno era una mujer con una trenza larga y rubia que le caía por la espalda como una cuerda. Le sonaba su cara.

—Llevadla arriba —ordenó la directora—. La enfermera le ha

suministrado un sedante, no creo que pueda andar por sí sola. Os acompaño para asearla.

¿Un sedante?

—Vamos arriba. —El otro guardia la agarró de las axilas y la ayudó a ponerse en pie. Pero Allie notó que le flojeaban las rodillas; eran como de mantequilla.

Empezó a escurrirse lentamente hacia el suelo.

—¡Aúpa! —El hombre la cogió con suavidad antes de que se cayera, y le pasó un brazo por debajo de las rodillas y otro por la espalda.

Allie lo observó medio dormida. Al igual que la mujer, también le resultaba familiar. Tenía el cabello claro y sus ojos eran amables. Pero el cerebro de Allie no parecía funcionar. Cada pensamiento le suponía un gran esfuerzo.

Era más fácil cerrar los ojos.

—Hora de soñar con los angelitos —dijo el guardia dirigiéndose hacia la puerta. Y las palabras volaron sobre la cabeza de Allie como una bandada de golondrinas.

Allie se despertó en su cama. Las contraventanas de la ventana en arco estaban cerradas, pero la brillante luz del día se colaba por la rendija de alrededor.

Quería saber qué hora era, cuánto tiempo le quedaba a Carter, pero cuando se volvió para mirar el despertador, la herida del cuello le dio un picotazo y gimió de dolor.

Los recuerdos se agolparon en su cabeza. Zoe. Gabe.

Era como sumergirse en una pesadilla.

Tuvo que esforzarse para conseguir sentarse y girar el cuerpo manteniendo el cuello recto.

Soñolienta, bajó los ojos hasta su ropa. Llevaba el pijama puesto y la sangre había desaparecido de sus manos. Alguien, supuso que Isabelle, la había aseado y cambiado de ropa. No recordaba nada, pero el mero pensamiento la hizo sentir incómoda.

No sabía qué le había dado la enfermera, pero la había dejado K.O.

Cualquier movimiento era un suplicio, pero puso los pies en el suelo y se levantó poco a poco, siseando entre dientes.

Cogió el neceser con cuidado y se encaminó hacia el baño, que encontró desierto. Se duchó con sumo cuidado para no mojar las vendas, aunque no sirvió de mucho.

Después se lavó los dientes y se examinó en el espejo. Sus ojos grises le devolvieron una mirada sobria. Aparte de la venda del cuello, la noche no le había dejado secuelas visibles.

Nadie habría sospechado que había matado a un hombre.

Tras vestirse apresuradamente, bajó las escaleras. El colegio parecía el mismo de siempre: los elegantes techos, la madera pulida, las estatuas de mármol, las arañas de cristal; todo estaba en su sitio.

Pero a cada paso que daba, Allie era consciente de que *ella* no era la misma. Se sentía diferente. Como si hubiese envejecido diez años en una noche.

Si alguien merecía morir, ese era Gabe. Pero ella no era juez ni jurado. No podía negar la gravedad de lo que había ocurrido. Podían tapar el asunto o esconder las pruebas, pero ella siempre sabría lo que había hecho.

La planta baja era un hervidero de gente; la sala común estaba repleta de alumnos, guardias e instructores. Allie torció a la derecha y se dirigió al despacho de Isabelle.

La puerta estaba cerrada, pero oyó voces dentro.

Llamó con golpes secos a la puerta labrada con elaborados motivos: bellotas, hojas y frutas que, a aquellas alturas, Allie conocía como la palma de su mano.

—Adelante.

Abrió la puerta.

Isabelle estaba arrellanada en su butaca de cuero con el móvil pegado a la oreja. Al ver a Allie se irguió de inmediato.

—Lo siento, Dom —dijo la directora—. Ha llegado Allie. Te dejo.

Puso el teléfono sobre la mesa y acudió rápidamente junto a Allie, que todavía seguía de pie.

—¿Cómo te encuentras? —Isabelle la observó, como si buscara otras heridas.

—Me drogaste. —Allie le dirigió una mirada acusadora—. Estoy grogui.

—Lo siento. —En el tono de la directora no había atisbo de disculpa—.

Estabas agotada y en estado de shock. —La invitó a entrar con un ademán—. Pasa. Siéntate.

—¿Cuánto rato he dormido? —preguntó Allie—. ¿Cuánto queda?

Isabelle no le preguntó a qué se refería.

—Diecisiete horas —contestó.

Allie contuvo la respiración. Eso no era nada. Menos de un día.

—¿Por qué me drogaste? —dijo luchando por no perder los estribos—. He dormido *seis* horas. Podría haber ayudado.

—Vamos, Allie —dijo Isabelle en tono calmado—. Anoche tampoco habrías resultado de gran ayuda. De hecho, todavía no te veo muy recuperada. Y ahora, hazme el favor. —Señaló la butaca—. Siéntate.

Allie no quería reconocer que necesitaba sentarse, pero estaba algo mareada. Obedeció a regañadientes.

La directora fue hacia el rincón donde guardaba el hervidor eléctrico. Allie intentó concentrarse en la tarea que tenían entre manos. Pero la droga residual que todavía circulaba por su torrente sanguíneo hacía que el cerebro le funcionara muy lento.

—¿Hay alguna novedad? —preguntó.

Isabelle negó con la cabeza.

—Nada. La transmisión sigue desconectada. Raj ha vigilado la finca casi toda la noche.

Isabelle vertió agua caliente en dos tazas. El vapor ascendió en forma de nube. Allie la observó un momento, mientras preparaba la siguiente pregunta:

—¿Lo sabe Nathaniel? Lo de Gabe, quiero decir.

La directora le tendió una taza blanca con el escudo azul de Cimmeria.

—Su ausencia no ha pasado desapercibida. —Isabelle rodeó el escritorio y ocupó su butaca—. Pero no parecen tener ni idea de lo que ha sucedido.

Ambas se abstuvieron de pronunciar la palabra «muerto».

Allie dio un sorbo al té. Lo encontró dulce y fuerte.

Se obligó a recordar el comportamiento de Gabe de la noche anterior y las cosas que había dicho de Nathaniel.

—No creo que Nathaniel estuviera al corriente de lo que pretendía Gabe.

Isabelle enarcó las cejas.

—¿Qué quieres decir?

Allie le contó lo que Gabe había dicho, sus críticas hacia Nathaniel.

—Me dio la impresión de que quería rebelarse contra él. —Reflexionó un momento con el ceño fruncido—. Desafiarlo.

—Qué interesante. —Isabelle se golpeteó la barbilla con un dedo—. Si Gabe no cumplía órdenes, Nathaniel no lo estará buscando. Es más, sospecho que se alegrará de su marcha. Si llevamos el asunto con discreción, no se dará cuenta de que ha perdido a uno de sus esbirros más sanguinarios. Temerá que Gabe cometa alguna locura. Eso lo tendrá distraído.

Resultaba más sencillo pensar en la noche anterior de ese modo, observando los aspectos técnicos, la estrategia. Como un enorme ajedrez.

La directora alzó la vista.

—Tengo que decirte algo.

A Allie no le gustó la expresión que veía en su rostro. Parecía preparada para una pelea.

—Raj va a reunirse con Owen Moran esta tarde.

—¿Que qué? —Allie golpeó la taza contra la mesa con tanta fuerza que el té hirviendo se le derramó entre los dedos—. ¿Por qué Raj? ¿Cuándo lo habéis decidido?

—Allie, estás herida… —suspiró la directora.

—¿En serio? —Allie se señaló la venda del cuello—. No me había dado cuenta… Pero puedo perfectamente sentarme y *hablar con otra persona*.

—Sé razonable, Allie —dijo Isabelle en tono tranquilo—. Si algo saliera mal, tendrías que salir corriendo de allí. Pelear. Y no estás en condiciones.

—Isabelle, basta. —Allie golpeó el puño contra el reposabrazos de la butaca con tanta violencia que la directora enmudeció y la miró sorprendida—. Soy totalmente consciente de que estoy herida. También de que ahora la reunión es más peligrosa. —La directora abrió la boca para hablar, pero Allie levantó una mano para detenerla—. Pero eso no cambia el hecho de que tengo más probabilidades de convencer a ese hombre de que se pase a nuestro bando que Raj. Nueve ya sabe que lo que hace Nathaniel está mal. Pero si quien se lo dice es un experto en seguridad, se rebotará. Sin embargo, si lo hace una niña… escuchará.

—Allie, es demasiado arriesgado —dijo Isabelle.

Allie levantó las manos.

—Y estoy dispuesta a correr ese riesgo. Igual que lo estuve anoche.

—Y si *yo* no estoy dispuesta, ¿qué pasa? —La directora la desafió con la mirada.

—No depende de ti, Isabelle —dijo Allie—. Esta vez no.

La directora parecía estupefacta, como si Allie la hubiese traicionado inesperadamente. Sus mejillas empezaron a teñirse de rojo.

—Hoy por hoy la que dirige este colegio soy yo —replicó Isabelle con altivez—. Que no se te olvide.

—Perdona, Isabelle. —Al darse cuenta de que se había pasado de la raya, Allie suavizó el tono—. Pero no me puedes proteger. Ya no. Por mucho que te esfuerces.

—No es verdad —dijo Isabelle, aunque de repente su semblante carecía de convicción.

—Sí que lo es. Todos lo sabemos. —Se acarició la venda del cuello—. Isabelle, esto no puede seguir así. Raj no puede solucionarlo. Tú tampoco. —Dejó caer la mano—. Pero yo sí.

—Allie —suspiró la directora—, a mí también me gustaría que fueras, pero lo que pasa es que es muy peligroso. Tendrías que reunirte con él en un lugar público. Un lugar que no podríamos controlar totalmente. En el fondo no sabemos si ese tipo es un desequilibrado o si de verdad estará dispuesto a cambiar de bando. Estamos arriesgando mucho basándonos solamente en cuatro palabras y un gesto.

Allie no se amedrentó.

—Hemos hecho más basándonos en menos.

Nunca se había sentido tan segura de sí misma. Tenía que hacer entrar en razón a Isabelle.

—Estoy segura de que no me equivoco con Nueve, Isabelle. Y no porque yo quiera tener razón o porque esté tan desesperada por recuperar a Carter que quiera tenerla. He hecho los deberes. He escuchado cada una de sus palabras. Podrías empezar a investigarlo, saber quién es y ayudarme a comprender a quién me enfrentaré. Pero yo he jugado según las reglas. Tus reglas. En todo momento. Así que ahora tienes que dejarme que llegue hasta el final.

Isabelle apoyó la barbilla en la mano y la estudió con mirada leonina. Allie sabía que aquello era buena señal; estaba tomando una decisión.

Sopesaba los argumentos.

—No me gusta —dijo Isabelle, aunque más bien para sí. Allie contuvo la respiración—. Pero ya no eres una niña pequeña y tienes derecho a tomar tus propias decisiones, lo has demostrado. Así que voy a permitir que sigas adelante con esto. Haremos todo lo que esté en nuestra mano para protegerte, pero ya sabes que es imposible controlar una situación como esta. Es fácil que salga mal. —Se interrumpió—. Allie, me da miedo. No sabemos nada de ese hombre.

Allie habría podido mentirle. Fingir que lo tenía todo bajo control, pero no lo hizo. Miró a Isabelle directamente a los ojos y le dijo la verdad:

—A mí también me da miedo.

VEINTISIETE

Cuando Allie salió del despacho de Isabelle, poco después, caminaba con confianza renovada. Dom y Raj ya estaban investigando a Nueve, a Owen, como sabían que se llamaba. Allie tenía previsto reunirse con ellos al cabo de una hora para que le entregaran la información.

Tenía el tiempo justo para ocuparse de algo muy importante.

Si los miedos de Isabelle eran fundados y finalmente Allie no regresaba de la reunión con Nueve, quería estar segura de que Rachel conocía sus sentimientos.

Tras buscarla durante un rato, encontró a Rachel con Nicole en la biblioteca completamente desierta. Se hallaban junto a una mesa cubierta de pilas de enormes y vetustos libros que parecían contener mapas.

La puerta de la biblioteca se abrió de modo tan silencioso que ninguna de las dos la oyó entrar. Las alfombras persas que recubrían el suelo amortiguaron sus pasos.

—Aquí hay uno. —Oyó que decía Nicole mientras se encorvaba sobre un libro casi tan grande como la mesa sobre la que reposaba—. Me parece que es de la zona que buscamos.

—Pero es muy viejo. —Rachel sonaba indecisa.

—¿Acaso la tierra cambia? —ronroneó Nicole con su suave acento francés.

Ambas estaban inclinadas sobre el libro con las cabezas muy juntas. Los brillantes rizos de Rachel tocaban la larga melena lisa de Nicole. La piel clara de Nicole contrastaba con la tez oscura de Rachel.

Hacían una pareja preciosa.

¿Cómo no me di cuenta? ¿Estaba ciega?

Allie carraspeó y las chicas levantaron la vista, sorprendidas.

Allie posó los ojos en Rachel, que poco a poco se sonrojó y bajó la vista al suelo.

Nicole se acercó a Allie y la saludó alegremente.

—Nos hemos enterado de lo que pasó. ¡Gracias a Dios que estás bien! —Ladeó la cabeza y examinó su vendaje—. ¿Duele mucho?

—Un poco —admitió Allie—, pero no es nada grave.

—Cuánto me alegro —dijo Nicole—. Zoe nos lo ha contado todo con pelos y señales.

Allie puso los ojos en blanco.

—No me extraña nada.

Durante su intercambio de palabras, Rachel no abrió la boca.

Allie la miró; tenía la cabeza inclinada sobre un mapa.

—Me sabe mal, Nicole, pero... ¿te importaría dejarnos a solas un segundo?

Nicole asintió. Sus expresivos ojos marrones las miraron con curiosidad, pero no hizo preguntas.

—Claro, no hay problema. De todos modos iba a buscar un café. —Se volvió y miró a su novia—. Rachel, ¿te traigo un té?

Rachel, que seguía con la cabeza gacha, solo se encogió de hombros.

—Vale. —Nicole les ofreció una sonrisa comprensiva y salió de la biblioteca. La puerta se cerró tras ella sin el menor ruido.

Allie se acercó a Rachel, que veía sin mirar un viejo atlas amarillento. Una lágrima cayó sobre la página que estaba abierta.

—Rach —dijo Allie—. Lo siento.

Rachel irguió la cabeza de repente. Tenía las mejillas húmedas.

—¿Que lo sientes? —dijo—. ¿Por qué te disculpas tú? Soy yo la que se guardó el secreto. —Reprimió un sollozo—. Yo...

—Te pido perdón —dijo Allie— por ser una estúpida egocéntrica y no haber sido capaz de darme cuenta de que te estaba ocurriendo algo superimportante. Estaba demasiado ocupada comiéndome el coco con mi vida amorosa como para comprender que a ti también te pasaba algo. Algo muy importante. Soy la peor amiga del mundo. Te mereces algo mucho mejor. En serio, no se cómo me ajuntas todavía.

Rachel sacudió la cabeza con decisión.

—No, Allie, para. La mala amiga soy yo. Intenté contarte lo de Nicole varias veces, pero... me acojoné. No sé por qué. —Se restregó las mejillas con el canto de la mano—. Supongo que me daba miedo.

—¿El qué?

Rachel mostró las manos vacías.

—Me daba miedo que nuestra amistad cambiara. Que ya no sintieras lo mismo por mí. No paraba de pensar que tal vez, cuando te enteraras, todo cambiaría. En plan... Que yo quisiera darte un abrazo y tú... No sé. Que tú te apartaras. —Intentó calmar el llanto—. Solo quería que siguiéramos siendo amigas.

Allie tenía un nudo en la garganta. Aguantó las ganas de llorar. ¿Qué podía decirle? ¿Cómo podía expresarle a Rachel que no la perdería nunca? Jamás. Que no importaba a quién quisiera mientras la siguiera queriendo a ella. Mientras siguieran siendo amigas.

A falta de palabras, dejó que los hechos hablaran por ella. Rodeó la mesa, agarró a Rachel y la abrazó con todas sus fuerzas.

—Ni se te ocurra dejar de abrazarme —dijo Allie, que ahora también lloraba—. Y quiero que sepas que nunca rechazaré un abrazo tuyo. Te lo juro. Te lo juro.

Rachel se aferró a ella con la cara enterrada en la melena de Allie.

—Perdóname —repetía—. Perdóname.

Esta vez Allie sabía qué decir.

—No hay nada que perdonar.

Dom sacó un montón de fotos impresas de una carpeta y le entregó una a Allie y otra a Isabelle, que estaba sentada en su escritorio.

—Os presento a Owen Moran, de treinta y un años —dijo Dom—. El número Nueve.

Allie miró la foto fijamente. En ella vio al hombre con cara de niño de la verja, el que la había avisado. La foto estaba pixelada, como si la hubieran tomado de lejos y la hubiesen ampliado posteriormente. Aun así no había duda; era él.

—Lo he fotografiado esta mañana. —La voz de Raj salió del teléfono que había sobre la mesa de Isabelle—. Lo he seguido desde anoche. Dom, cuéntales lo que sabemos.

Dom tecleó algo en el ordenador que tenía apoyado en las rodillas.

—Nace en el Hospital General de Liverpool. Vive en Liverpool hasta los seis años. Ahí sus padres se divorcian y la madre se traslada a Londres para trabajar como camarera y cuidadora a tiempo parcial. Después de eso, el padre desaparece de sus vidas. Owen tiene diez años cuando la madre se casa con James Smith, un conductor de camiones de larga distancia. —Dom alzó los ojos hacia Isabelle; sus gafas relucieron—. Es una mala decisión. La relación resulta tortuosa. El interminable historial criminal de James habla por sí solo: agresión con lesiones, ebriedad en la vía pública... Os hacéis una idea. La policía acude varias veces al domicilio por problemas domésticos. —Examinó la pantalla del ordenador—. Owen tiene dieciséis años cuando la madre vuelve a divorciarse.

Allie reprimió un escalofrío. *Qué infancia tan horrible.*

Dom continuó el relato a buen ritmo:

—Es un buen estudiante y se saca la secundaria, pero a los diecisiete abandona los estudios y se enrola en el ejército, en la división de infantería. Su primera misión en Irak es con diecinueve años. Hace varias rondas en dos años, hasta que lo destinan a Afganistán, donde sirve con honores durante dos años más en la provincia de Helmand. Recibe varias condecoraciones al valor.

Dom calló y les tendió una foto a Allie e Isabelle. Se había tomado con un campo verde y exuberante de fondo. Aparecía Moran abriendo la puerta de un coche. Vestía el sencillo uniforme negro de los guardias de Nathaniel. Parecía mirar directamente al objetivo.

—Raj tomó esta foto ayer por la tarde en St John's Fields.

Allie se llevó la mano a los labios mientras observaba la foto.

El hombre llevaba el cabello castaño claro cortado al rape y tenía barba de cuatro días pero cuidada, probablemente pensada para aparentar más edad, o dureza.

A Allie le llamó la atención su expresión. En sus ojos había una amargura y un desencanto tan profundos que la asombraron. No lo percibía solamente en sus ojos, también en los hombros, en la postura. Desprendía rabia y cinismo.

—De su temporada en el ejército destaca un episodio en particular. —Dom inclinó la pantalla para verla mejor—. La unidad de Owen había quedado acorralada por fuego enemigo. El comandante había muerto y Moran tuvo que relevarlo al mando de la unidad. Rescató a dos hombres heridos y arriesgó la vida varias veces, hasta que finalmente la unidad de aire los rescató. —Dom alzó la vista—. Fue el último en subir al helicóptero. Recibió una medalla al valor. Después abandonó el ejército.

Isabelle asintió repetidamente.

—¿Y desde entonces?

—Nada que llame la atención —dijo Dom—. No tiene antecedentes. Casado a los veintiséis y divorciado a los treinta. Una hija. —Miró la pantalla—. Annabelle, de cinco años. La madre tiene la custodia. Su trayectoria profesional tampoco es para tirar cohetes: tuvo varios trabajos, la mayoría en seguridad, pero no le duraron mucho. Se presentó a las oposiciones de policía, pero lo rechazaron por posibles problemas mentales. Estrés postraumático, según parece. —Se arrellanó en el asiento—. Hace ocho meses empezó a trabajar para Nathaniel.

Allie pensó en lo que Christopher le había contado.

—¿Tenía deudas?

Dom la miró con sorpresa.

—Montones. Hace un par de años se retrasó con la manutención de la hija y con el alquiler. Acumuló deudas importantes de las tarjetas de crédito. El préstamo que tenía pasó a una empresa de recobro. Sin embargo, durante el último año ha pagado hasta el último céntimo. De repente es un ciudadano modelo.

Allie contuvo un suspiro de alivio. Hasta ahora su hermano no se había equivocado en nada.

—Gracias, Dom —dijo Isabelle, y se acercó al teléfono—. Raj, ¿cuál es el plan?

La voz de Raj surgió desde los pequeños altavoces, empequeñecida pero clara.

—Moran cena cada día en un pub llamado Chequers. No queda lejos de St John's Fields; está a la salida de Diffenhall. Es el típico tugurio, nada especial. Ninguno de los guardias lo acompaña; le gusta comer solo.

Propongo que nos acerquemos a él ahí.

Dom tecleó algo y acto seguido le dio la vuelta al ordenador para que Allie e Isabelle pudieran verlo.

—Este es el pub.

Allie se inclinó hacia adelante y examinó la imagen. Era una vieja taberna de estilo tradicional ubicada junto a una carretera rural. Una enredadera crecía sobre la fachada y se extendía por el tejado.

—Anoche cenó allí antes de las seis. Sospecho que acude temprano porque a esa hora está vacío. El plan es el siguiente: seis de mis guardias estarán dentro, sentados en las mesas de dos en dos. Hasta que Moran entre en el establecimiento, Allie se quedará con otro equipo fuera. Una vez llegue, se lo comunicaré a ella por radio. Allie —al oír su nombre, ella se irguió—, te irás directa a su mesa. A partir de ahí dependerá de ti cómo quieres manejar la situación. Te recomiendo que te presentes rápidamente, que le des tu nombre real y que no le pidas permiso para sentarte. Toma el control de la situación de entrada. Lo puedes repasar con Isabelle.

Aquel era el tono tranquilo y eficiente que usaba Raj cuando daba órdenes a los guardias.

—Dispondrás de dos minutos como máximo, y tal vez menos de uno, para exponerle tus argumentos —prosiguió Raj—. Debes tener los hechos muy claros y la oferta preparada. No dudes en ningún momento. Expón tus argumentos y explícate. Deja que te él te haga preguntas una vez hayas terminado. Seguramente tendrá unas cuantas… dadas las circunstancias. —Inspiró—. Prepárate bien las respuestas.

El ruido de un coche que pasaba ahogó la voz de Raj. Al principio de la llamada, él les había comentado que había aparcado en un área de descanso cercana a la finca. Allie esperó a que el ruido se desvaneciera.

—Estaré lista —le aseguró.

Intentó sonar segura, pero sentía una opresión en el pecho.

Nueve era una persona adulta. Un veterano de guerra. Comparada con la dura vida de él, la de Allie parecía un paseo. ¿Estaría dispuesto a escuchar a una niña mimada de un internado privado?

¿Por qué querría prestarle atención?

Tenía que llamar su atención de algún modo. Tenía que conseguir que la escuchara. Por Carter. Por ella.

Por todos.

—Me alegra oír eso —dijo Raj tras un largo silencio—. Porque es la única oportunidad que tenemos. Isabelle y yo ya hemos dejado claro que este plan nos preocupa. Si Moran la toma contigo, haremos todo lo posible por ayudarte. Pero no deja de ser peligroso, Allie. No se puede negar la evidencia. Moran es un exsoldado muy bien entrado. Podría matarte en un abrir y cerrar de ojos. Si crees que puede ir a por ti, huye.

Allie tragó saliva; la herida del cuello le provocó una punzada de dolor, como recordándole que seguía allí.

—Entendido —dijo Allie con voz firme.

Isabelle negó con la cabeza, pero no protestó.

—Bien —dijo Raj—. Ahora repasémoslo todo otra vez. Desde el principio.

VEINTIOCHO

El Chequers Inn estaba ubicado a la salida de un pueblo muy pequeño, tanto que era poco más que un cruce de carreteras.

La taberna debía de ser muy vieja, pensó Allie mientras esperaba en el asiento trasero del todoterreno aparcado carretera abajo, no muy lejos del pub. La piedra de los muros se veía picada y desgastada por el paso de los años. Las ventanas eran diminutas, como antaño, cuando el vidrio era caro y no abundaba. Una enredadera en flor subía por una pared y se extendía por encima del tejado.

Aparte de la taberna y de un pequeño parque rodeado por un muro bajo de piedra, se veían unas pocas casas con tejados de juncos, tan pintorescas que parecían sacadas de un cuento.

A su alrededor todo eran granjas, setos y ondulantes colinas.

La zona era muy tranquila. Hacía diez minutos que estaban aparcados cerca del parque, a la sombra de un roble, y no había pasado ni un solo coche.

Zelazny hablaba por el móvil, sentado en el asiento delantero. El conductor consultaba el reloj.

Habían planeado todo lo que estaba en su mano. Ahora tocaba esperar.

Raj estaba en St John's Fields, esperando a que Nueve saliera. De haberse ceñido al horario del día anterior, a aquellas horas ya estaría en el pub. Pero no lo había hecho y ahora trataban de decidir qué hacer.

Vamos, Nueve, pensaba Allie, ven de una vez.

Se mordió nerviosamente la uña del pulgar, o lo que quedaba de ella. Si Nueve no se presentaba esa noche, todo el plan se iría al garete. Según el reloj de Nathaniel les quedaban siete horas. *Siete.*

A la una de la mañana, todo habría terminado.

Nueve tenía que aparecer.

Los dos coches que los escoltaban no andaban muy lejos. Uno estaba detrás de ellos; el otro, algo más adelantado.

Aquel día debían de haber repasado el plan unas cien veces. Incluso lo habían escenificado, con Dom en el papel de Owen Moran, sentada a una mesa y diciéndole a Allie que se fuera al carajo.

Cómo se presentaría, las estudiadas respuestas a las inevitables preguntas... Todo estaba grabado en la mente de Allie. Hasta que Isabelle consideró que estaba preparada, no abandonaron el colegio. Ahora las respuestas que había ensayado acudían a su cabeza con más facilidad que sus propios pensamientos.

Solo faltaba que hubiese alguien a quien decírselas.

Echó un vistazo al reloj: las seis menos veinte. Tal vez ni se presentara.

El conductor se volvió hacia Zelazny.

—Voy a salir a montar guardia. Por si acaso...

El profesor asintió.

—Entendido.

El conductor salió del vehículo y cerró la puerta tras de sí con sumo cuidado, como si no quisiera perturbar la tranquilidad. Allie contempló a través de la ventana del coche el pintoresco pueblo en el que se encontraban. Era verde y pequeño. Tranquilo. Parecía imposible que existiera un lugar así.

Entendía perfectamente por qué un veterano de guerra acudía allí cada día a sumirse en aquella paz.

—¿Está usted lista? —Zelazny se volvió hacia ella, rompiendo el silencio.

—Eso espero —dijo Allie.

—Claro que lo está —la tranquilizó él—. Si las cosas se ponen feas, mantenga la cabeza fría. La ayudará a salir adelante.

Sin más palabras, Zelazny se dio media vuelta. Allie lo escrutó durante unos segundos. Hubo un tiempo en que despreciaba a Zelazny. Incluso había llegado a sospechar que era el espía de Nathaniel.

Pero las cosas habían cambiado. Zelazny había luchado incansablemente por ella y por Lucinda. Odiaba a Nathaniel y todo cuanto representaba. Y amaba la Academia Cimmeria de la manera en que algunos hombres aman a su patria, con una especie de fervor religioso.

No dudaba ni un segundo de que se podía fiar de él. Que Zelazny confiara en ella significaba mucho para Allie.

—Gracias —dijo Allie—. Haré todo lo que pueda.

El tiempo pasó.

Había tanto silencio que cuando el teléfono de Zelazny vibró ambos dieron un respingo. Farfullando para sí, el profesor apretó el botón verde.

—Zelazny —ladró.

Escuchó a su interlocutor durante un minuto. Allie contuvo el aliento; el corazón le latía tan fuerte en los oídos que estaba segura de que se oía en todo el coche.

—Recibido. —El profe se guardó el móvil en el bolsillo y se volvió a mirar a Allie.

—Prepárese. Está de camino.

Allie empujó la pesada puerta de madera del Chequers con manos temblorosas. Intentaba parecer serena e indiferente. Como si acudiera a aquel pub cada día a la misma hora.

Pero al entrar notó que las rodillas le flojeaban.

La alcanzó una oleada de calidez y el aroma de la carne asada y las especias. Un murmullo de conversaciones flotaba en el ambiente. El comedor estaba lleno.

En condiciones normales habría apreciado el encanto del lugar; las gruesas columnas, el techo bajo, las vigas vistas, la gran chimenea adornada con ollas de hierro.

Pero toda su atención estaba puesta en el hombre sentado junto a la ventana. Llevaba el cabello castaño claro cortado al rape, igual que en la foto.

Nueve estaba allí. Y todavía no había reparado en ella.

Un hombre gigante ataviado con un delantal pasó apresuradamente con dos platos.

—Siéntate donde quieras, cariño —le dijo con un marcado acento de Hampshire—. En un periquete estoy contigo.

Los labios de Allie intentaron articular un «gracias», sin éxito.

Ordenó mentalmente a sus piernas que la llevaran hasta Nueve, que tenía una taza de té en una mano y parecía contemplar el paisaje.

Desde la cocina le llegó la melodía de una canción pop, de esas que suenan todas igual. Hacía tanto tiempo que no tenía acceso a una radio que Allie apenas las diferenciaba.

Reconoció a dos de los guardias de Raj sentados a una mesa. Iban de paisano, como ella, con vaqueros y jerséis que pasaban desapercibidos. Ninguno le prestó atención.

Raj estaba sentado al fondo del comedor. Tenía ante él una pinta de cerveza y el periódico abierto. Se lo veía totalmente absorto en la lectura, pero Allie sabía que estaba pendiente de todo.

Ese pensamiento la alentó y apretó el paso.

Casi sin darse cuenta, se encontró ante la mesa de Moran. Las palabras que había memorizado horas antes circularon en bucle por su cabeza. Moran no la había visto todavía, o quizás esperaba que se largara.

—¿Señor Moran? —La voz de Allie no sonó muy fuerte, pero era clara como el agua. Y serena.

El hombre volvió la cabeza lentamente y, cuando miró a Allie, ella advirtió cierta incredulidad en sus ojos color avellana.

A Allie se le paró el corazón.

La había reconocido.

Sin embargo, Nueve se dirigió a ella como si nada.

—¿Nos conocemos?

La voz le resultó más familiar que la cara.

—Más o menos. —Sin esperar a que la invitara, Allie *ocupó una silla frente a él.*

Golpea fuerte, le había dicho Raj. Usa la honestidad como arma.

—Me llamo Allie Sheridan. A Nathaniel le gustaría que usted me secuestrara. He venido a decirle por qué no debe hacerlo.

—Estás de coña, ¿no? —El semblante de Moran se ensombreció—. ¿De qué va esto?

—No es ninguna broma —le aseguró Allie—. En mi vida he hablado más en serio.

Mientras Allie hablaba, el hombre la observó atentamente. No parecía contento de verla, pero tampoco se le había tirado a la yugular. Más que nada, parecía molesto.

—Nuestra situación es delicada, señor Moran —dijo Allie con fluidez y unas palabras que no eran suyas—. Debe saber que muchas de las personas que ve aquí han venido a protegerme. Yo les he dicho que usted es de fiar. Que usted no es como Nathaniel o Gabe. Pero piensan que me equivoco. Piensan que podría hacerme daño. Espero que usted les demuestre lo equivocados que están y que esté dispuesto a escucharme.

Moran sacudió la cabeza y se llevó los dedos a la frente.

—¿Por qué siempre me pasan estas cosas a mí?

Allie resolvió hacer caso omiso del comentario.

—Sé que es peligroso que nos vean juntos, pero solo le robaré dos minutos —dijo Allie—. Concédame ciento veinte segundos para convencerlo. Después, si quiere coger el coche y contárselo todo a Nathaniel, hágalo. Para cuando él llegue, ya estaremos lejos de aquí.

El hombre exhaló profundamente. Por primera vez desde que ella se había sentado, la miró directamente a los ojos.

—Será posible... Te aseguro que no saldrías de este sitio si yo no quisiera que lo hicieras.

El tono gélido que recubría sus palabras provocó un escalofrío a Allie.

Pero intentó que no se le notara.

—¿Quiere decir que me escuchará?

—Primero quiero que me respondas a algo. —Se balanceó en la silla, cruzó los brazos y estudió a Allie con una intensidad desconcertante—. ¿Cómo sabías que estaba aquí? No, espera. —Alzó una mano antes de que ella contestara—. ¿Por qué me has elegido a mí? Hay otros guardias a los que te podrías haber acercado. No soy el líder de la manada precisamente.

—Los hemos tenido bajo escucha un tiempo —dijo ella.

Si la revelación lo sorprendió, Moran no lo dejó entrever; su expresión se mantuvo impasible en todo momento.

—Los he escuchado a todos. Sé que Gabe Porthus se hacía llamar Uno. Y que usted es Nueve. —Se interrumpió. Raj le había recomendado que en aquel momento usara unas frases concretas; sin embargo, Allie decidió usar sus propias palabras—. Usted me pareció una persona cuerda. Me pareció el mejor de todos.

Moran soltó una carcajada desganada, como un ladrido.

—Hija mía, si yo te parezco cuerdo es que tienes un problema.

Allie no sonrió.

—Usted me ayudó la otra noche. Cuando Nathaniel intentó agarrarme.

La sonrisa de él se esfumó.

—Lo habría hecho por cualquiera —dijo hoscamente.

—La idea de venir hoy aquí y hablar con usted ha sido mía. Quiero pedirle ayuda. Pero también ofrecérsela. —Allie se inclinó hacia delante—. La gente de mi colegio no cree que usted sea de fiar. Pero yo sí.

Durante un momento interminable, se miraron de hito en hito.

Cuando finalmente habló, Moran retomó algo que Allie había dicho.

—¿Cómo carajo vas a ayudarme tú, si se puede saber?

Escudriñó el rostro de Allie. La mirada de él era despectiva. Significaba claramente «solo eres una cría».

—Puedo ayudarlo a librarse de Nathaniel —dijo Allie tranquilamente—. Ya lo he librado de Gabe.

—Librarme de... —Se la quedó mirando—. ¿Qué quieres decir con eso?

Allie se apartó la melena y le enseñó la venda del cuello.

—Anoche Gabe me atacó —dijo—. Intentó matarnos a mí y a una amiga. Yo... —*Lo maté*—. No sobrevivió.

Moran, que hasta ahora estaba arrellanado en la silla, se incorporó lentamente.

—¿Me estás diciendo que *tú* mataste a Gabe Porthus? ¿Tú?

—Eso es.

—Conque por eso ha desaparecido ese imbécil... —Moran se acarició el mentón, rozando su incipiente barba con los dedos—. No es una gran pérdida, está claro, pero... —Volvió a mirar a Allie con los ojos entornados—. ¿De verdad piensas que voy a tragarme que una niñata pija como tú se ha cargado a Gabe? Lo siento, pero no cuela. Sería un capullo, pero el tío peleaba bien.

—Yo también peleo bien —dijo Allie. No era un alarde, era un hecho.

A aquellas alturas, ya habían transcurrido los dos minutos, pero a ninguno de los dos le importaba. Las noticias de Gabe habían desconcertado a Nueve.

Esperara lo que esperara al verla entrar en el pub, seguro que no era eso.

—¿Cómo te lo hizo? —señaló el vendaje.

—Con una navaja.

No parecía sorprendido.

—Ese tío estaba mal de la cabeza —murmuró más bien para sí—. Pero mal, mal.

Allie no podía estar más de acuerdo.

—¿Cómo lo mataste? —Sus ojos eran penetrantes.

Allie tragó con fuerza; se le había secado la garganta de repente. Todavía no se lo había dicho en voz alta a nadie.

—Lo tiré del tejado.

Él enarcó las cejas. Aunque todo lo que dijo fue:

—Qué original.

El grandullón del delantal salió de la cocina y se les acercó con un plato en la mano.

—Aquí tienes, amigo. —Colocó el plato a rebosar de puré de patatas y pastel de carne ante Moran y miró a Allie—. ¿Qué te pongo, cariño?

No quería pedir nada en un principio, pero los nervios le habían secado la garganta.

—Un vaso de agua, por favor.

—Ahora mismo.

Ambos esperaron a que el camarero se marchara. Cuando estuvo lo bastante lejos, Moran empezó a comer el puré, mirando a Allie con aire calculador mientras masticaba.

—¿Entonces qué quieres, chica dura? ¿Qué me ofreces?

—Por favor, llámame Allie —dijo ella—. Te ofrezco la libertad.

Moran se atragantó. Entre toses, alargó la mano hacia la taza de té y bebió un trago.

Se secó la boca con la servilleta y miró a Allie con aire divertido.

—¿La *libertad*? Que yo sepa, ya soy libre.

El grandullón regresó con el vaso de agua. Allie no contestó hasta que el hombre lo posó en la mesa y los volvió a dejar solos. Después ella se inclinó hacia Moran.

—Creo que Nathaniel lo controla con el dinero. Sé que usted lo pasó mal al volver de la guerra. Sé que las cosas se torcieron y que se metió en líos. Sé que desea lo mejor para su hija. Y sospecho que usted piensa que lo mejor que puede hacer ahora es aceptar el dinero de Nathaniel y dárselo a su hija. Cree que, después de todo lo que ha hecho, este trabajo es su única salida. Que Nathaniel es la única persona dispuesta a darle trabajo.

Moran sostenía el tenedor en el aire, a medio camino entre el plato y su boca. Ya no comía. Estaba inmóvil. No parecía respirar.

Allie se envalentonó.

—Quiero que sepa que se equivoca. Hay personas que estarían interesadas en contratarlo, le pagarían muy bien y harían todo lo posible por ayudarlo. Mi gente lo haría. Lo harán. No le pedirán que renuncie a sus principios o que haga lo que sea que tiene que hacer cada mañana para levantarse e ir a trabajar para alguien como Nathaniel, que quiere arruinar el mundo.

La expresión de su interlocutor era difícil de descifrar, pero Allie estaba segura de que lo había convencido.

Se equivocaba.

—¿Cómo cojones sabes tanto de mí? —La cara de Moran era la viva imagen del resentimiento.

—Espere… Yo no… —balbuceó Allie. Le costaba hablar con alguien que la miraba con tanto desprecio—. Solo hemos hecho nuestro trabajo —dijo pasados unos segundos—. Lo hemos investigado.

—Conque me habéis investigado… Sois tan rastreros como él, ¿te enteras? —Su tono era grave y amenazador—. Como tenéis pasta os creéis que eso os da derecho a hacer lo que os da la gana. A decir lo que os da la gana. Serás solo una niña, pero ¿qué diablos te enseñan en ese colegio? ¿Que está bien rebuscar en la basura ajena? ¿Quién te crees que eres para invadir mi intimidad así? ¿Quién te crees que eres para intentar comprarme?

Allie quería explicarse, pero Moran aporreó la mesa con la mano.

—Será mejor que te largues. Antes de que haga algo de lo que me arrepienta.

VEINTINUEVE

—Espere —Allie alzó las manos; notaba cómo el pánico crecía en su interior—. No es como usted lo pinta. Teníamos que saber a quién nos acercábamos. Usted podía ser un asesino o... algo así.

—Según parece, pequeña, aquí la asesina eres tú —gruñó Moran—. Y si has visto mi historial, sabrás que yo también me he cargado a unas cuantas personas.

Moran tenía en tensión todos los músculos del cuerpo. Allie no paraba de mirarle las manos, que apoyaba, planas, sobre la mesa. Parecían fuertes y peligrosas.

Por el rabillo del ojo, vio que Raj había dejado el periódico a un lado y los observaba atentamente. Hasta aquel instante, Allie casi había olvidado que Raj y los demás estaban allí.

Exhaló.

—Eso era la guerra —dijo Allie en voz baja—. No es asesinato.

No especificó a quién de los dos se refería.

Nueve se mostró indiferente.

—Llámalo como quieras, chata. Matar es matar.

—Entonces los dos somos unos asesinos —dijo Allie.

Curiosamente le resultó muy liberador decirlo. Era extraño que fuera tan fácil confesarle su crimen a la única persona que podía entenderla: alguien que había hecho lo mismo que ella.

—Lo que digo es que... No piense que soy tan mala como Nathaniel, por favor —dijo ella—. No lo soy. Quiero hacer algo de provecho con mi vida. Quiero ayudar a la gente. No quiero pasarme la vida ganando dinero. Quiero trabajar para hacer el bien. Ser útil. Cambiar las cosas.

Ahora ya estaba totalmente fuera de guión. Era precisamente lo que Raj le había advertido que no debía hacer. Sin embargo, el instinto le decía que Moran adivinaría enseguida que sus frases eran ensayadas. Parecía poseer un sexto sentido para la honestidad.

Si quería honestidad, ella se la daría.

—Lo quiero en mi bando —prosiguió Allie—. Pero si usted no quiere pasarse a mi bando, si prefiere seguir trabajando a las órdenes de Nathaniel, adelante. Usted no me debe nada. Pero no lo entiendo, porque sé que usted también lo desprecia.

Nueve la estudió durante un largo minuto, como si no supiera qué pensar de ella.

—¿Y tú cómo sabes eso?

Él volvió a coger el tenedor. Allie exhaló profundamente, aliviada. Esperaba que no le clavara el cubierto.

—No se rebote conmigo, ¿vale? Pero lo he escuchado hablar de él durante horas —respondió—. Creo que lo odia tanto como yo.

Nueve masticó con aire pensativo, y tragó antes de contestar.

—Está como una regadera, no te lo voy a negar.

Allie chasqueó los labios.

—Es una forma suave de decirlo.

Moran devolvió la atención al plato de comida y durante varios minutos no pronunció ni una palabra. Allie sospechó que era una táctica para descolocarla y no lo interrumpió.

Comía con una meticulosidad mecánica. Rápidamente, pero sin ser sucio. Simplemente con eficiencia. Como un soldado.

Cuando Moran terminó, apartó el plato y cogió la taza de té.

—No sabía por dónde iba salir ese tipo la otra noche —dijo—. Quería que firmaras unos papeles o algo por el estilo. Pensé que si te ponía las manos encima, te mataría. —Tomó un trago de té—. Y no me apetecía tener que limpiar la sangre después.

—Nathaniel quería que le cediera todos mis derechos —explicó Allie—. La herencia de mi familia. De mi abuela. Todo lo que ella me legó. Nathaniel lo quiere para sí. No es que yo lo quiera, pero me niego a dárselo a él.

Craso error.

—¡La fortuna familiar! —le escupió él—. Los ricos os sacáis los ojos por saber cuántos millones os van a caer. Vivís alejados de todo en vuestras grandes mansiones. No tenéis ni idea de lo que es el mundo real. Mírate. —Señaló a Allie con un dedo—, apenas eres una cría y ya estás peleando por dinero. Utilizando a la gente trabajadora como si fuéramos mercancía.

Allie se encogió de miedo. Empezaba a pensar que su plan no iba a funcionar. La rabia de aquel hombre parecía estar siempre a flor de piel. Tenía que ingeniárselas para que confiara en ella.

—El dinero no me importa —insistió Allie—. Nunca he sido rica. ¿No se da cuenta? La cuestión no es el dinero. Es el poder.

Moran entornó los párpados.

—Explícate.

—Existe un grupo de personas que lo controlan todo: el Gobierno, los tribunales... No directamente, claro, si quisiera encontrarlos no lo lograría. Pero están ahí, en la sombra. Mi abuela fue una de ellos, hasta que la mataron. Nathaniel también forma parte de ese grupo ahora. Y desea el poder que mi abuela tenía. Si lo consigue... —Negó con la cabeza—. No sé qué podría pasar. Ya sabe lo loco que está. Yo lo he sufrido. Yo solo... —exhaló lentamente—. Quiero impedírselo. Y luego quiero marcharme. Quiero... —cogió el vaso de agua—. Quiero vivir un poquito más.

Nueve no habló de inmediato. Pasaron algunos segundos. El restaurante se había quedado en silencio. El grandullón había desaparecido, probablemente estaba en la cocina. Parecía que todo el local contenía la respiración.

Una compleja gama de emociones cruzó el semblante de Moran. Resignación. Preocupación.

Finalmente suspiró.

—¿Qué quieres qué haga? Dímelo y luego te diré qué he decidido.

Era lo que Allie había esperado. Se inclinó hacia adelante con ansia.

—Nathaniel tiene secuestrado a un amigo mío. Se llama Carter West. Lo tiene encerrado en algún rincón de esa casa.

La falta de sorpresa en la expresión de Moran le reveló que él ya estaba al corriente de todo.

—Necesito que lo libere —dijo ella—. Y que lo saque del edificio. Esta misma noche.

—Ah —dijo él—. ¿Eso es todo? Pensaba que sería algo más complicado —dijo en tono sarcástico—. Madre mía, ¿te das cuenta de lo que me estás pidiendo, chata? —Se pasó una mano por el pelo—. Aunque quisiera hacerlo, no sé si podría. Nathaniel le ha puesto guardias para que lo vigilen día y noche.

—Usted es uno de ellos —razonó Allie—. Y conoce a los demás. ¿Cuántos vigilantes hay por la noche?

Nueve levantó dos dedos.

—¿No podría meterse en el turno de esta noche?

—Puede —dijo él—. Quizás. No sé.

Estoy a punto de convencerlo, lo noto. Moran se resistía, la empresa era peligrosa. Pero accedería. Siempre y cuando ella no metiera la pata.

—Usted sabe que lo que hace Nathaniel está mal —dijo Allie—. Se lo noto. Y creo que es usted una buena persona. No quiere seguir trabajando para él. Creo que está atrapado. —Se inclinó hacia él—. Lo ayudaremos. Saque a Carter de ahí a la una de la madrugada. Llévelo a la puerta lateral, la que conduce a los establos. Allí habrá gente esperándolos. Los sacaran de allí y los pondrán a salvo. Por ello le pagaremos un millón de libras. En efectivo.

Moran se había quedado boquiabierto.

—Esa es mi oferta, señor Moran —dijo ella en voz baja—. Una oferta que podría cambiarle la vida.

Si Allie le hubiese dado una bofetada, él se habría sorprendido menos. Tenía la frente perlada de sudor.

Aún tardó unos segundos en contestar.

—¿Cómo sé que puedo fiarme de ti?

Era una pregunta trampa. Pero Allie no pestañeó.

—Me da la impresión de que usted cala a las personas a la primera, señor Moran. ¿Usted qué cree? ¿Puede fiarse de mí?

Se miraron de hito en hito durante un buen rato. Después él arrastró la silla y se puso de pie. Allie fue incapaz de descifrar su expresión.

—A la una —dijo Moran—. Sacaré al chaval. No puedo prometerte más.

Eran pasadas las siete cuando regresaron a Cimmeria.

Raj acompañó a Allie y Zelazny en el coche de vuelta para discutir los preparativos. Para cuando llegaron a la verja de colegio, ya habían trazado un plan.

No tenían más remedio que trabajar rápido. Quedaban menos de cuatro horas.

Cuando el todoterreno se detuvo ante la puerta principal, se apearon de un brinco y subieron las escaleras frontales a la carrera. Isabelle los estaba esperando en el vestíbulo; durante el trayecto, Raj la había puesto al día por teléfono.

Subieron las escaleras hasta el despacho de Dom sin dejar de discutir el plan.

Hasta entonces Allie no los había visto trabajar de ese modo, con tanta urgencia. Como si sus vidas dependieran de ello, y no solamente la de Carter.

Cuando llegaron al ático, Dom ya había desplegado los mapas en una pared.

—¿Hay noticias? —preguntó Raj al tiempo que entraban en tromba en la sala.

—Nueve ha vuelto al trabajo —dijo Dom. Miró a Allie—. Actúa con normalidad.

—¿Se sabe algo de Carter? —preguntó Allie.

La informática negó con la cabeza.

—Nada.

En parte era una buena noticia. Si Nathaniel sospechaba de su plan, o si se olía la más mínima amenaza, se llevaría a Carter a otro sitio o le pondría más vigilancia.

—¿Cuál es el plan, Raj? —preguntó Isabelle.

Se situaron alrededor de los mapas, en los que habían medido y trazado meticulosamente los límites de la finca de Nathaniel.

—Nos iremos de aquí a medianoche —dijo Raj—. Una vez lleguemos a St John's Fields, tendremos treinta minutos para desplegarnos. Mis equipos estarán aquí, aquí, aquí y aquí. —Raj apuntó a cuatro puntos distintos dentro de un amplio espacio que rodeaba la casa—. En esta carretera habrá diez vehículos esperándonos. —Señaló una fina línea blanca que pasaba enfrente de la finca.

Allie visualizó la estrecha carretera rural que había visto en incontables ocasiones por la imagen del satélite.

—Isabelle y Allie esperaran aquí. —Raj señaló un punto a quinientos metros de la casa—. Se encargarán de coordinar las comunicaciones y de darnos apoyo si lo necesitamos.

El corazón de Allie dio un salto de excitación. Lo habían decidido en el camino de regreso. Como estaba herida y no podía correr bien, no podía estar sobre el terreno, pero habían acordado que estaría cerca.

Por esta vez tendría que conformarse.

—Asumiendo que Moran cumpla con su palabra —continuó Raj—, cuando Carter esté fuera, nos separaremos e iremos a pie en varios grupos hasta los vehículos. Si salta la alarma, cada equipo actuará como distracción para el resto. —Alzó la vista—. Necesitamos mantener al enemigo dividido y confuso.

Se había corrido la noticia de que habían regresado, y todos los instructores, así como los alumnos avanzados de la Night School y algunos de los guardias de Raj, se habían acercado al centro de operaciones.

Raj todavía llevaba los vaqueros y el jersey gris informal del Chequers; se lo veía como pez en el agua. Seguro, concentrado y tranquilo. Isabelle estaba junto a él, tensa y con la frente surcada por la preocupación.

—¿A cuántos guardias te llevarás?

—A treinta. —Raj habló con decisión—. Si nos vemos obligados a entrar, lo haremos en masa.

—De acuerdo. —La directora asintió brevemente—. El resto se quedará aquí, protegiendo el colegio.

El plan era sólido. Lo habían organizado todo concienzudamente, por lo menos por su parte.

Pero Allie estaba cada vez más preocupada del éxito que tendría Nueve en llevar a cabo su parte. Estaría solo contra todos los guardias de Nathaniel.

Si Nueve fallaba, Carter estaba muerto.

Raj abrió el turno de preguntas.

—Este plan depende en gran medida de la cooperación de uno de los guardias de Nathaniel. —La afilada voz de Zelazny cortó los murmullos de la sala—. ¿Cuál es el plan si Moran nos traiciona? ¿Qué pasa si el que sale por la puerta no es Carter sino un grupo de matones?

Zelazny había repetido aquella pregunta varias veces en el coche de vuelta al colegio, y Raj estaba preparado para responderla.

—Nos enfrentaremos a ellos. —Adoptó un tono tranquilo—. Yo y otros diez guardias estaremos en la finca. Los otros veinte se esconderán al otro lado de la cerca. Si pedimos ayuda acudirán a nosotros rápidamente. —Miró a Isabelle—. Calculo que en menos de veinte segundos todo el mundo podría estar allí. Llevo días vigilando esa finca. Nunca hay más de quince personas de seguridad. Nuestra superioridad numérica es de dos a uno.

Isabelle miró al profesor de Historia.

—¿Aclara eso tu duda, August?

—Tendré que conformarme —contestó el profesor poco convencido. Allie sabía que estaba preocupado y no lo culpaba.

Aun así, Isabelle pasó al siguiente tema.

—¿Cuál es la situación actual allí, Raj? ¿Dom?

—Tenemos a diez guardias apostados en los alrededores de la finca; llevan allí todo el día —explicó Raj—. Según sus informes, la actividad es normal. No creen que Nathaniel esté en la casa. Lo vieron salir de allí a las dieciséis cero cero. No ha regresado. La casa está tranquila.

Dom añadió:

—En las escuchas, nada a destacar; nada indica que Moran los haya puesto sobre aviso de nuestras intenciones.

Isabelle miró a Raj.

—¿Hay algo más que podamos hacer?

El jefe de seguridad negó con la cabeza.

—Ahora mismo están repostando y preparando los vehículos. Salimos a medianoche.

En la sala reinó el silencio. Todos los presentes sabían lo importante que era aquel momento. Lo que había en juego.

Isabelle se volvió a mirar a la multitud que ahora llenaba el aula reconvertida y se agolpaba en el pasillo. Parecía que todos los miembros del colegio habían ido a ver qué pasaba.

—Esta operación es crucial. —La voz de la directora sonaba enérgica, aunque tenía un dejo pesimista—. Nuestro futuro depende de lo que suceda esta noche. En cuanto recuperemos a Carter, podremos empezar a pensar cuál será nuestro siguiente paso como colegio. Como familia. Porque somos

una familia, la familia de la Academia Cimmeria. Y este es nuestro hogar. —
Por un breve segundo, las miradas de Isabelle y Allie se encontraron. Ambas
sabían lo efímero que podía ser aquel hogar—. Todos sabemos que es hora
de acabar con esta guerra de una vez por todas. Pero eso no sucederá hasta
que nuestra gente esté a salvo.

Isabelle se volvió hacia Raj.

—Traed a Carter a casa. Contamos con vosotros.

TREINTE

Los preparativos se alargaron hasta bien entrada la noche.

Eran pasadas las once cuando Allie salió discretamente afuera para respirar un poco de aire fresco. En la avenida de gravilla encontró diez coches aparcados. Esperaban.

Era una noche fría y clara, y el otoño se olía en el aire. La luna colgaba baja en el horizonte y proyectaba la suficiente luz como para poder ver, aunque no tanta como para revelar lo que necesitaba seguir oculto.

Es una noche ideal para esconderse, pensó.

Era increíble de qué manera había cambiado su vida. Allie Sheridan, la chica malhumorada, siempre metida en líos, se había convertido en Allie Sheridan, heredera, luchadora, rebelde.

No estaba muy segura de cómo había llegado hasta ahí. Todo había sucedido tan deprisa...

Con un suspiro, se sentó en el primer escalón y se abrazó las rodillas. Se preguntó si Carter también vería la luna desde su prisión. Si sabía que iban a ir a buscarlo.

Si creía en ella tanto como creía ella en él.

No sabía cuánto tiempo llevaba allí sentada, inmersa en sus pensamientos, cuando un familiar acento francés rompió el silencio:

—¿Estás asustada?

Sylvain estaba de pie en el umbral de la puerta principal. La luz del vestíbulo lo iluminaba desde atrás y le confería tonos dorados a sus ondulados cabellos castaños.

El corazón de Allie dio una sacudida.

Sylvain miraba al cielo.

—Un poco —confesó Allie.

Era mentira. En realidad estaba muerta de miedo. Aquella noche se lo jugaban todo a una carta. Había muchas cosas en la cuerda floja. Sobre todo la vida de Carter.

—Yo también. —Una tímida sonrisa asomó a los labios de él—. Es un plan peligroso. Tal vez estemos locos por confiar en ese hombre. —Por primera vez, él la miró a los ojos—. Pero un valiente es, en cierta medida, un loco, ¿no es así? Hay que estar mal de la cabeza para saltar desde un avión. O para escalar una montaña.

Era curioso lo agradable que le resultaba hablar con él. Había echado de menos aquel acento. Aquella forma de hablar tan formal.

Lo voy a pasar fatal si no encontramos la manera de ser amigos, comprendió Allie.

Se puso en pie para ponerse a su altura.

—¿Tú qué opinas? ¿Crees que funcionará?

Él volvió a mirar la luna.

—No lo sé. Eso espero, por el bien de Carter. Pero con Nathaniel de por medio no hay forma de saberlo. Para él todo es un juego. Y, de algún modo, siempre adivina nuestras intenciones.

—Lo que me gustaría saber es cómo hemos llegado hasta aquí —dijo Allie en tono de frustración—. Cómo se ha puesto todo tan feo.

Sylvain permaneció en silencio un largo rato.

—Una cosa ha llevado a la otra. Como suele suceder.

Allie se preguntó si estaban hablando de lo mismo.

—Sylvain —dijo ella—. Siento mucho todo lo que ha pasado.

Él cerró los ojos; sus suaves pestañas ensombrecieron sus mejillas.

—Para, Allie. No quiero hablar de eso. Lo hecho, hecho está.

—Lo sé —dijo Allie—. Pero tú y yo sabemos que, pase lo que pase esta noche, no nos queda mucho tiempo aquí. —Mostró con un gesto los terrenos que los rodeaban—. Tal vez nos separemos. Tú te irás con tu familia. Yo iré adonde vaya Isabelle. Nuestras vidas cambiarán. ¿Quién sabe cuándo volveremos a vernos? —Dio un paso hacia él—. Ya sé que hemos roto, pero… quiero que sigas en mi vida. Yo siempre seré tu amiga. Si tú me dejas.

Él exhaló profundamente y volvió los ojos a la luna.

—Allie, no… —Su voz se quebró.

Ella alargó la mano. Él bajó la vista y se la quedó mirando; dudó un buen rato antes de cogérsela firmemente.

Allie luchó contra las ganas de llorar. Quería llorar por ellos dos. Por Cimmeria. Por Jo. Por todo lo que habían perdido en aquellos dos últimos años.

—Siento muchísimo haberte hecho daño —dijo Allie en voz queda—. ¿Querrás ser mi amigo?

Sylvain retiró la mano. Por un segundo, Allie creyó que no le iba a contestar. Que simplemente se marcharía. Pero entonces, como de costumbre, Sylvain hizo algo inesperado. Se inclinó hacia Allie y rozó los labios, suaves como plumas, en la mejilla de ella.

—*Toujours* —*susurró en francés.*

Y después se fue.

Allie se giró justo a tiempo para verlo desaparecer en el interior iluminado del edificio, con la espalda muy recta y rápidas zancadas.

A medianoche, Allie siguió a Isabelle y Raj por el pasillo camino a la puerta delantera.

Fuera los esperaba una multitud de guardias vestidos de negro. Entre las caras que los miraban, Allie localizó a Zelazny y a Eloise, y al fondo, a Sylvain, Nicole y Lucas.

Allie tendría que quedarse en el coche de control con Isabelle. Por culpa de los puntos del cuello no podía estar sobre el terreno con los demás. Tendría que conformarse con estar cerca. A Zoe le habían prohibido acompañarlos y se había quedado con Rachel ayudando en el centro de operaciones, aunque muy enfurruñada.

En cuanto el jefe apareció en el umbral, el grupo prestó atención.

Raj se detuvo y examinó al equipo con frialdad.

—Estáis entrenados para esto. Estáis listos. —Sus ojos eran los de un ave rapaz—. ¡En marcha!

El rugido grave y amenazador que el grupo devolvió hizo que a Allie se le erizara el vello de la nuca. Era un grito feroz.

Con rapidez y eficiencia, el equipo se repartió entre los coches. Segundos más tarde, solo se oían los potentes bramidos de los motores.

Allie e Isabelle montaron en la parte trasera de un todoterreno negro. La conductora asintió a modo de saludo; después fijó la vista en la carretera.

Durante los treinta minutos que duró el trayecto, Isabelle se mantuvo sentada muy erguida, con los brazos cruzados y los ojos al frente. Tanto ella como Allie llevaban auriculares conectados a la radio. Dom las informaba sobre lo que había comunicado el equipo que ya se encontraba en St John's Fields.

—Nathaniel no ha regresado todavía —decía Dom a medida que el todoterreno avanzaba por una oscura carretera rural—. Las casas y los terrenos están tranquilos. No hay movimiento. Todo parece normal.

—Recibido —respondió la voz de Raj.

Las carreteras estaban casi vacías. Eran las doce y media de la noche cuando torcieron hacia un camino asfaltado, flanqueado por altos setos, y redujeron la marcha. Poco después salieron de la carretera.

La conductora apagó el motor.

En el repentino silencio, Allie oyó la respiración de las otras dos mujeres y los crujidos del motor a medida que se enfriaba.

—¿Dónde queda el objetivo? —La voz de Isabelle quebró el silencio.

La conductora señaló hacia un grupo de luces no muy alejadas del oscuro campo adyacente.

—Esas luces son de la finca —dijo.

Allie se quedó mirando las luces y trató de hacerse una idea de la distancia. Era difícil saberlo con exactitud; estaba oscuro, pero calculó que podía llegar allí en diez minutos si corría a paso ligero.

Isabelle pulsó el botón del micro.

—Control en posición.

La voz de Raj crujió a través de los auriculares de Allie.

—Grupo Alfa en posición. Grupo Lima, indique estado.

Segundos más tarde, una voz masculina que Allie no reconoció contestó:

—Grupo Lima en posición.

Raj respondió:

—Recibido. Grupo Romeo, indique estado.

Contestó una voz femenina:

—Grupo Romeo en posición.

—Recibido —dijo Raj. Y así sucesivamente respondieron los tres grupos que entraban en la finca y los tres que se quedaban al otro lado de la cerca.

Cuando todos informaron de su posición, Raj tomó la palabra:

—A todos los grupos, quédense en posición hasta nueva orden.

Ahora solo podían esperar.

Los minutos se hacían eternos. Allie se obligó a respirar con normalidad. Junto a ella, Isabelle miraba fijamente y sin parpadear en dirección a la noche.

Allie no dejaba de mirar el reloj. Era casi la una en punto. Nathaniel podía volver en cualquier momento.

Vamos, Nueve, pensó, no nos falles.

Pero no ocurrió nada. Pasaron cinco minutos. Diez.

De repente, de su auricular surgió entre crujidos la apremiante voz de Dom.

—Hay movimiento. Voy a conectaros a la transmisión de Nathaniel.

La voz profunda y áspera de Nueve surgió en el auricular de Allie.

—Repito: ha saltado la alarma antiintrusos en el Cuadrante Nueve. A todo el personal, acudid inmediatamente al Cuadrante Nueve. La alarma ha saltado.

—¿Tenemos contacto visual? —Allie reconoció la voz de Seis.

—Negativo. —La respuesta de Nueve fue seca—. Estoy dentro del edificio. Me quedaré aquí. Los demás, acudid al Cuadrante Nueve, posible intrusión.

Allie se volvió hacia Isabelle con los ojos como platos.

—¿Qué está pasando? ¿Nos han visto?

La directora no apartó la mirada de las luces del campo.

—Debe de ser un señuelo para despistar a los guardias. No somos nosotros. No puede ser. A nosotros no nos detectarían.

Pero Isabelle apretaba las manos sobre el regazo.

—Recibido —dijo Seis pasado un momento—. De camino al Cuadrante Nueve. A todo el personal, seguidme.

La voz de Raj se antepuso a la de los guardias de Nathaniel.

—Grupos Romeo, Alfa, Lima, *procedemos*. Entramos ahora. Repito, entramos ahora. Grupo Alfa en marcha. Los demás, respondan.

Segundos más tarde contestó una voz de mujer:

—Grupo Romeo en marcha.

Seguida de una voz masculina:

—Grupo Lima en marcha.

Allie se aferró al tirador de la puerta con más fuerza, clavando las uñas en el plástico satinado.

Transcurrido un minuto, la voz de Raj surgió como un susurro:

—Romeo, Lima y Alpha en posición. No hay rastro del objetivo.

Allie cerró los ojos. *Por favor Dios mío, que salga bien, por favor.*

Se hizo un silencio. Después la voz de Raj atravesó los altavoces:

—Grupo Alfa en movimiento. Su voz llegaba a trompicones, como si estuviera corriendo—. Tenemos al objetivo. Repito, objetivo en custodia.

Allie suspiró y se cubrió la cara con las dos manos. Parte de la tensión que sentía dentro se liberó.

Lo habían conseguido.

Junto a ella, Isabelle se golpeó con el puño la mano izquierda.

—*Bien.*

—Recibido, Raj —dijo Dom, y Allie le notó en la voz que sonreía; la gente que estaba con Dom en el centro de operaciones lanzaba vítores de alegría.

Allie se echó hacia atrás en el asiento de piel del coche. Se había acabado. Carter volvía a casa.

De repente, la voz de Raj apareció de nuevo. Gritaba y le faltaba el aire.

—Nos persiguen. Repito: Grupo Alfa en retirada. A todos los grupos, inicien maniobra de evasión... —Allie oyó que corría; su voz se sacudía a cada paso—. Grupo Alfa...

Se oyó un estruendo, como un disparo. Y la radio quedó en silencio.

TREINTA Y UNO

Allie no podía respirar.

Isabelle se llevó una mano a los labios, pero no reveló ninguna emoción. Se inclinó hacia adelante.

La radio crujió nuevamente y una voz femenina habló sin aliento; parecía que corría:

—Grupo Romeo en retirada. —Se oyeron disparos. Allie no habría sabido decir si salían de su auricular o del campo vecino. La mujer gritó—: Nos disparan. A todos los grupos: regresen a los vehículos. ¡Retirada! *¡Retirada!*

Allie, presa del pánico, se volvió rápidamente hacia Isabelle.

—Tenemos que hacer *algo*.

Pero Isabelle ya estaba en ello. Se inclinó hacia la conductora.

—Arranca. Llévanos a St John's Fields.

La guardia la miró sorprendida.

—Pero tengo órdenes de...

—Tus órdenes son llevarnos a St John's Fields y ayudar a los nuestros —le espetó la directora.

La conductora arrancó el todoterreno.

Allie oyó la insistente voz de Dom por el auricular:

—Grupo Alfa, indique ubicación. Grupo Alfa, ¿me recibe?

No hubo respuesta.

Las ruedas del todoterreno patinaron y el coche salió a toda velocidad por la estrecha carretera. Allie bajó la ventanilla, sacó la cabeza e intentó oír algo por encima del ruido del motor. Le pareció oír disparos a lo lejos. Lo que sí veía claramente eran unas luces que se agitaban por el campo de al lado.

El angosto y abrupto camino zigzagueaba en la oscuridad, y la conductora cogía las curvas tan rápido como el vehículo se lo permitía.

Vamos, Carter, vamos. Tú puedes. Corre y salva la vida. Hazlo por mí.

Salían a toda velocidad de una curva cuando de pronto apareció en medio de la carretera un hombre completamente vestido de negro.

Allie gritó. La conductora dio un frenazo y las tres salieron impulsadas hacia delante para caer inmediatamente después en el asiento. Allie notó una punzada en el cuello.

El hombre, que claramente había reconocido a la conductora, corrió hacia la ventanilla. Al ver quiénes viajaban en el coche, abrió mucho los ojos.

—¿Hacia dónde han ido? —le urgió Isabelle.

El guardia apuntó al camino que tenían delante.

—Por ahí. He intentado despistar a los guardias de Nathaniel, pero han pasado de largo. —Miró a Isabelle a los ojos—. Creo que se han dado cuenta de que es Raj quien tiene al chico.

Oyeron más disparos en la lejanía. El guardia retrocedió.

—Tengo que irme.

El hombre salió corriendo y Allie lo oyó a través del auricular:

—Grupo Lima, identificación de Alfa negativa.

Allie se quedó mirando por la ventana abierta. Al principio en la oscuridad no distinguió más que árboles y campos. Pero poco después divisó algo justo enfrente. Una mancha en movimiento.

—¡Mirad ahí! —Señaló—. Hay gente corriendo.

Isabelle siguió su dedo y apretó los labios.

—Detén el coche. —Acercó la boca al micro—. Dom, aquí Control. Hemos visto al Grupo Alfa desde la carretera. Vamos a ir a buscarlos.

Allie alargó la mano hacia el tirador de la puerta. Isabelle la miró fijamente.

—¿Y tu cuello?

—Mi cuello sobrevivirá —dijo Allie desabrochándose el cinturón de seguridad.

Las dos saltaron del vehículo al mismo tiempo.

Se veía poca cosa allí fuera, pero estaban acostumbradas a la oscuridad. Aprovechando un hueco en un seto, lo atravesaron y saltaron un riachuelo angosto, aunque profundo, antes de llegar al campo en el que habían visto aquellas sombras.

Allie se encaramó a la cerca para ver mejor. Nuevamente atisbó unas manchas negras que corrían en la oscuridad.

—¡Ahí! —Allie señaló las sombras que se dirigían hacia la luz; iban medio agachadas, pero eran rápidas. Desde su posición, era imposible saber quiénes eran. Solo cabía esperar que fuera el equipo de Raj.

Allie e Isabelle salieron rápidamente para intentar interceptarlos.

—Si llegamos a aquellos árboles —susurró Isabel señalando un grupo de pinos—, los cogeremos. Será más fácil que los guardias no nos detecten si nos ponemos a cubierto.

Correr por aquel prado en el que normalmente pastaba el ganado no era tarea fácil, pues vacas y caballos habían excavado profundos hoyos y surcos en el barro. La irregularidad del terreno las hacía correr a trompicones, y a Allie le tiraban los puntos. Notó una quemazón en el cuello, pero ignoró el dolor. Carter estaba allí en alguna parte. En la oscuridad.

Oyó gritos a lo lejos. Hacía un rato que no se oían disparos; esperaba que eso fuera buena señal.

Los árboles ya estaban cerca. Allie agachó la cabeza y apretó el paso.

Estaba a punto de llegar al pinar cuando alguien la agarró con tanta fuerza que la levantó del suelo.

Allie logró liberarse y se giró con los puños en alto.

Era Nueve.

Se miraron mutuamente. Él fue el primero en hablar:

—¿Pero qué coj...?

—Suéltala. —Isabelle se interpuso entre ellos con un salto y dirigió una patada certera hacia la cara de Moran.

—¡Isabelle, no! —gritó Allie, al tiempo que Nueve se agachaba y esquivaba el puntapié en el último segundo—. Es él. Es Owen Moran.

Isabelle seguía en guardia y miraba fijamente al hombre.

—¿De qué lado está, señor Moran? ¿Ha venido a liberar a Carter o a llevárselo?

Él alzó las manos.

—Señora, acabo de jugarme el cuello para sacar al chaval de esa mierda de casa. Si no le importa, me gustaría largarme de aquí antes de que alguien me vuele la tapa de los sesos.

—¿Dónde están los otros? —preguntó Allie impacientemente—. ¿Dónde está Carter?

—No lo sé, los he perdido en el prado —explicó Nueve—. Los guardias regresaron del sector nueve antes de lo que esperaba. Nos vieron yendo hacia la verja y empezaron a perseguirnos.

—Entonces no andarán muy lejos. —Isabelle arrugó el ceño y miró hacia la oscuridad con los ojos entornados. Parecía creer en la buena fe de Moran. Por lo menos de momento.

Allie todavía llevaba el auricular puesto; hacía un buen rato que no le prestaba demasiada atención a Dom, pero ahora la voz era más insistente.

—Control, responda. Control, ¿cuál es su ubicación?

—Isabelle, Dom quiere saber dónde estamos —la avisó Allie.

La directora apretó el botón del micro.

—Aquí Control. Estamos en el prado, a quinientos metros de St John's Fields.

—Tenéis que salir de ahí —dijo Dom—. Nathaniel va de camino a la casa.

A Allie se le paró el corazón y se volvió inmediatamente hacia Nueve, antes de darse cuenta de que él no había oído nada.

—Nathaniel viene para acá —explicó Allie—. Tenemos que largarnos. Isabelle… —Se volvió hacia la directora, que negaba con la cabeza.

—No pienso irme de aquí sin mi gente.

—Yo diría que la persona que tiene delante también es de su gente. —Nueve señaló a Allie. Al ver cómo lo miraban ellas, suspiró—. Lo único que puedo decirle es que, si yo estuviese en el lugar de sus hombres, me habría metido por ese bosque para intentar perder a mis perseguidores. —Apuntó hacia los árboles que tenían detrás—. Luego me habría metido por aquellos matorrales hasta llegar a la carretera y allí habría dado media vuelta.

Los matorrales a los que se refería eran poco más que una sombra de tono más oscuro en la noche; hasta entonces Allie ni siquiera había reparado en ellos.

Isabelle, con la frente arrugada por la preocupación, analizó a su vez la ruta que Moran acababa de sugerir.

—No es mala idea —dijo casi para sí.

Tampoco es que tuvieran tiempo para discutirlo.

—Vamos. —Allie salió corriendo hacia la arboleda, flanqueada por Moran e Isabelle.

En el bosque no había movimiento, ni señales de vida. Corrieron en línea recta por la hierba pisoteada, directamente hacia la hilera de matorrales que Nueve les había indicado. Estaban a punto de alcanzarlos cuando Allie vio unas sombras que corrían algo más lejos.

Allie captó la mirada de Isabelle y señaló hacia allí. La directora asintió.

No había forma de saber si se trataba de Raj o de los guardias de Nathaniel. Fuera quien fuese, ellas ya estaban a pocos metros de la carretera. Isabelle apretó el botón del micro y susurró:

—Dom, que nuestra conductora encienda los faros.

—Enseguida —contestó Dom.

Segundos más tarde, vieron encenderse unas luces a lo lejos.

Isabelle susurró más instrucciones. Allie se concentraba en correr. Las luces estaban cada vez más cerca.

Oyeron unos gritos a sus espaldas.

—Mierda —murmuró Nueve. Agarró a Allie del brazo y, sin dejar de correr, la obligó a agacharse.

En el aire silbó un disparo. Aumentaron la velocidad. A Allie le ardían los pulmones. Notó que algo tibio le bajaba por el cuello; seguramente se le había abierto la herida. Aun así, corrió más rápido que nunca en su vida, sin hacer caso a las ramas que le hacían cortes en manos y piernas. Dio un salto hacia la carretera.

Y se dio de bruces con Raj.

—¡Raj! —jadeó—. ¿Dónde…?

Raj señaló el todoterreno que los esperaba a su espalda.

—No hay tiempo. Sube. Tenemos que largarnos de aquí.

—Pero Carter… —dijo ella, sintiendo que el pánico empezaba a apoderarse de ella. No podían abandonarlo allí. Otra vez no.

—Está bien. —La miró fijamente a los ojos—. Sube al coche.

Allie reprimió las ganas de llorar y corrió hacia el todoterreno. Habían llegado *hasta allí*. Y ahora se marchaban sin verlo.

La puerta del coche ya estaba abierta. Subió con los ojos nublados de lágrimas, se sentó e inmediatamente se corrió hacia el otro extremo del asiento para dejarles sitio a Isabelle y a Nueve.

El guardia del asiento delantero se volvió a mirar a Allie.

—Eh, tú —dijo Carter con una sonrisa de oreja a oreja—. ¿Dónde te habías metido?

TREINTA Y DOS

Los coches entraron en el colegio en triunfal procesión. Alumnos y profesores los recibieron con vítores de alegría en la oscuridad del césped delantero.

Cuando Carter y Allie se apearon juntos del todoterreno, todo el mundo rugió de contento.

Zoe se abalanzó sobre Carter, y Lucas le palmeó la espalda con entusiasmo.

Allie se apartó para que los demás pudieran saludar al chico, pero no le quitó los ojos de encima en ningún momento. Tenía buen aspecto; estaba más delgado, pero no le habían hecho daño.

No había estado muy hablador durante el trayecto de regreso a Cimmeria. Cuando Allie le había preguntado cómo le había ido, Carter se había cerrado en banda.

—Digamos que su punto fuerte no es la higiene. Mataría por una ducha —bromeó, esquivando el trasfondo serio de la pregunta.

Moran le había cambiado el sitio y Carter estaba sentado detrás, al lado de Allie. El chico se inclinó hacia adelante y alargó la mano hacia Moran.

—Gracias por salvarme la vida —dijo Carter—. Eres un tío valiente.

Moran aceptó el apretón de manos con reticencia.

—Más bien soy un imbécil —dijo—. Pero de nada.

A través de la radio, Dom los informó de que Nathaniel había llegado a la casa quince minutos después de que ellos huyeran.

—Está que echa humo.

Tras su victoriosa entrada en Cimmeria, se reunieron en el despacho de

Dom para que Raj y Carter les contaran lo que había ocurrido en St John's Fields después de que Moran liberara al chico.

—Al principio iba todo sobre ruedas —dijo Raj—. Entramos en los terrenos de la finca sin dificultad. Todos estábamos en posición. A la una en punto, Moran abrió la puerta y salió con Carter. —Miró a Allie—. El hombre cumplió con su palabra. Nada de lo ocurrido ha sido culpa suya.

—Cuéntanos qué pasó luego —lo instó Isabelle—. ¿Por qué os descubrieron?

—Fue mala suerte —dijo Raj—. Nuestro plan era cruzar la verja cincuenta metros al sur de la casa. El problema es que, de camino hacia allí, nos topamos con los guardias de Nathaniel que regresaban de la maniobra de distracción. Cuando empezaron a dispararnos estábamos casi en la verja. —Su cara se ensombreció—. Y ahí se desató el infierno.

—Desapareciste de la radio —apuntó Dom—. Casi me muero del susto.

Raj le dirigió una mirada arrepentida.

—Se me cayó el micro mientras corría.

—¿Cómo lograsteis escapar? —Zoe se quedó mirando a Raj con los ojos como platos.

Carter se volvió hacia Raj. Una irónica mirada le iluminó la cara.

—Cagando leches.

—Nos ayudó que los demás grupos actuaran como señuelo —dijo Raj—. Eso logró confundir y dividir a los guardias de Nathaniel. Unos siguieron a los cebos y los demás a nosotros. Como no podíamos volver al coche, corrimos por el prado para intentar perderlos. —Miró a Isabelle—. Y ahí fue donde nos encontramos con vosotras. —Se echó hacia atrás en el asiento—. Lo demás ya lo sabéis.

—Carter, ¿cómo se ha portado contigo Nathaniel? —Isabelle lo examinó con cara de preocupación.

El chico dudó un segundo antes de contestar.

—La verdad, me sorprendió para bien. ¿Sabéis esos tres días que me visteis encadenado? —Isabelle asintió—. Fueron los únicos. Nathaniel me dijo de entrada que quería tocaros la moral. El resto del tiempo estuve encerrado en un cuarto. Tampoco es que fuera agradable, pero por lo menos no estaba encadenado. Y los guardias no eran el colmo de la simpatía, pero al menos no me pegaban.

Allie no sabía qué pensar. Lo había pasado fatal al ver a Carter encadenado a aquella pared. En su momento estaba convencida de que lo estaban torturando.

—Nathaniel y sus dichosos juegos. —Isabelle suspiró cansadamente—. ¿Es que no se cansará nunca?

—Lo que sí hicieron fue interrogarme —añadió Carter—. Sobre ti, Isabelle. —Se volvió hacia Allie, que estaba sentada a su lado—. Y sobre Allie.

Eso llamó la atención de Raj.

—¿Qué querían saber? —preguntó el jefe de seguridad—. ¿Quién te interrogó?

—Nathaniel —contestó Carter—. Al cabo de unos días ya no volví a ver a Gabe. ¿Sabéis algo de él?

Allie se encogió y apretó la mano de Carter con más fuerza.

—Eso podemos tratarlo luego —dijo Raj diplomáticamente—. Hablemos primero del interrogatorio.

—Quería saber si Lucinda visitaba a Allie y a Isabelle a menudo. Si estaban muy unidas. Qué planes tenían... —Miró a la directora—. Está obsesionado con que tienes un superplán para el Grupo Orión. Cree que quieres minar su autoridad para que sus partidarios le den la espalda otra vez. Me dio la impresión de que no se sentía nada seguro.

Raj se acarició la mandíbula con aire pensativo.

—Me gustaría que lo habláramos más a fondo en privado.

—Pero no será hoy. —Isabelle se puso de pie—. Son casi las tres de la madrugada. Ahora vamos a descansar y en unas horas lo retomamos. Tenemos mucho de qué hablar. Será mejor que lo hagamos con la cabeza despejada.

Allie y Carter fueron caminando entre susurros por el amplio pasillo de camino a la gran escalinata. Habían salido todos juntos del despacho de Dom, pero ellos dos se habían quedado rezagados. Era la primera vez que estaban a solas desde su regreso.

El colegio estaba en silencio. Daba la impresión de que tenían el edificio, e incluso el mundo, para ellos solos.

Carter miraba alrededor y contemplaba en la penumbra las paredes forradas de roble, los óleos apenas visibles, las pesadas mesas con tableros de mármol, los grandes jarrones repletos de rosas. Olfateó el aire y aspiró el débil aroma de la chimenea que parecía impregnar todo el edificio incluso en verano.

—Te parecerá una chorrada... pero algunas veces me preguntaba si volvería a ver este lugar. —Sonrió, avergonzado de su propio sentimentalismo—. Me parecía... tan lejano. —Alargó la mano y acarició la pared con los dedos—. He tenido mucho tiempo para pensar, ¿sabes? Un día me di cuenta de que este es el único hogar que tengo. Nací aquí. Si tuviese que dejarlo, sería... No sé. Como si me arrancaran un brazo. —Ladeó la cabeza y contempló las lámparas de araña suspendidas sobre la curva que dibujaba la escalinata—. Me partiría el corazón.

Allie tenía un nudo en la garganta.

Tenía que hablarle de su plan a Carter. Pero ahora no. Carter necesitaba sentirse en casa, sentirse seguro. Por lo menos durante unas horas.

—A mí también me encanta este sitio —dijo ella de todo corazón.

Torcieron hacia la gran escalinata y empezaron a subir en perfecta sincronía. Allie no paraba de mirar a Carter por el rabillo del ojo. Él miraba al frente, absorto en sus pensamientos.

Al llegar arriba se detuvieron y se pusieron cara a cara. Normalmente aquel era el punto en el que chicos y chicas se separaban. Ellas giraban a la izquierda, hacia las escaleras que conducían a los dormitorios de las chicas. Ellos, a la derecha, hacia los de los chicos.

Carter bajó los ojos hacia los de Allie. Sus labios dibujaron una pícara sonrisa. Al ver aquella mirada, Allie sintió mariposas en el estómago.

—¿Te apetece saltarte el Reglamento?

La habitación de Carter seguía tal y como Allie la recordaba. Era muy parecida a la suya, con una ventana en arco, una cama estrecha y un escritorio. La cama estaba cubierta con una colcha azul oscuro y tenía una manta blanca doblada a los pies. Le habían dejado la lamparilla encendida y la cama preparada para acostarse.

También le habían dejado un pijama limpio, además de una bata y una pila de toallas blancas y mullidas.

Típico de Cimmeria, pensó Allie con ternura. *Bienvenido, Carter, has vuelto de tu cautiverio y aquí tienes unas toallas suaves.*

—Te va a sonar raro, pero... —dijo él de repente, adoptando un tono cauteloso—. ¿Te importa si me doy una ducha? —Tiró de la camiseta gris que llevaba—. Me gustaría quitarme de encima la peste a Nathaniel y volver a ser yo.

Allie lo entendía perfectamente.

—Claro —dijo ella apoyándose en el escritorio—. Por mí no te preocupes, me quedaré aquí registrando tu cuarto.

Carter se echó a reír y cogió una toalla y el neceser.

—Suerte con el registro —dijo él cerrando la puerta tras de sí.

Sin embargo, en cuanto el chico se fue, la sonrisa de Allie desapareció. Sin él, la habitación estaba vacía. No sabía qué hacer.

Se sentó en la silla y miró por la ventana un rato. Como fuera estaba oscuro, lo único que veía era su propio reflejo en el cristal.

Se inclinó hacia adelante con cara de espanto. *¡Qué pintas!*

Se peinó la melena con los dedos y deshizo los nudos más gordos.

Cuando se cansó de mirarse, se encaramó en el escritorio vacío, subió la falleba de la ventana y la abrió, dejando pasar la fresca brisa nocturna.

Era muy tarde, pero ya no estaba cansada. Estaba más despierta que nunca. Su cuerpo vibraba de alegría. Carter había vuelto *a casa.*

Seguían teniendo problemas. Los marrones de ayer los estarían esperando cuando despertaran al día siguiente. Pero podían superarlos. Ahora Carter estaba con ella.

Se sentó sobre el escritorio con las piernas cruzadas, apoyó la barbilla en la mano y contempló la tranquilidad del jardín. A lo lejos, un pájaro nocturno cantó una triste canción.

Se sumergió en sus pensamientos, en todo lo que había sucedido durante la ausencia de Carter. El funeral de su abuela. La herencia. Rachel y Nicole.

Y sobre todo, Gabe.

Le entraron escalofríos con solo pensarlo. Tenía que contarle a Carter lo que había hecho. Pero ¿y si él no lo entendía? ¿Y si la miraba con otros ojos?

La puerta de la habitación se abrió a su espalda. Allie se volvió.

Carter estaba en el umbral, con la toalla al hombro. Tenía el cabello oscuro empapado y las puntas se le empezaban a ondular. Llevaba los pantalones azul marino de Cimmeria y la camisa sin abrochar. Aquellos musculosos pectorales y el vientre plano atrajeron los ojos de Allie.

La visión le aceleró el pulso.

Era perfecto.

Carter exploró con los ojos su rostro y su cuerpo.

Sin decir palabra, dejó caer la toalla al suelo y cruzó la habitación en cuatro grandes zancadas. Allie se levantó del escritorio y se besaron.

Aquel era el beso con el que Allie había soñado. El que tanto había anhelado.

Quizás Carter también hubiera soñado con ello, porque sus labios eran insistentes. Apasionados. La atrajo hacia él y la estrechó con fuerza entre sus brazos. El cuerpo de Carter estaba caliente y todavía algo húmedo de la ducha.

Él jugueteó con sus labios hasta que ella separó los suyos. Carter sabía a pasta de dientes mentolada. Su suave aliento le llenó los pulmones, y ella deseó no volver a respirar otra cosa en la vida.

Allie posó las manos en el cálido pecho del chico y sintió bajo los dedos los latidos de su corazón. Era un ritmo fuerte y rápido, como el de ella.

Los ojos de Carter se pusieron serios.

—Allie —susurró—. He soñado con este momento un millón de veces. Dime que no estoy soñando.

El anhelo que notó en la voz del chico le provocó un nudo en el estómago. Cuando él la miraba de esa forma, Allie sentía una aguda punzada que le atravesaba el corazón.

—No estás soñando —dijo Allie, tanto para él como para ella. Alargó la mano hacia el cabello mojado y enredado de Carter y tiró de su cabeza hasta que sus labios se rozaron—. Esto es real.

No podía parar de tocarlo. Acarició el cuerpo cálido de Carter, sintió sus músculos fuertes y definidos. Cada una de sus vértebras.

Carter tomó las caricias de Allie como una invitación y le pasó las manos por debajo de la blusa para acariciarle la espalda hasta que ella jadeó.

La respiración de Carter era irregular. Irguió la cabeza y miró a Allie con sus oscuros e insondables ojos.

—Eres la persona más maravillosa del mundo —susurró—. Estaría preso cien años si supiera que al final iba a verte.

Allie parpadeó para reprimir las lágrimas.

Al principio, recién llegada a la Academia Cimmeria, estaba convencida de que en el mundo no había ni una persona que valiera la pena. Ahora, por fin, sabía que estaba equivocada.

—Te amo, Carter.

Todavía le sonaba raro. Una parte de ella seguía temiendo que él no la correspondiera.

Carter apoyó la frente contra la de ella y la miró a los ojos. En su cara, Allie vio verdad. Jamás había visto algo tan hermoso.

—Allie —susurró él—, te amo y te amaré siempre.

TREINTA Y TRES

Allie dejó a Carter durmiendo y se escabulló de la habitación poco antes del amanecer.

No tenía ningunas ganas de dejarlo, pero Isabelle no veía con buenos ojos aquella actividad extracurricular.

Ni siquiera en un día como aquel.

Se habían pasado la noche charlando y besándose, deleitándose en la maravillosa y extraña sensación de estar *juntos*.

Carter se había abierto un poco más acerca del cautiverio.

—Lo peor era estar solo —dijo acariciándole el hombro—. Algunos días ni me dirigían la palabra. Veinticuatro horas de silencio son como para perder la cabeza.

Carter seguía insistiendo en que no lo había pasado tan mal como parecía. Pero por la forma en que evitaba su mirada, Allie supo que la protegía de la verdad.

Él también quiso que le explicara qué había pasado durante su ausencia. Cuando Allie le contó lo de Rachel y Nicole, él enarcó las cejas de repente.

—¿En serio no te habías enterado? Madre mía, Allie. Si son la pareja más obvia que he visto en mi vida.

—¿Tú también lo sabías? —No se lo podía creer—. ¿Por qué no me dijiste nada?

—Eh… —dijo él—, si eso, mañana recuérdame que te diga que el cielo es azul y la hierba es verde y otras cosas superevidentes.

Allie le dio con la almohada.

Poco después, ella le contó lo de Gabe.

Estaban tumbados en la cama, el uno junto al otro, y notaba la calidez de la piel de Carter contra la de ella.

Cuando empezó a contárselo, él estaba adormilado, pero al llegar a la parte en que Gabe aparecía en el tejado, abrió los ojos de golpe.

Allie mantuvo la voz firme y tan indiferente como pudo. Bajo la atenta mirada de Carter, ella relató cómo Gabe la había amenazado de muerte y lo aterrorizada que se había sentido.

—Pasé mucho miedo —susurró Allie—. Iba a matar a Zoe, Carter. Estoy segura.

Carter le retiró delicadamente un mechón de cabello de los ojos para verle mejor la cara.

—¿Qué pasó luego?

Allie tragó con dificultad.

—Supongo que acerté el tiro. Gabe estaba mirando a Zoe, así que no me vio venir y... se cayó.

Allie no describió la mirada de Gabe, ni cómo había alargado la mano hacia ella para que lo salvara. O para llevársela consigo.

Eso no se lo había contado a nadie.

Sin embargo, Carter pareció adivinar que había algo más, pero que ella no se sentía con fuerzas de contárselo. La envolvió en un gran abrazo.

—Hiciste bien, Allie. —Carter murmuró las palabras contra su sien. Y ella deseó que fuera cierto.

Finalmente, al alba, Carter se quedó dormido. Allie, por el contrario, no tenía sueño.

Aunque llegó a desayunar muy temprano, los demás ya estaban en el comedor. Lucas y Katie estaban al lado de Zoe, y Rachel y Nicole compartían un plato de tostadas.

—Mira quién está aquí... —dijo Katie. Sus ojos verdes la miraron con picardía—. ¿Noche movidita?

Lucas rió por la nariz y Allie se sonrojó.

—Cállate, Katie —le espetó Allie en voz baja.

—Hoy no hay clase —anunció Zoe mientras Allie se metía en la boca un buen trozo de huevos revueltos.

—¿En serio? —preguntó con la boca llena. Aunque tampoco le extrañaba; en los últimos tiempos, la educación parecía ser la última de las prioridades de la Academia Cimmeria.

Nicole asintió.

—Día de organización. Así que lo tenemos libre. Podríamos hacer algo guay.

—Podríamos pelear —sugirió Zoe.

—O acostarnos. —Lucas le guiñó un ojo a Katie.

Día de organización. Allie tragó con fuerza. Se imaginaba qué quería decir Isabelle con eso.

Carter volvía a estar en casa. Isabelle había dicho que esperarían hasta entonces, pero que en cuanto el chico regresara tendrían que actuar rápido.

Se le habían quitado las ganas de comer.

Mientras los demás reían y charlaban y el sol se colaba por los altos ventanales, sus pensamientos se arremolinaron. Todavía no le había contado a nadie, ni siquiera a Carter, que el plan era abandonar Cimmeria. Pero ahora que había llegado el momento, ya no quería marcharse.

—¿Qué te pasa? —Rachel le dio un codazo—. Parece que hayas visto a un fantasma.

—Sí, ¿qué ocurre? —preguntó Nicole.

Ahora todos miraban a Allie; más le valía explicar el porqué de aquella cara de pasmo.

—¿Y si…? —vaciló—. ¿Y si no nos pudiéramos quedar aquí?

Zoe frunció el ceño.

—Qué pregunta más tonta.

Pero los demás la observaron con creciente recelo. Katie fue la primera en pillarlo.

—No me digas más —dijo Katie en voz baja, y cogió a Lucas de la mano.

—¿Qué insinúas? —preguntó Rachel—. ¿Va a pasar algo?

—Algo tiene que pasar sí o sí —dijo Katie antes de que Allie pudiera abrir la boca—. Así no podemos seguir. Llevo semanas repitiéndolo.

—No. —Lucas negó con la cabeza y apretó los dientes—. ¿Estás diciendo lo que creo que dices?

—Digo que… —Allie inspiró profundamente—. Digo que, tal vez, no podamos quedarnos en este edificio. —Golpeó la pesada mesa de madera con la mano—. Y aunque pudiéramos, tampoco es plan de arriesgar la vida de todo el mundo solo por quedarnos aquí.

Rachel la escudriñó.

—Háblanos claro, Allie.

—Hay varias alternativas —dijo Allie, aunque su voz sonaba desesperanzada incluso para ella—. Hay un colegio en Suiza, e Isabelle dice que es una pasada...

Los demás intercambiaron miradas de incredulidad y su voz se apagó.

—*Suiza...* —dijo Lucas, como si Allie hubiese sugerido que se fueran a Marte.

Allie quería darles argumentos, pero tampoco ella estaba convencida. No quería marcharse.

—Supongo que da igual adónde vayamos. Lo que no podemos hacer es quedarnos aquí. Así, no —dijo Allie.

—Pero no será lo mismo —dijo Nicole volviéndose hacia Rachel.

—Y no todo el mundo podrá ir —apuntó Katie—. Algunos padres no van a dejar que sus hijos se vayan a estudiar a otro país.

—Nos van a separar —dijo Rachel.

Zoe miraba su zumo de naranja con el ceño fruncido. De repente parecía abatida.

Hacía solo un momento estaban supercontentos y ahora toda su felicidad se había esfumado. Se acercaron inconscientemente los unos a los otros, como si el final fuera inminente.

Allie no podía soportarlo. ¿Por qué no podían ser chicos normales, por lo menos por un día? ¿Por qué no podía ser su mayor obstáculo el examen de acceso a la universidad? Tenía que haber otra solución. Una manera de conservar el colegio y al mismo tiempo finiquitar el enfrentamiento con Nathaniel.

Se acordó de cuando Julian Bell-Howard la había invitado a unirse al Grupo Orión y a que continuara la lucha junto a ellos. Aquel hombre tenía algo que le inspiraba confianza. En realidad, él quería lo mismo que ella: acabar con todo aquel lío y que Cimmeria volviese a ser lo que era.

Lentamente, en algún rincón de su cabeza, empezó a gestarse una idea. Parecía imposible, pero en el fondo todo parece imposible la primera vez que se te ocurre.

Imagínate la primera persona que pensó en la tele.

Allie se levantó tan bruscamente que las patas de la silla chirriaron contra el suelo.

—Tengo que ir a hablar con Isabelle.

Isabelle estaba en su despacho. Tenía las gafas posadas delicadamente en la punta de la nariz, el portátil abierto y una pila de papeles a un lado de la mesa.

—Ah, Allie, estupendo —dijo la directora alzando los ojos—. Justamente iba a mandar llamarte.

—He tenido una idea —dijo Allie sin más preámbulos—. O algo así. Digamos que es un borrador de idea. Y necesito que me ayudes.

Isabelle arqueó una ceja y con un gesto la invitó a sentarse en una de las butacas que había frente al escritorio.

Allie se acomodó. Isabelle se quitó las gafas y agarró la taza de té que tenía sobre la mesa.

Aquel despacho le resultaba tan familiar a Allie como su propia habitación, puede que más aún. Le encantaba el antiguo y gran escritorio de Isabelle, el fantástico tapiz de la pared, la alfombra persa de color claro que cubría el suelo, el aroma permanente a té Earl Grey y al perfume cítrico de Isabelle.

De hecho, adoraba todo lo que contenía aquel edificio. Su relación con él no era tan larga como la de Carter; él había nacido allí. Pero ella había elegido que fuese su hogar. No podía imaginarse lo que sería despertar y no ver la ventana en arco y la luz inundando su cuarto. El césped verde que llegaba hasta el bosque.

Los profesores, tan particulares en aquel colegio. Los alumnos, con su uniforme azul oscuro.

Allie amaba la Academia Cimmeria.

Puede que no valiese la pena morir por aquel colegio, pero valía la pena intentar salvarlo.

—No quiero irme a Suiza —dijo Allie escogiendo las palabras—. Lo he pensado toda la noche, y no quiero. Además… creo que tengo una idea mejor.

La directora dejó la taza en la mesa y esperó a que prosiguiera.

—La idea era marcharnos a Suiza para empezar de nuevo, ¿no? —Isabelle asintió, pero la miró con recelo—. Por eso se me ha ocurrido. Cuando vino Julian, dijo que quería exactamente eso, luchar contra Nathaniel por Orión, para que empezáramos de nuevo. ¿Y si empezáramos de nuevo… —Golpeó con el índice el reposabrazos de la butaca— pero aquí mismo?

Isabelle la miró con los ojos entrecerrados.

—No sé adónde quieres ir a parar.

—Creo que desde que los de Orión vinieron a verme me ha rondado esta idea por la cabeza… pero hasta ahora no había sido consciente de ella —dijo Allie ansiosa, echándose hacia adelante—. Esta mañana les estaba contando a los demás que teníamos que abandonar el colegio y se me ha ocurrido. ¿Sabes los papeles que Nathaniel quiere que firme? ¿Los que dicen que no me enfrentaré a él por el control de Orión?

Isabelle asintió con cierta impaciencia.

Allie intentó ir al grano.

—Los voy a firmar —dijo—. Y a cambio, solo le voy a pedir que nos deje la Academia Cimmeria.

De inmediato, la directora negó con la cabeza.

—Nathaniel nunca accederá, imposible. Está totalmente obsesionado con este colegio.

—Estoy de acuerdo —dijo Allie—. ¿Pero qué pasaría si no solo accedemos a no luchar contra él? ¿Y si, además, abandonamos Orión para siempre? Tú y yo, las dos. Y todos los partidarios de Lucinda. Julian también. Todos los que vinieron al funeral. Dejaríamos el grupo. Nathaniel tendría el poder. No conservaría Cimmeria, pero tampoco es el único colegio del grupo. Se podría quedar con los demás. Se los daremos. Le daremos todo lo que quiera. —Mantuvo la mirada de Isabelle—. A cambio, solo le pediremos que nos venda la Academia Cimmeria. Y que nos deje en paz.

Isabelle se había quedado inmóvil y se presionaba los labios con los dedos. Conociéndola, Allie sabía que era señal de que lo estaba sopesando. Y que buscaba fallos en el plan.

—En ese caso, Cimmeria solo sería un colegio más —dijo Isabelle poco a poco—. Sin la organización, perdería su razón de ser.

Por primera vez durante la conversación, Allie se permitió sonreír.

—No exactamente —dijo—. Porque hay una cosa que no le diremos a Nathaniel: vamos a empezar una organización nueva.

Isabelle la miró con extrañeza.

—¿Qué quieres decir?

—A ver... Todo este tiempo hemos luchado contra Nathaniel para conservar el poder y el control de algo que, en el fondo, no queremos. Mira, entre las dos tenemos una cantidad de dinero alucinante. Y me imagino que Julian no se queda corto, ¿verdad?

Isabelle asintió, divertida.

Allie apuntó hacia la puerta que tenía detrás.

—Toda esta gente, esos chavales, tienen mucha pasta. Y la familia de Sylvain es, rica no, lo siguiente. Si juntáramos nuestras fortunas... —se encogió de hombros—, podríamos formar el nuevo Orión. Uno mejor. Sin Nathaniel.

La última frase llamó la atención de Isabelle.

—Ya entiendo... Sí... —dijo, y los ojos le brillaron de entusiasmo—. Podríamos formar una alianza con el grupo europeo a través de la familia de Sylvain. Seguro que Deméter nos apoyaría. —Hojeó los papeles que tenía en la mesa—. Hay un grupo nuevo en la India, y hasta ahora Orión no se ha puesto en contacto con ellos. Podríamos invitarlos a unirse a nosotros.

Isabelle cogió un bolígrafo y garabateó unas notas.

—Tengo contactos en Extremo Oriente que nos podrían ayudar. —Levantó la vista hacia Allie y reprimió una sonrisa—. ¿Sabes qué te digo? Creo que podría salir bien.

—Yo también lo creo —dijo Allie—. Aunque reconozco que me da un poco de miedo pensar en ello, después de todo lo que hemos pasado. No quiero volver a equivocarme. —Se enderezó en su asiento y esperó a que Isabelle levantara la vista de los papeles—. Para mí lo principal es que tengamos claro qué queremos conseguir con esto, Isabelle.

Allie recordó lo que Owen Moran le había dicho el día anterior. La mirada de horror del guardia al enterarse de todo lo que ella sabía. Del poder que ella tenía solo por ser quien era.

—No sé cómo lo ves tú, pero hay cosas de Orión que no están bien. Si formamos una organización nueva, y si yo voy a involucrarme en ella, no pueden seguir igual.

Isabelle dejó de escribir.

—¿Qué quieres de esta nueva organización, Allie? ¿Quieres lo que quería Lucinda? ¿Una versión más justa de lo mismo?

Allie negó con la cabeza.

—No puede ser lo mismo. Un grupo de cien o doscientas personas no puede controlar el Gobierno y los tribunales. No es normal. Podemos estar ahí, asesorar y escuchar, y... No sé. Pero no podemos ser como Orión. Tenemos que aportar algo diferente. Algo nuevo.

Isabelle golpeteó el escritorio con el boli.

—Allie, si quieres crear una sociedad secreta, necesitas una razón de ser. Orión nació para proteger los intereses de sus miembros contra los caprichos de la democracia. Si un tirano quería erigirse en primer ministro, Orión le paraba los pies.

—Ya, y elegía a su propio tirano. —Allie levantó las manos—. ¡Eso está fatal! Es interferir en la democracia y... Me pone los pelos de punta.

—¿Entonces qué propones? ¿Quieres crear una organización que asesore y escuche...? —Isabelle la desafió con la mirada.

—Quiero crear una organización —dijo Allie lentamente— que asesore en las áreas que conoce, que presione por lo que quiere, pero que no lo coja sin permiso. No digo que no podamos presentarnos a las elecciones, claro que podemos. Todo el mundo puede. Lo que no podemos hacer es organizarlo todo de manera que siempre salga elegida nuestra gente. Deberíamos trabajar para que el país funcione mejor. Y no para engrosar nuestras cuentas bancarias. Mejorar la educación y que toda clase de chicos puedan asistir a colegios como este, no solo los ricos. —Hizo un gesto vago para mostrar la bonita estancia—. La mayoría de gente no tiene ni idea de que hay colegios como este, ¿sabes? Y a lo mejor podríamos hacer algo para evitar que los políticos corruptos sigan en el poder. Asegurarnos de que cuando traten de escurrir el bulto, la población se entere. Podemos hacer un montón de cosas para ayudar a la gente, sin dejar de ayudarnos a nosotros mismos. En plan, un equilibrio, ¿sabes?

La expresión de Isabelle era enigmática. Allie no habría sabido decir si le había gustado la propuesta o si le parecía una chorrada monumental.

De repente tenía mucho calor. Sabía que no se había expresado muy bien y se sentía observada. En realidad tampoco había tenido mucho tiempo de pensar en todo aquello hasta aquel momento.

—No sé —dijo perdiendo la confianza—. Podríamos empezar por ahí.

Durante un segundo, la directora no dijo nada. Después su rostro se iluminó con una sonrisa.

—No sabes lo orgullosa que estoy de ti, Allie Sheridan. Y creo que Lucinda también lo habría estado. Bueno, no habría estado de acuerdo con eso de engrosar las cuentas, tampoco te creas. Pero habría estado orgullosa de tus ideales. Y tienes razón. Es un buen comienzo.

Allie se arrellanó en el asiento. A lo mejor no lo había hecho tan mal, al fin y al cabo.

—Si conseguimos el apoyo de los otros miembros —dijo Isabelle—, podría salir bien. No sé si será exactamente como lo has planteado, pero son buena gente, Allie. Confío en ellos. Creo que podríamos marcar la diferencia. De verdad que sí.

Allie también quería creer en ello. Quería pensar que era posible. Pero todavía debían superar un gran obstáculo.

—El problema es que no quiero acabar luchando contra Nathaniel otra vez —dijo Allie—. Consiguió partir en dos este colegio. A Orión. Toda mi vida. ¿Cómo podemos evitar que eso se repita? ¿Qué tengo que hacer para que Nathaniel… me deje en paz de una vez?

Isabelle soltó el bolígrafo.

—Siento decirte esto, Allie, pero tanto si acabas siendo jueza del Tribunal Supremo como camarera o barrendera, Nathaniel jamás dejará de estar obsesionado contigo. Te acosará y te amenazará. Verás, tú tuviste lo que él quería: el amor de Lucinda. Del mismo modo que yo tenía el amor de mi padre. Jamás te lo perdonará, igual que nunca se lo perdonó a mí.

Isabelle se levantó del asiento, se acercó a Allie y se apoyó en el escritorio.

—Según lo veo yo, tienes dos opciones: puedes huir de Nathaniel toda la vida. Aunque nunca se cansará de perseguirte, eso te lo aseguro. O puedes vivir tu vida, conmigo a tu lado, y formar parte de una nueva sociedad secreta. —Se inclinó hacia adelante y miró a Allie a los ojos—. La decisión es solo tuya.

Para Allie la respuesta estaba clara.

Había intentado huir de sus problemas muchas veces. Pero así son los problemas: rápidos. Incansables. Al final siempre te alcanzan.

Estaba harta de huir.

Allie irguió la cabeza.

—Hagámoslo.

TREINTA Y CUATRO

Allie e Isabelle dedicaron casi una hora a desarrollar el plan y pulir los detalles. La directora quería tenerlo todo listo antes de presentárselo a los demás.

—Julian tendrá muchas preguntas —dijo—. Tengo que estar preparada para responderlas.

Cuanto más hablaban de ello, más factible les parecía. Cada vez se sentían más esperanzadas.

¿Cómo no iba a salir bien? Todo el mundo se beneficiaría de alguna forma.

Era perfecto.

Sin embargo, seguía habiendo un gran interrogante. Fue Allie quién sacó el tema:

—¿Y qué pasa con Nathaniel? ¿Cómo lo vamos a convencer?

Isabelle tenía una propuesta.

—Tendremos que hacerle ver que puede sacar provecho de esto. Lo único que le importa a Nathaniel en este mundo es el dinero y el poder. Si los demás están de acuerdo, creo que... tenemos que invitarlo a que venga. Y hablar con él.

—¿Qué? —Allie no podía creerse lo que estaba oyendo.

Isabelle no reculó.

—Este tipo de cosas no se pueden hablar por teléfono, Allie. Si de verdad quieres seguir adelante con esto, tenemos que ser valientes y mirarlo a la cara. De lo contrario, no conseguiremos venderle la idea. No será fácil.

Pero por lo menos lo haremos en nuestro terreno; avisaremos a los demás y daremos la cara todos juntos. Lo haremos bien. Pero no hay otra forma.

—¿Pero cómo vamos a mantenerlos a todos a salvo? —exigió saber Allie—. A Carter, a Zoe, a todo el mundo. ¿Y si Nathaniel nos la juega?

—Nos ocuparemos de eso —dijo Isabelle—. Tú preocúpate de cómo vas a defender tu idea. Tendrás que convencer a Nathaniel. —Isabelle le lanzó una mirada de advertencia—. No será fácil. Hay que conseguir que *desee* esto. Debe creer que la guerra ha terminado. Y que él ha vencido.

Cuando Allie abandonó el despacho de Isabelle, el sol estaba alto y brillaba con tanta fuerza que la luz la cegó cuando salía del edificio al encuentro de los demás. Todo el mundo quería disfrutar de los últimos días cálidos de verano, y el césped estaba repleto de alumnos. Encontró a sus amigos hablando en corro cerca del muro del ala este.

Carter también estaba con ellos. Al verlo allí, todo músculos y cabello oscuro, le dio un vuelco el corazón.

El chico se volvió hacia ella, como si hubiese notado su presencia. Sus miradas se encontraron y Allie tuvo la sensación de que aquellos ojos traspasaban cada fibra de su cuerpo.

Los otros debían de haberle contado lo que pasaba, porque en cuanto Allie se acercó, se dio cuenta de que Carter tenía la frente arrugada por la preocupación.

—¿Te lo han contado? —dijo ella en voz baja. Él asintió y le apretó la mano ligeramente.

—Por encima.

—Hay novedades —dijo ella alzando la voz para hacerse oír—. A Isabelle se le ha ocurrido una cosa, y creo que podría funcionar.

—¿Qué es? —preguntó Rachel—. Has estado ahí metida un montón de rato.

—Intentaremos... —Allie paró de hablar al ver que un chico delgaducho y de cabello oscuro corría directamente hacia ellos.

—Ven, Zoe —dijo el chico—. Vamos a jugar a fútbol.

Allie tardó unos segundos en reconocer a Alec, el cadete de la Night School. Llevaba las gafas torcidas y la corbata aflojada. Y miraba a Zoe con una mezcla de admiración y esperanza temerosa.

Zoe se giró hacia el chico, después hacia Allie y de nuevo hacia él; se notaba que estaba indecisa. Finalmente, suspiró.

—Allie nos tiene que contar algo aburrido —explicó la chiquilla—. Luego voy. No quiero ir en tu equipo.

Él pareció decepcionado, aunque no demasiado.

—Vale.

—Zoe —la reprendió Nicole—. ¿Qué dijimos sobre la franqueza?

—Sí. —Zoe agachó la cabeza, obstinada—. La franqueza es buena. Rachel intervino:

—Pero hay que compensarla con amabilidad.

—No, yo no —dijo Zoe.

—¡Basta! —dijo Katie alzando el tono—. No tenemos tiempo para flirteos infantiles. Allie, haz el favor de contarnos qué pasa.

Pero por allí había demasiada gente. Necesitaban hablarlo en un lugar más tranquilo.

—Vamos al cenador —decidió Allie—. Seguro que no hay nadie.

—Estupendo —dijo Katie sarcásticamente—. Más secretos. Como si no tuviésemos bastantes.

—Cimmeria en griego significa «lugar de secretos» —dijo Lucas rodeando la fina cintura de Katie con el brazo.

—No es verdad —murmuró Nicole volviéndose hacia Rachel, que sonrió.

Atravesaron el césped. Zoe iba a la cabeza, como de costumbre. Carter hablaba con Lucas y Katie unos pasos por detrás. Rachel y Nicole charlaban cogidas de la mano.

A su alrededor la brisa veraniega traía risas y voces de alegría. Allie oyó los golpes de una pelota contra una raqueta de tenis y los vítores de los participantes de un partido que no veía.

Más que finales, parecía principios de verano.

De repente Sylvain apareció junto a Allie y miró alrededor extrañado.

—¿Pasa algo?

Allie se sintió culpable de inmediato y sus mejillas se tiñeron de rojo. Qué mal, ni se le había pasado por la cabeza invitar a Sylvain a la reunión.

—Sí. ¿Te apuntas? —dijo con exagerado entusiasmo—. Tú también deberías oír esto.

—Qué misterio —contestó Sylvain. Se alejó a grandes zancadas y caminó junto a Rachel y Nicole.

Carter le dirigió una mirada de curiosidad a Allie, pero ella siguió mirando al frente y le apretó con más fuerza la mano. Abandonaron el césped delantero y se internaron en la aterciopelada penumbra del bosque.

El sol trataba de colarse entre la espesura de las ramas y lanzaba aquí y allá sus rayos dorados. El suelo estaba cubierto de frondosos helechos de color esmeralda que les rozaron suavemente las rodillas al pasar.

El tejado puntiagudo del cenador asomaba entre los árboles como un castillo de elfos. Con su piedra clara adornada de elaborados y coloridos mosaicos, parecía sacado de un cuento de hadas, sobre todo visto desde lejos.

En realidad, de cerca no era nada del otro mundo. Un simple tejado sostenido por columnas y, al final de unos pocos escalones, un círculo de bancos.

Rachel se sentó en un banco al lado de Nicole; Katie estaba prácticamente sentada en el regazo de Lucas, para variar; Zoe se sentó en las escaleras de espaldas, mirando hacia los árboles; Sylvain se sentó solo entre las sombras. Carter se colocó enfrente de Allie para dejarle espacio.

Allie respiró hondo.

—Ayer eligieron a Nathaniel nuevo líder del Grupo Orión. —Un murmullo recorrió el grupo y Allie prosiguió—: Por eso no estaba en St John's Fields cuando fuimos a buscar a Carter. Era el día de su «elección». —Colocó unas comillas imaginarias en la última palabra—. Este colegio está financiado por el grupo Orión y es su principal institución. Ahora que Nathaniel dirige el grupo, quieren que nos vayamos de aquí.

Allie contempló el horror de sus noticias reflejado en las caras de sus amigos.

Los tenía justo donde quería.

—Al principio pensamos que tendríamos que marcharnos de aquí —dijo Allie—. Pero se nos ha ocurrido una idea mejor.

Les contó el plan a los demás y vio cómo la tristeza se convertía en duda y, finalmente, en esperanza.

Sus ojos siempre regresaban a Carter. Era esencial que él apoyara su plan. Aquel era su colegio, pero para Carter era mucho más; era su hogar.

La expresión del chico era difícil de descifrar. Sabía que Carter necesitaría tiempo para pensarlo.

—¿En serio vais a dejar que Nathaniel venga aquí? —Zoe se había puesto de pie; ahora estaba junto a Carter y miraba fijamente a Allie.

—Necesitamos que acceda a vendernos el colegio —dijo Allie—. Isabelle dice que la única forma de convencerlo es viéndonos cara a cara.

—¿Os van a apoyar los otros? —Sylvain dio un paso hacia el haz de luz—. ¿Habéis hablado con mi grupo?

—Estamos en ello —dijo Allie—. Isabelle está hablando con los seguidores que Lucinda tenía en Orión. Si están de acuerdo, lo trasladará a los demás grupos, incluido Deméter... tu grupo.

Técnicamente el padre de Sylvain dirigía Deméter, el equivalente europeo del Grupo Orión, pero seguía en el hospital recuperándose de un intento de asesinato.

—¿Tú qué opinas? —preguntó Allie escudriñando el rostro de Sylvain.— ¿Crees que el grupo nos apoyará si seguimos adelante?

Sylvain miró a lo lejos con el ceño fruncido.

—Tendría que hablarlo con mi padre, pero creo que os apoyará. Después de lo que le hizo Nathaniel, creo que no le faltarán motivos para querer perjudicarlo. —Su mirada se desplazó hacia Allie—. En unos días me vuelvo a Francia, lo puedo hablar con él.

Algo en el tono de voz del chico le reveló que su marcha sería permanente.

—No te puedes ir —protestó Zoe—. Va a venir Nathaniel.

Sylvain escudriñó seriamente a la muchacha.

—Me quedaré hasta entonces, Zoe. Pero después me iré; mi familia me necesita.

La mirada sentenciosa de Katie saltó de Sylvain a Allie.

Mira lo que has hecho, decía.

Allie tenía sentimientos encontrados. No le gustaba nada que Sylvain se fuera y todavía menos saber que, por muchas excusas que él diera, la culpable de su marcha era ella. Y sin embargo...

Era lógico. Sylvain era un estudiante de intercambio y su riqueza era inconmensurable. Si allí no era feliz, podía marcharse a cualquier lugar del mundo. Literalmente.

Por algo tenía un jet privado, al fin y al cabo.

Tal vez los demás no habían captado la realidad del anuncio de Sylvain, pues seguían hablando de la creación del nuevo grupo.

—Vamos a empezar nuestra propia sociedad secreta —se maravilló Rachel—. Qué raro suena... Nuevo orden mundial.

—Lo que no podemos hacer es repetir los errores de nuestros padres —dijo Katie—. Si no ¿para qué molestarnos?

—Y tiene que ser más justa —añadió Nicole—. Odio lo injusta que es Orión. Trata a la gente de a pie como si fuera ganado.

Todos asintieron.

—Quizás podríamos aceptar a personas normales en Cimmeria —Carter miró al grupo—. Eso de que solo venga gente de clase alta me parece lo peor.

—Todo el mundo es «normal», Carter —le recordó Katie, molesta—. Y para que lo sepas, yo no elegí nacer en una familia como la mía. Nadie lo haría. Y yo también quiero mejorar las cosas. Igual que tú.

Carter hizo una mueca arrepentida.

—Perdona. Me he expresado mal. Pero sabéis qué quiero decir, ¿no?

—Sí —se apresuró a decir Rachel para rebajar la tensión—. Queremos gente buena. Y que su cuenta corriente solo sea eso: una cuenta. No señal de lo que vale una persona.

Allie contempló a sus amigos y deseó abrazarlos. Por primera en mucho tiempo tenía el corazón alegre.

—Esto es justo lo que quería Lucinda —dijo—. Ella pensaba que Orión era un desastre porque era superinjusto y le daba demasiada importancia a los apellidos.

—¿De verdad crees que lo conseguiremos? —Nicole adoptó un tono cauto—. Solo somos unos chavales. ¿Quién nos va a escuchar?

—No puedo prometer que vayamos a conseguir todo lo que queremos —admitió Allie—. Pero si formamos parte de esto, lo podemos intentar.

Rachel miró a Allie.

—Si Nathaniel se queda con el nombre de Orión, necesitaremos un nombre para la nueva organización.

—Y uno que mole mucho —apuntó Zoe—. Como Los Vengadores. O la Hermandad del Dolor. Podríamos hacerlo en latín o algo así. Para los viejos.

Allie abrió la boca para protestar, pero Lucas se le adelantó.

—Los Vengadores suena genial —exclamó. No era de mucha ayuda.

Katie lo fulminó con la mirada.

—Creo que ya está cogido.

—Eso da igual —replicó Zoe—. Tampoco es que Orión sea un nombre que no se haya usado nunca.

—Los otros grupos tienen nombres de dioses griegos y romanos, ¿no? —Rachel se golpeteó el labio con el índice—. Orión, Prometeo, Deméter...

—¿Y Medusa? —sugirió Katie en tono irónico—. Ese seguro que no está cogido.

Rachel hizo caso omiso de la propuesta.

—Seguro que hay algo chulo...

Nicole se inclinó hacia ella y le susurró algo. Rachel abrió los ojos como platos.

—¡Sí! Es *perfecto*.

—¿Podéis decirnos qué es? —se irritó Katie.

—Aurora. —Rachel cogió la mano de Nicole—. La diosa del amanecer.

Se hizo un silencio.

—Me encanta —dijo Allie.

Hasta Katie parecía satisfecha.

—Podría ser peor.

Zoe se los quedó mirando, incrédula.

—¿En serio os gusta más que la Hermandad del Dolor?

TREINTA Y CINCO

Para cuando regresaron al edificio del colegio, todo el mundo se había puesto manos a la obra. Isabelle y los profes se habían reunido para discutir el plan. En Londres, mientras tanto, Julian había aceptado llevar la idea ante los demás partidarios de Lucinda dentro de Orión.

Todo iba muy deprisa; tal vez actuasen alimentados por la preocupación de lo que pudiera estar tramando Nathaniel. Hasta entonces no habían tenido noticias suyas y, en cierto modo, el silencio era todavía más aterrador.

Lo que sí sabían era que Nathaniel estaba furioso.

Dom no había interrumpido las escuchas en ningún momento.

En cierto modo, la de ellos era una carrera contra el reloj, o mejor dicho, contra la venganza de Nathaniel.

Aun así, a Allie le costaba estar al pie del cañón. Con Carter de vuelta y todos juntos otra vez, quería permitirse ser feliz. Quería ir a clase y estudiar. Volver a la normalidad.

Quería que todo acabara. Pero ese momento todavía no había llegado.

Una noche iba a la sala común, al encuentro de los demás, cuando vio a Christopher entrar en la biblioteca.

Allie lo siguió a cierta distancia y advirtió que su hermano se sentaba en una mesa repleta de libros. Chris cogió un libro del montón y se sentó a leerlo sin darse cuenta de que ella estaba de pie junto a la puerta.

Segundos más tarde, Allie se acercó.

—Eh —dijo—. ¿Me puedo sentar?

Christopher alzó la vista y sonrió.

—Ahí estás. Antes te estaba buscando. —La invitó a sentarse en una de las sillas que tenía enfrente.

Allie tomó asiento.

Christopher vestía ahora el uniforme de Cimmeria: camisa blanca y pantalones azul marino. Al darse cuenta de que Allie examinaba su ropa, él se sonrojó.

—Ya sé que soy demasiado mayor para estudiar aquí, pero he cogido lo que he pillado. —Se limpió una pelusa invisible de la pernera del pantalón—. De momento es lo que hay.

—Te queda bien —dijo Allie sinceramente—. Habrías sido un alumno de Cimmeria estupendo.

—No sé... —Chris cambió de tema rápidamente—: Oye, me he enterado de que todo salió bien anoche y de que recuperasteis a tu amigo. Felicidades.

—Por eso he venido —dijo Allie—. Quería... darte las gracias. Gracias por ayudarnos con los guardias y por darnos toda esa información.

Él la miró a los ojos.

—Me alegro de que os sirviera de ayuda. Solo espero que ahora creas que estoy de tu parte.

—Claro que lo creo —dijo Allie. Y para su sorpresa, era cierto. Las dudas acerca de su hermano se habían disipado tras comprobar que todo lo que les había dicho había resultado cierto. Ahora estaba completamente segura de que podía confiar en él.

—¿Qué haces? —Allie mostró con un ademán los libros de la mesa—. Aquí tienes lectura para rato.

Él bajó los ojos hacia los libros, como si acabara de darse cuenta de que estaban ahí.

—Pues la verdad es que estaba pensando en presentarme al examen de acceso a la universidad. Después de irme de casa, me perdí casi un año de clases. Así que me he puesto a estudiar un poco. —Rio avergonzado—. No veas lo que me cuesta.

Allie intentó disimular su sorpresa. Jamás se había parado a pensar cómo había sido la vida de su hermano después de que se fuera de casa. Solo se había centrado en cómo la había afectado a ella y a sus padres. Pero claro,

Chris se había perdido los dos últimos años del instituto y no se había presentado al examen para poder entrar en la universidad.

—Eso está superbién —dijo ella con sinceridad—. ¿Quieres ir a la uni?

—Puede ser —dijo él con timidez—. Me gustaría, si consigo empollarme todo esto. Me habría gustado saber qué se siente al ser uno de vosotros. —Mostró con un gesto la vasta biblioteca y sus estanterías hasta el techo, rebosantes de libros—. Estudiar en un sitio así y tal.

En cierto modo, aquello era halagador. Antes de que él se marchara de casa, Allie siempre había admirado a Christopher. Quería ser como él.

Tal vez ahora ella pudiera ayudarlo.

—Si Nathaniel no hace ninguna tontería —dijo Allie—, a lo mejor te puedes quedar aquí a estudiar. Hasta que pases el examen. Se lo puedo preguntar a Isabelle, si quieres.

La esperanza que vio en los ojos de su hermano le partió el corazón.

—Me encantaría —dijo Christopher—. El problema es que tampoco sé qué hacer después.

Allie no pudo evitar sonreír.

—Por eso no te rayes —lo tranquilizó—. Estamos todos igual.

Aquella noche Nathaniel telefoneó.

Estaban reunidos en la sala común cuando Isabelle citó a Allie y a Carter en su despacho. Al entrar también encontraron allí a Raj, Zelazny y Dom.

—Nathaniel insiste en venir mañana por la noche —dijo Isabelle. Se la veía demasiado tranquila, como si se obligara a estarlo—. He intentado que nos diera una semana de plazo para que pudiéramos organizarnos, pero se ha negado. Y ha amenazado con mandarnos al alguacil para desalojarnos. —Se interrumpió—. La mala prensa del desahucio destrozaría los planes de futuro que tenemos para este colegio. Y eso no se lo voy a permitir. —Miró a Raj—. De modo que Nathaniel ha movido ficha.

—Sí, eso parece. —La expresión de Raj era sombría—. No estamos listos.

Isabelle levantó las manos.

—Pues tendremos que estarlo.

—¿Qué es eso de mandarnos al alguacil? —preguntó Allie, mirando alrededor.

Fue Zelazny quién se lo explicó.

—El propietario de este colegio es Orión. Ahora Nathaniel dirige Orión. Por lo que, en teoría, estamos invadiendo su propiedad.

Allie se volvió hacia Carter. Parecía igual de preocupado que ella.

Nathaniel debía de olerse que estaban planeando algo.

—¿Pensáis que se ha enterado de nuestro plan? —preguntó Allie—. A lo mejor Julian se lo ha contado a alguien y ese alguien se ha ido de la lengua.

—Puede ser —dijo Isabelle—. Ahora tenemos que actuar rápido. —Se volvió hacia el jefe de seguridad—. Raj, ya sé que vamos mal de tiempo, pero haz todo lo que puedas para que estemos preparados.

Raj asintió.

—Traeré guardias de refuerzo para que nos ayuden a vigilar los terrenos. Estaremos todo lo preparados que se pueda.

La directora se volvió hacia Zelazny.

—August, necesitaré que te ocupes del personal y del alumnado.

—Lo que necesites, Isabelle. —Hablaba con una amabilidad poco habitual en él.

Todos sabían que aquello era el principio del fin, de uno u otro modo.

Isabelle se volvió hacia Carter y Allie.

—Allie, te vas a enfrentar directamente a Nathaniel, tendrás que prepararte la reunión conmigo.

Allie asintió. Tenía la boca tan seca que no se atrevía a hablar.

—Carter. —La directora le ofreció una triste sonrisa—. Quiero que permanezcas alejado de Nathaniel en todo momento. Todo esto bien podría ser un ardid para intentar secuestrarte otra vez.

Carter no protestó, pero Allie estaba segura de que no le hacía la menor gracia. Si ella iba a estar en peligro, él querría estar a su lado.

—Hay mucho que hacer y nos queda muy poco tiempo. —Isabelle miró alrededor—. Manos a la obra.

Aquella noche casi no durmieron.

La voz de que iba a pasar algo se corrió entre el alumnado como un reguero de pólvora.

Los estudiantes avanzados de la Night School se pasaron gran parte de la noche con Raj, Eloise y Zelazny preparando las complicadas medidas de seguridad.

A las tres y media de la madrugada, Allie cayó rendida en la cama con el uniforme puesto, y a las seis estaba de pie otra vez. Todo el mundo parecía tan cansado como ella. Pero nadie se planteó descansar.

En el colegio, la sensación generalizada de que, de uno u otro modo, aquello era el final era apabullante. Cuando Nathaniel se fuera de allí aquella noche, Cimmeria sería de él o de ellos.

Su último enfrentamiento sería una lucha por el todo.

Allie encontraba que era demasiado pronto. No habían tenido tiempo de reunir los apoyos necesarios. Ni siquiera habían pulido los detalles del plan o identificado sus puntos fuertes. Seguía siendo un plan en ciernes.

Quizás Nathaniel quisiese verlos por eso mismo, pensó Allie. Si se había enterado de lo que planeaban, si había llegado a sus oídos de algún modo, querría pararles los pies cuanto antes. Querría cortarles las alas antes de que aprendieran a volar.

Con solo pensarlo, Allie hervía de rabia. Y esa rabia la espoleaba.

Poco después del mediodía, Allie e Isabelle estaban trabajando en el despacho cuando el móvil de la directora sonó.

—Isabelle —contestó brevemente, sin apartar los ojos del documento que tenía delante. Después cambió el tono—: Ah, qué raro. Sí, abridle la verja.

Allie estaba sentada en una de las butacas de enfrente del escritorio y la miró con sorpresa.

—Es Julian. —Isabelle ya iba camino de la puerta—. Esto no es buena señal.

—¿Cómo? ¿Está *aquí*? —Allie se apresuró a ponerse en pie—. ¿Por qué dices eso?

—¿Para qué iba a venir sin avisar, si no? —dijo Isabelle mientras atravesaban a toda prisa el pasillo—. Las buenas noticias se pueden dar de cualquier manera. Pero las malas las das en persona.

A Allie se le revolvió el estómago. ¿Julian Bell-Howard había conducido de Londres a Cimmeria solo para decirles que no las iba a ayudar?

Parecía cruel. Pero en el mundo de los adultos todo es posible. A veces no los entendía en absoluto.

Minutos después apareció Julian en un flamante coche deportivo de color plata.

—Julian, ¿para qué te has molestado? —exclamó Isabelle mientras él se apeaba del coche, todo piernas y codos dentro de un traje caro—. No hacía falta que vinieras hasta aquí.

—No seas ridícula. —Él la besó suavemente en las mejillas como si estuvieran a punto de irse a cenar por el barrio de Kensington—. Debemos abordar asuntos importantes. Además no iba a permitir que te enfrentaras sola a Nathaniel. Allie, querida.

Julian le tendió las manos.

—No sabes qué alegría me dio Isabelle cuando me telefoneó para contarme tu plan. —La sonrisa de Julian era tan amplia que casi se le salía de la cara. El flequillo le caía constantemente sobre los ojos. Tenía un aire excéntrico que la maravillaba—. Ya sabía yo que entre las dos se os ocurriría algo para sacarnos de este embrollo con Orión. Y opino que es una idea brillante. Pondremos a Nathaniel contra las cuerdas.

—¿Qué tal recibieron los demás miembros la idea de formar un nuevo grupo? —preguntó Isabelle—. Si no contamos con su apoyo, nuestra lucha no tiene razón de ser.

—Lo tenéis. —En la respuesta de Julian no había dudas—. El de todos.

Allie no estaba segura de haberlo comprendido.

—A ver, a ver. ¿Nos van a apoyar *todos*?

—Todos y cada uno —dijo Julian. Después miró a Isabelle—. Al parecer hay mucha gente ansiosa por salirse de Orión.

Las noticias no podían ser mejores, pero Isabelle todavía parecía preocupada.

—Primero tenemos que conseguir que Nathaniel acepte.

—Ciertamente. —Julian señaló con la cabeza la puerta delantera que seguía abierta detrás de ellas—. ¿Y bien, Izzy? ¿Nos vamos a quedar aquí parados o entramos y nos ponemos a trabajar? ¿Sabes? Me muero por una taza de té.

—¡Ah! Por el amor de Dios, Julian. —Isabelle giró sobre sus talones y se encaminó hacia las escaleras, haciendo sonar sus tacones bajos—. Si eso es lo quieres, adelante. Bienvenido al caos absoluto.

Al verlos así, Allie tuvo la sensación de que aquellos dos habían sido pareja en el pasado. Se los veía muy cómodos juntos.

Y la directora se había equivocado. Julian *no* les había traído malas noticias.

Pasaron el resto del día trabajando y organizándolo todo. Allie permaneció la mayor parte del tiempo con Julian e Isabelle. De vez en cuando, Raj y Zelazny se unían a ellos y repasaban algunos detalles concretos del dispositivo de seguridad.

Decidieron que la reunión tendría lugar fuera del edificio. Isabelle insistió en que si Nathaniel entraba, les resultaría imposible controlarlo. Pero Allie sospechaba que la directora sencillamente no quería ver dentro de su colegio al hombre que pretendía arrebatárselo.

Se encontrarían ante la escalera delantera y la reunión sería lo más breve posible.

Raj colocaría a los guardias entre ellos, unos visibles y otros escondidos entre las sombras.

Se discutió hasta el último detalle, incluso quién llevaría el peso de la conversación.

—Lidiar con Nathaniel siempre es delicado —apuntó Isabelle—. Yo no debería hablar mucho. Mi simple presencia lo exaspera.

—Hum, sí —asintió Julian—. Debo decir que las conversaciones entre él y yo han sido siempre relativamente cordiales y razonables. Si lo prefieres, no me importa hablar a mí. Puedo encargarme de defender la causa, por así decirlo.

—Estupendo. Allie también parece caerle bien. —Isabelle miró a Allie—. Puede participar en parte de las negociaciones.

—¡Cómo no le va a caer bien! —exclamó Julian—. Esta chica es fantástica. Aun así, creo que sería sensato que Allie estuviera en todo momento... fuera de su alcance, si se me permite decirlo.

—Tienes razón —convino Isabelle—. Me aseguraré de que les quede claro a los guardias que Nathaniel no puede acercarse a ella. Allie deberá permanecer alejada de él en todo momento.

Lo que implicaban aquellas medidas hizo que se le helara la sangre en las venas. Todos estaban convencidos de que Nathaniel le haría daño si se le presentaba la oportunidad.

A lo largo de la jornada, Dom los había ido poniendo al día con regularidad.

A eso de las nueve y media de la noche, Rachel llamó a la puerta del despacho. Estaba claro que había bajado corriendo desde el ático, porque le faltaba el aliento.

—Dom dice... que Nathaniel... viene de camino.

Poco después salieron al pasillo y fueron recibidos por un grupo de unos quince guardias vestidos de negro. Allie reconoció entre ellos a Nicole y Sylvain.

Carter estaba algo más lejos, de pie en el umbral de la sala común y vestido con el uniforme de Cimmeria.

Allie corrió hacia él, aliviada. Era la primera vez que hablaban en todo el día.

Él la atrajo hacia sí.

—Qué rabia no poder acompañarte. Prométeme que irás con cuidado —le susurró Carter.

—Te lo prometo —dijo Allie—. Y tú no te atrevas a dejarte secuestrar.

Él sonrió.

—Lo dices como si me hubiese pasado alguna vez.

En el pasillo los guardias se colocaron en forma de V y Julian e Isabelle se situaron en medio.

—Ya es la hora —dijo Isabelle volviéndose hacia Allie.

—Suerte —susurró Carter.

Allie corrió al lado de la directora.

Los guardias abrieron la puerta principal y salieron a la oscuridad de la noche.

TREINTA Y SEIS

El BMW negro de Nathaniel apareció por la avenida de entrada seguido por dos vehículos de escolta.

—¿Tres coches? —Julian chasqueó la lengua—. ¿Cuándo va a empezar a preocuparse por el medioambiente?

Julian, Isabelle y Allie se encontraban en el medio de una formación cerrada de guardias. La seguridad nunca había sido tan patente hasta el momento.

Raj le estaba mandando un mensaje a Nathaniel.

Nathaniel se apeó del vehículo con agilidad y caminó hacia ellos despreocupadamente.

Con solo verlo, a Allie se le revolvieron las tripas.

De cada coche de la escolta salieron dos guardias y formaron una línea detrás de Nathaniel, mientras este caminaba directamente hacia Julian.

—Julian. —Nathaniel le tendió la mano—. Encantado de saludarte de nuevo.

—Un placer, como siempre —sonrió Julian.

Allie se preguntó cómo se las apañaba Julian para estar tan tranquilo.

Ella estaba tan nerviosa que tenía que controlarse para no salir corriendo de allí.

—Isabelle. —Nathaniel inclinó la cabeza.

—Nathaniel —contestó ella sin la más mínima emoción en la voz.

Después Nathaniel se volvió hacia Allie y sonrió.

—Lady Allie. ¡Pero qué guapa estás! —Había pronunciado el título con retintín, pero le tendió la mano.

Allie notó que el guardia que tenía justo al lado se ponía rígido, pero no podía rechazar el apretón.

Alargó la mano, vacilante. Nathaniel tenía la palma seca y suave. Tras un único y firme apretón, él la soltó.

Allie retiró la mano rápidamente.

Los labios de él dibujaron una sonrisa y a ella le recordó al gato de *Alicia en el país de las maravillas*. Le daba la sensación de que sabía perfectamente lo asustada que estaba. Y que lo encontraba divertido.

El guardia que tenía al lado le dio un codazo, como para avisarla, y Allie reculó unos pasos casi sin darse cuenta.

—¿Te parece si vamos al grano, Isabelle? —Nathaniel hablaba con impaciencia—. No estoy de humor. Ayer asaltaron mi casa, ¿sabes? Y se llevaron algo... muy valioso.

—¿De veras? —Julian simuló preocupación—. ¡Es terrible! Espero que nadie resultara herido.

—No, nada grave —dijo Nathaniel—. Pero uno de mis hombres está desaparecido. Tal vez fuera un trabajo desde dentro.

—Vaya, qué asunto más feo —añadió Julian—. Oye, Nathaniel, disculpa que te hayamos hecho venir hasta aquí, pero francamente, pensamos que esta conversación debíamos tenerla en persona.

—¿Y concretamente de qué queréis hablar? —preguntó Nathaniel.

Julian hizo un gesto hacia Allie.

—Creo que la señorita Sheridan desea decirte algo.

Los fríos ojos de Nathaniel se desplazaron hasta Allie, y ella se obligó a no dar media vuelta y echar a correr.

—¿Es eso cierto? —La voz de Nathaniel era suave como la seda—. ¿Qué puede ser tan importante como para necesitar la presencia de un montón de guardias y de Julian Bell-Howard?

Tranquila, se dijo Allie, no demuestres tu miedo.

—Quería pedirte disculpas —dijo—. Hace unos días viniste a pedirme que firmara el acuerdo que teníamos. Y no lo hice. Fui muy impertinente. —Se obligó a mirarlo a los ojos—. Me porté mal.

—Sí —coincidió él afablemente—. No te portaste muy bien.

—Lo lamento, espero que me perdones. —Hablaba en voz baja y con humildad, tal como había ensayado durante todo el día—. Quería decirte que, si todavía te interesa... estaría encantada de hacerlo ahora. Aceptaré el acuerdo. No me uniré a Orión y jamás me enfrentaré a ti por el control del grupo.

—Qué interesante... —Nathaniel la observó como si nunca hubiese visto a alguien de su especie—. ¿Y se puede saber a qué se debe ese cambio de parecer?

Allie se mordió el labio.

—Julian y yo lo hablamos y me di cuenta de que mi decisión había sido... precipitada. Lo hice por despecho. —Le mantuvo la mirada—. La verdad es que nunca he querido formar parte de Orión. No me interesa para nada. Y no quiero que se haga daño a más gente. Esto debe terminar. De modo que firmaré los papeles y acabaremos con este enfrentamiento.

Allie se llevó la mano al bolsillo y sacó los documentos que Nathaniel le había pasado a través de la verja noches antes. Habían recuperado los pedazos y los habían vuelto a pegar, y Allie ya los había firmado.

Se los tendió a Julian, que a su vez se los entregó a Nathaniel.

Nathaniel ignoró los papeles y, con la cabeza ladeada, estudió atentamente a Allie. Finalmente le arrancó los documentos de la mano a Julian y los desplegó. Después de leerlos, se los guardó en el bolsillo de la elegante americana gris.

—Bueno, bueno, bueno. Qué sorpresa. —dijo Nathaniel, sin ocultar su desconfianza—. No sabes lo que daría por saber qué te hizo cambiar de opinión.

Al ver que Allie no contestaba, volvió su atención a Julian.

—¿Qué esperas sacar de todo esto, Julian?

Mientras hablaban, el guardia de al lado de Allie volvió a tirar de ella para que se alejara de Nathaniel un poco más. Allie no se volvió a mirarlo en ningún momento; estaba totalmente concentrada en Nathaniel.

—Nada en especial —decía Julian amablemente—. Sencillamente deseo tanto como tú acabar con este desagradable asunto.

En aquel momento, el móvil de Nathaniel vibró. Él arrugó el ceño, se lo sacó del bolsillo y leyó un mensaje. Se le ensombreció la cara y les mostró el teléfono. En la oscuridad de la noche, la pantalla proyectó un resplandor azulado.

—¿Qué puñetas significa esto, Julian?

Era el momento que estaban esperando. La clave de todo el plan.

Allie contuvo la respiración.

—Eso —dijo Julian— es otro de los asuntos que quería discutir contigo.

—Esto de aquí son cartas de dimisión —dijo Nathaniel como si Julian no hubiese dicho nada—. De Orión. También está la tuya. —Fue desplazando el mensaje hacia abajo con un dedo, cada vez más rápido—. Hay docenas. —Volvió a mostrarles la pantalla—. Explícate ahora mismo, Julian, o te juro que...

Julian alzó las manos.

—Por eso estamos aquí, Nathaniel. Como puedes ver, la señorita Sheridan no es la única persona que no desea formar parte de Orión. Muchos de nosotros también nos vamos. Todos los que, desafortunadamente, no estamos de acuerdo con el nuevo rumbo que ha tomado Orión.

—¡Qué tontería!

Pero a Allie le pareció ver que Nathaniel estaba cada vez más pálido. Claramente todo aquello lo había pillado por sorpresa.

Su inesperado nerviosismo la envalentonó.

—Deberías alegrarte, Nathaniel —dijo Allie—. Nos perderás de vista para siempre. Como no estaré en Orión, no podré votar contra ti. A partir de ahora podrás dirigir la organización como te dé la gana, sin intromisiones.

—Piénsalo bien, Nathaniel. —La voz de Julian era melosa, convincente—. Tu control será absoluto. Tendrás un poder... inmenso.

Nathaniel asimiló sus palabras. Le brillaban los ojos.

—¿Qué queréis a cambio? —preguntó—. No me vais a entregar Orión sin más. Supongo que habrá un precio.

—Naturalmente. —El tono de Julian era mesurado—. Pero no pedimos mucho. —Abrió los brazos con las manos extendidas—. Lo que queremos lo estás pisando ahora mismo.

—Queréis el colegio. —El tono de Nathaniel fue inexpresivo.

Allie se atrevió a echarle un vistazo a Isabelle. Miraba intensamente a su hermanastro.

—Efectivamente —afirmó Julian—. Es lo único que te pedimos: véndenos la Academia Cimmeria a un precio razonable y, a cambio, te daremos todo lo que siempre has querido.

—¿Y si me niego? —La voz de Nathaniel era tensa.

—Oh, estoy seguro que no tendremos que llegar a esos extremos —dijo Julian—. Pero si te negaras, debes saber que habrá consecuencias. Nuestras fortunas juntas superan la tuya con creces. Te pondríamos las cosas muy difíciles. Tu presidencia sería tan desastrosa que pasarías a la historia como el peor líder del Grupo Orión. Al final te quedarías sin organización. Sin colegio. Sin nada.

Allie no sabía de dónde había salido el tono amenazador de Julian. Era tan inquietante que le daba escalofríos.

El guardia le dio otro codazo. Y Allie retrocedió un paso más.

Ese tipo estaba empezando a tocarle la moral. Todo iba como la seda, pero el guardia se empeñaba en hacerla retroceder y ya casi no veía lo que pasaba. Había acabado detrás de todos. No veía a Julian ni a Nathaniel.

¿Por qué era tan protector?

Allie se volvió hacia el guardia, extrañada. Él miraba a Nathaniel, totalmente alerta. La cara no le sonaba de nada.

El vello de la espalda se le erizó. Ese fue el único aviso.

De repente, el guardia la agarró por detrás y la levantó del suelo, tapándole la boca con la mano para impedir que gritara. Allie se debatió, pero el hombre esquivó sus patadas ágilmente.

Mientras trataba de liberarse, seguía intentando comprender lo que acababa de suceder. Ese tipo debía de ser uno de los guardias de Nathaniel. Como iban vestidos casi igual que los de Raj, seguramente se había colado entre los otros mientras estaban concentrados en Nathaniel.

Con los nervios del encuentro, nadie había reparado en que había un guardia de más.

Allie forcejeó, pero el guardia era muy fuerte y ella no tocaba con los pies en el suelo. El tacto de aquellos dedos contra sus labios le dio asco. Notaba su sabor salado en la boca.

Esperaba que alguien se diera cuenta de lo que estaba ocurriendo, pero el tipo la había llevado detrás de una hilera de setos y no estaban a la vista.

Le tapaba la boca y la nariz con la mano, y cada vez le costaba más respirar. Se acercaban peligrosamente a los coches de Nathaniel.

Allie miró alrededor, desesperada. Alguien tenía que echarla de menos.

Pero la verdad era que, mientras Nathaniel no le dirigiera la palabra a Allie, nadie se daría cuenta de que no estaba.

Intentó gritar, pero le faltaba el aire.

—Calladita —le dijo el hombre al oído. Allie se quedó paralizada. Conocía aquella voz de pito. La había oído un millón de veces.

Era Seis. El esbirro de Nathaniel.

Allie forcejeó con rabia, pero fue en vano. Al final, sus esfuerzos por terminar con aquella puñetera guerra habían resultado un fracaso. Nathaniel nunca lo permitiría. Disfrutaba enfrentándose a ellos. Era lo que le daba sentido a su vida.

Pero Allie no pensaba rendirse.

Alzó el brazo derecho y le propinó un codazo a Seis con todas sus fuerzas justo debajo de las costillas.

El tipo hizo un ruido extraño, como si se ahogara. Y la soltó.

Allie aterrizó sobre sus pies y alzó los puños en actitud defensiva. Pero ya no estaba sola.

Sylvain estaba a su lado.

El chico cerró los puños y se puso en posición de ataque, con sus intensos ojos azules clavados en Seis.

—Aparta, niñato —gruñó el guardia.

Sylvain lo observó con la curiosidad de un gato que acaba de cruzarse con un pajarito.

—Esa es la última de mis intenciones —dijo Sylvain tranquilamente.

Y se abalanzó sobre Seis con tanta violencia que el guardia no tuvo ni una posibilidad de defenderse. Allie observó con horror cómo ambos caían sobre la grava con un golpe sordo. Seis alargó las manos hacia el cuello de Sylvain, pero no consiguió alcanzarlo. El ataque lo había pillado por sorpresa y ahora poco más podía hacer que parar la lluvia de palos que le estaba cayendo encima.

Allie nunca había visto tan furioso y agresivo a Sylvain. Sus puñetazos producían horribles crujidos al golpear el rostro de Seis.

—Socorro —se oyó decir Allie, primero en voz baja y después más alto—. ¡Raj, socorro!

Oyó pasos que corrían hacia ellos, y en cuestión de segundos estuvieron rodeados de guardias. Hicieron falta dos personas para separar a Sylvain del guardia. Entre unos cuantos agarraron al hombre ensangrentado y se lo llevaron.

—Estoy bien. Soltadme. —Sylvain se quitó de encima a los guardias. Le sangraban las manos, pero no parecía notarlo.

Buscó con la mirada a Allie entre la multitud. Se miraron mutuamente durante un largo rato en medio de todo aquel revuelo.

Lo que Allie veía en sus ojos le partía el corazón.

Después Sylvain dio media vuelta y se marchó.

Allie dio un paso indeciso hacia él, pero en ese momento Isabelle la agarró del brazo y se la llevó en la otra dirección.

—Allie, ¿estás bien?

—Sí, sí —insistió Allie—. No es nada. —Alargó el cuello para mirar por encima de la directora—. ¿Dónde está Nathaniel? ¿Hay alguien vigilándolo?

—Sí, está con Raj —la tranquilizó Isabelle.

Entre la multitud, bajo la luz difusa que se colaba por la puerta abierta del colegio, Allie vio a Nathaniel, que esperaba con impaciencia. Lo flanqueaban un par de musculosos guardias que lo tenían agarrado de los brazos.

Raj estaba frente a ellos con los brazos en jarra.

Cuando los ánimos se calmaron, los dos guardias miraron a Raj a la espera de sus órdenes. Con un suspiró, Raj asintió.

Los guardias soltaron a Nathaniel y dieron un paso atrás.

Nathaniel, ahora libre, tiró de los puños de su impecable camisa blanca y se alisó la corbata con aire irritado.

Allie e Isabelle regresaron junto a Julian, pero la directora no se apartó de Allie.

—Como te decía, necesitaremos que firmes el acuerdo. —La voz de Julian era tranquila, como si no se hubiese producido ningún incidente.

Allie no pudo más que asombrarse de su aplomo.

Julian se sacó del bolsillo una hoja de papel doblada.

—Fírmalo antes de irte. El colegio a cambio de Orión. Como verás, la suma que te ofrecemos no es nada despreciable. La oferta estará sobre la mesa durante una hora.

Nathaniel lo miró con los ojos entornados.

—Julian, si firmo, que sepas que jamás te perdonaré —amenazó

Nathaniel—. Estarás en mi lista negra.

Julian sonrió.

—Da la casualidad de que en esa lista hay un montón de gente que adoro. Estaré encantado de estar en su compañía.

—Idiotas. —Nathaniel paseó la mirada por los rostros de sus interlocutores—. Sois una panda de idiotas. ¡Podríais ser los amos del mundo!

Sus ojos se posaron en Allie, y a ella le pareció advertir una cierta perplejidad en su mirada fría y calculadora.

—Ciertamente —coincidió Julian, como si Nathaniel hubiese dicho algo razonable—. La suma que vamos a pagarle a Orión por este colegio es un robo a mano armada. Pero qué le vamos a hacer, el precio de la propiedad en Gran Bretaña está por las nubes. —Se alisó la chaqueta—. A ver si alguien toma cartas en el asunto.

Nathaniel echaba chispas por los ojos.

—Acabaré contigo, Julian.

—Sí, bueno —dijo Julian—. Puedes intentarlo.

Nathaniel se llevó la mano al bolsillo de la americana y los guardias se le acercaron en el acto. Cuando sacó la mano, tenía una pluma de plata.

—¿Puedo? —preguntó airado.

Raj asintió, mirándolo con desconfianza. Los guardias retrocedieron.

Allie no se lo podía creer. ¿Iba a firmar el acuerdo? ¿De verdad habían ganado?

Bajo el manto protector de la oscuridad, Isabelle le agarró la mano a Allie y se la apretó con fuerza.

Nathaniel desdobló el documento y lo leyó. Después lo firmó con ademán ostentoso. Julian se lo arrancó de la mano.

—Pensáis que habéis ganado. —Nathaniel miró alrededor—. Pensáis que esto ha terminado. Pues dejadme que os diga una cosa: esto no terminará *jamás*. —Señaló a Allie—. Acabaré contigo, igual que acabé con Lucinda. Heredarás una vida de dolor y lágrimas.

Nathaniel se había pasado de la raya.

—¡Basta ya! —le soltó Allie—. ¡Olvídate de una vez de esta estúpida vendetta! Has ganado. Orión es todo tuyo. Tienes el control. Ahora lárgate de aquí y disfrútalo. Deja que sigamos adelante con nuestras vidas. No te molestaremos. Aléjate de nosotros. No somos ninguna amenaza para ti.

Allie pensaba que Nathaniel se iba a rebotar. Sin embargo, se limitó a escudriñarla.

—Lucinda siempre decía que eras inteligente —dijo él tras una larga pausa—. También que eras demasiado temeraria. Acertaba en las dos cosas.

Sin añadir nada más, Nathaniel giró sobre sus talones y se encaminó a su coche, donde ocupó el asiento del conductor. El motor arrancó con un rugido y los faros iluminaron el bosque. Los neumáticos empezaron a girar y Nathaniel se marchó.

Y así, sin más, todo terminó.

TREINTA Y SIETE

—Venga —dijo Allie—. Nos tenemos que ir.

Intentó levantarse, pero Carter volvió a tirar de ella y Allie aterrizó sobre su pecho. Él sonrió perezosamente.

—Hola... —Sus labios juguetearon con la boca de Allie, le mordisqueó suavemente el labio inferior hasta que ella volvió a ofrecerle la boca, separando los labios ligeramente para que Carter pueda rozarle delicadamente los dientes con la lengua.

El chico la estrechó más fuerte. En un ágil movimiento, la cambió de posición; ahora Allie se encontraba tumbada sobre la espalda y miraba el techo adornado del salón de baile.

El gran salón siempre estaba vacío; nadie iba por allí excepto el personal de limpieza que una vez a la semana lo barría y le sacaba el polvo. Habían encontrado un escondite perfecto, detrás de varias pilas de sillas y mesas.

—Ahora ya no te me escapas... —Él susurraba las palabras contra la mejilla de Allie, su aliento era cálido y suave como la caricia de una pluma—. Pero si quieres, paro. —Sus labios trazaron una línea a lo largo del cuello de ella.

Cada sílaba era como un golpe de calor que se propagaba por sus venas.

—Solo tienes que decirme... —Ahora Carter le susurraba al oído. Las cosquillas la estaban volviendo loca de gusto— que pare.

Carter deslizó los labios por el cuello de Allie y dibujó una ardiente línea hasta su hombro. Ella gimió y arqueó la espalda.

—¿No te ibas? —Él alejó los labios de su piel y la interrogó con la mirada. El deseo que ella vio en sus ojos la hizo estremecerse.

Como única respuesta, Allie lo agarró por la nuca, atrajo bruscamente su boca hacia ella y le separó los labios con la lengua.

Un gruñido sordo subió desde la garganta de Carter y presionó su cuerpo contra el de ella. Los pectorales de Carter eran duros como la roca. Allie deslizó la mano por la camisa de él y pasó los dedos entre los botones para notar la calidez de su piel.

—Que esperen —jadeó Allie.

Carter se apoyó sobre las manos y se tendió de lado, cargando su peso en un codo. Posó una mano sobre el cálido muslo de Allie. Cada uno de sus gestos la hacía estremecerse. Ahora él trazaba lentamente círculos con los dedos en su piel; Allie tenía la carne de gallina, como si fuera un libro en Braille.

Hacía dos semanas que había recuperado a Carter y todavía le parecía un milagro encontrarlo en la mesa del desayuno cada mañana. O que apareciera por la ventana de su dormitorio después del toque de queda y le sonriera desde el alféizar con aquellos ojos, negros como la noche.

No quería volver a separarse de él nunca más.

Cuando llegaron a la biblioteca minutos más tarde, la cara que puso Rachel le reveló que sabía perfectamente de dónde venían.

—Llegas tarde —se quejó.

Sin embargo, su sonrisa desmentía el reproche de sus palabras.

—Perdimos la noción del tiempo —se justificó Carter, que rodeaba despreocupadamente los hombros de Allie con el brazo.

—Para variar —añadió Allie en tono arrepentido.

Rachel no estaba sola. Katie y Lucas estaban sentados frente a ella, y el resplandor de la lámpara que había sobre las mesa iluminaba sus caras. Zoe estaba en el otro extremo de la mesa y escribía sin parar en un cuaderno largas y complicadas ecuaciones, sin prestarles la más mínima atención.

En un rincón lejano, Allie vio sentado a su hermano, absorto en su lectura. Se estaba acostumbrando a verlo por allí. Aunque normalmente estaba solo, de vez en cuando Christopher intervenía en sus conversaciones.

De hecho, a la única persona que echaban de menos era Sylvain.

Tal y como les había avisado, se había marchado a Francia pocos días después del encuentro con Nathaniel. Se había ido sin despedirse. Una mañana se levantaron y ya no estaba.

No sabían si volvería. La recuperación de su padre era lenta y, según le había contado Isabelle a Allie, se estaba planteando probar a ir a un colegio de París durante una temporada.

Igual que Orión en Gran Bretaña, Deméter era dueño de varios internados en Francia y Suiza. En su día, Sylvain había elegido Cimmeria porque le gustaba.

Tras la pelea entre Seis y Sylvain, el chico había evitado a Allie. Cuando finalmente Allie consiguió abordarlo, él no dejó que le diera las gracias.

—Lo habría hecho por cualquiera —le dijo. Después se marchó con una disculpa. Unos días más tarde, abandonó el colegio.

Allie no se lo había comentado a nadie, pero se sentía culpable por la decisión de Sylvain. Fuera cual fuera el motivo oficial de su marcha, y aunque era cierto que su padre estaba gravemente herido, ella sabía que, en el fondo, si Sylvain no se quedaba era porque no soportaba verla con Carter.

Aun así, cuando se enteró de que Sylvain se había marchado, no se lo podía creer. Corrió hasta su cuarto para comprobarlo con sus propios ojos y lo halló limpio y vacío, con la cama hecha. En aquel momento se dijo que seguramente Sylvain volvería. Sin embargo, en cuanto reparó en el espacio desnudo que había en la pared, allí donde antes había una romántica pintura de un ángel, comprendió que Sylvain se había ido para no volver.

De eso hacía ya diez días y todavía no se había hecho a la idea de que tal vez no volverían a verse.

Muchas veces le daba la sensación de que lo veía en el pasillo. O de que oía sus pasos seguros a su espalda.

Pero nunca era Sylvain.

Durante la ausencia del chico, el colegio había recuperado una normalidad relativa. En clase eran pocos, pero por lo menos había clase. Lo malo es que los profesores eran muy exigentes y les ponían montones de deberes.

Los entrenamientos de la Night School habían seguido adelante, pero ya no eran obligatorios. Eran reducidos y selectos; estaban reservados para los alumnos avanzados. Y ya no tenían que practicar con armas.

A Rachel le habían dado permiso para dejar los entrenamientos. Dedicaba todo su tiempo a estudiar y a trabajar con Dom, que le estaba enseñando todo lo que sabía sobre programación. Shak, por su parte, había dejado la empresa de Raj y ahora trabajaba a jornada completa como ayudante de Dom.

Nueve se había revelado como una gran sorpresa. La empresa de Raj lo había contratado y se había convertido en un guardia más. Raj decía que tenía mucho potencial. A veces Allie se lo encontraba por los terrenos del colegio.

—Hola, señorita Problemas —le decía él cada vez que se cruzaban.

Era el final de la tarde y la biblioteca estaba más ajetreada de lo que había estado en mucho tiempo. Varias de las mesas de estudio estaban ocupadas. Los alumnos se paseaban por las gruesas alfombras persas y entre el laberinto de altas estanterías y escaleras corredizas.

—¿Cómo voy a convertir a Allie en un genio de la ciencia si no se presenta a las clases particulares? —los regañó Rachel.

—Allie nunca será un genio de la ciencia —sentenció Zoe sin levantar la vista.

—No seas pesimista. —Allie sacó una libreta de la cartera y la dejó en la mesa—. Puedo aprender.

El nuevo profe de Ciencias tenía fama de duro. Sus clases eran superchungas y a Allie le costaba un montón hacer los ejercicios que mandaba.

—A veces echo de menos a Jerry —suspiró apoyándose en el codo.

Zoe paró de escribir en seco y fulminó a Allie con la mirada.

—Me refiero al Jerry *bueno* —añadió Allie apresuradamente—. No al pirado que espiaba para Nathaniel, sino al que nos pensábamos que era en plan «hola, soy Jerry, aquí tienes un sobresaliente».

—El falso Jerry era mucho mejor que el verdadero —dijo Katie apoyada en el hombro de Lucas.

Rachel hojeó el libro de biología. Se detuvo al llegar al capítulo sobre desarrollo celular y giró el libro para que Allie lo viera bien.

Al ver aquellas incomprensibles ilustraciones, Allie arrugó la nariz.

—¿Por qué tengo que aprenderme esto? Lo odio.

—Porque los colegios no están hechos para aprender —explicó Lucas pacientemente—, sino para torturarnos hasta el día que cumplamos dieciocho y nos manden al mundo real a sufrir vestidos de pingüinos.

Allie cogió el boli.

—En ese caso, ya lo entiendo todo...

Rachel esperó a que todos volvieran a concentrarse en los deberes y se dirigió a Allie en voz baja:

—¿Todavía no hay noticias de Nathaniel?

Allie negó con la cabeza.

—No, nada. Julian dice que de momento está cumpliendo el trato. Me muero de ganas de que llegue la semana que viene y celebremos la primera reunión de Aurora. Tú también vendrás, ¿verdad?

Rachel asintió ruborizada.

—No sabes lo emocionada que estoy.

Todavía estaban por decidir la estructura y las normas de la nueva organización. Pero una de las primeras medidas que Julian había instaurado era permitir que los miembros de la Night School asistieran a las reuniones anuales de la junta directiva y participaran en la toma de decisiones.

—Yo igual —reconoció Allie.

Al otro lado de la biblioteca, la puerta se abrió de golpe y Nicole corrió hacia ellos, con la melena larga y oscura flotando tras ella.

—¡Chicos, tenéis que ver esto! —Le faltaba el aire.

Allie sintió un calambre en la barriga. Zoe se puso en pie de inmediato.

Una arruga de preocupación surcó el entrecejo de Rachel, que corrió hacia su novia.

—¿Qué ocurre? ¿Pasa algo malo?

Al darse cuenta de que los había asustado, Nicole los tranquilizó con una sonrisa y cogió a Rachel de la mano.

—Son buenas noticias, pero tenéis que venir a verlo con vuestros propios ojos. —Hizo un gesto para que la siguieran—. Venid.

Todos intercambiaron miradas de extrañeza mientras se ponían en pie lentamente, y siguieron a Nicole en una fila desordenada por el pasillo.

—Espero que esto valga la pena —farfulló Katie—. Estaba leyendo un artículo superinteresante sobre los vestidos de alta costura de la gala de los Oscars.

Nicole alcanzó el final del amplio pasillo y al llegar al vestíbulo se detuvo. Los demás la imitaron.

El vestíbulo estaba abarrotado de jóvenes, algunos con uniformes de Cimmeria y otros con ropa de calle. También había padres, profes y guardias. Había montones de maletas apiladas de cualquier manera.

El eco de las voces entusiasmadas retumbaba en los suelos de piedra y las viejas paredes.

—¿Pero qué diablos…? —dijo Lucas.

—¿Quiénes son estos? —farfulló Zoe arrugando el ceño.

La puerta delantera estaba abierta, y a través de ella Allie atisbó una larga fila de coches que avanzaba por la avenida de entrada.

Isabelle y Zelazny estaban junto a la puerta. El sol se colaba por los vitrales que había sobre sus cabezas e inundaba la habitación de reflejos dorados y azules. La multitud se agitaba entusiasmada alrededor. Todos charlaban y reían. Isabelle les sonreía.

Cuando Isabelle reparó en que Allie y los demás estaban allí, corrió hacia ellos.

—¿Os lo podéis creer? —preguntó la directora con los ojos brillantes.

—Es maravilloso —dijo Nicole con una amplia sonrisa.

—¿Qué está ocurriendo? —preguntó Rachel.

—Han vuelto. —Isabelle mostró la sala a rebosar de gente con un vago ademán—. Los alumnos que abandonaron Cimmeria después del ultimátum de Nathaniel han decidido volver a estudiar aquí. Y no son los únicos. —Señaló a un grupo de chavales con aire tímido que se hallaba algo apartado, junto a un tapiz que representaba unos caballeros con armadura.

—Son estudiantes de intercambio de Polonia —explicó Isabelle—. Sus padres me llamaron esta semana para preguntar si podían estudiar en Cimmeria. Han oído hablar del Grupo Aurora y quieren formar parte de él. Por lo visto, allí también están creando un grupo nuevo. —Tomó aire—. Y esto es solo el principio. Me acaban de llamar de Estados Unidos; hay unos alumnos que quieren inscribirse para el trimestre de otoño. Y no paro de recibir e-mails y llamadas desde Canadá, Australia, Alemania, Bélgica… —Rio alegremente—. Como sigamos así tendremos que ampliar el colegio.

Isabelle tenía las mejillas sonrosadas de la emoción; Allie no recordaba haberla visto nunca tan feliz.

El ánimo era contagioso. Por primera vez en varios meses, el colegio volvía a estar vivo. Los alumnos que habían regresado empezaron a desfilar por el pasillo, seguidos de cerca por sus padres, que arrastraban maletas y charlaban entre sí. Al final del pasillo, Allie vio cómo el personal de servicio corría de acá para allá; seguro que iban como locos preparando las habitaciones y la comida para aquella inesperada afluencia.

Era como si corriera sangre fresca por las venas del colegio.

Con esa cantidad de alumnos, ya empezaba a imaginarse las aulas llenas y el comedor abarrotado: la Academia Cimmeria tal como siempre tendría que haber sido.

Tenía la sensación de que el corazón le iba a explotar. Sintió ganas de abrazarlos a todos.

Como si le hubiese leído los pensamientos, Carter le rodeó la cintura con los brazos y apoyó ligeramente la barbilla sobre su hombro.

—Es alucinante —murmuró el chico.

Cuando regresaron todos juntos a la biblioteca minutos después, Allie miró a Carter y le hizo la pregunta que tanto había temido formular desde que había empezado todo aquel lío.

—Sé sincero, ¿crees que lo conseguiremos? ¿Mejoraremos las cosas?

Él no dudó ni un segundo.

—Creo que vamos a cambiar el mundo.

Aquella forma de decirlo, con absoluta convicción, hizo que a Allie le diera un vuelco el corazón. Tanta emoción era abrumadora. Carter tenía razón, tenía que tenerla.

Podían conseguirlo. Tampoco era imposible. Al fin y al cabo, otros habían logrado cambiar el mundo antes que ellos.

¿Por qué no nosotros?

Lo que estaba claro es que no podría cambiar el mundo si antes no aprobaba Biología.

—Tengo que volver a la cámara de tortura —dijo Allie en tono lúgubre—. Rachel me espera con el látigo.

Carter chasqueó los labios.

—Suerte —dijo Carter—. Yo voy a ir a hablar con Raj para ver cómo afectará esto a la Night School. Luego me paso a buscarte. Me imagino que estarás en la biblio, ¿no?

—Hasta el fin de mis días —dijo Allie.

Él rozó sus labios suavemente con los de ella y echó a andar

—Hasta luego.

Durante unos segundos, Allie se quedó allí parada, a los pies de la gran escalinata, contemplando los característicos andares de Carter.

No había nadie que caminara así. Como si acudiera a una cita importante, pero a su propio ritmo. A su manera.

—Ve por la sombra, Carter West —le dijo ella suavemente.

A Allie casi le pareció oír la sonrisa en los labios de Carter cuando su respuesta llegó flotando por el pasillo iluminado por el sol, pasando ante las paredes revestidas de roble y bajo las arañas de cristal, solo para sus oídos.

—Siempre.

Nota de la Autora

Quiero dar las gracias a los lectores hispanohablantes que aman la serie Night School y que han ayudado a que todo esto fuera posible. Cuando la editorial española decidió que no iba a publicar los últimos dos libros de la serie, francamente, pensé que ahí se acababa todo. Me dijeron que mis libros en español no tenían éxito y que a nadie le interesaba leer algo sobre la Academia Cimmeria. Al principio, les creí. Pero luego ocurrió algo maravilloso: miles de lectores de España y Latinoamérica se pusieron en contacto conmigo, me escribieron e-mails y cartas, me mandaron mensajes a través de Instagram, Facebook y Twitter, y me pidieron que, por favor, les diera la oportunidad de leer el final de la serie.

Fueron muy insistentes, y yo no podía ignorarlos sin más. Tenía que encontrar una solución. Entonces conocí a la maravillosa traductora española Sofia Pons y decidí publicar el libro por mi cuenta. Y le encargué la traducción al español de *Night School: Resistencia*.

Fue una decisión arriesgada, pero los lectores respondieron muy bien. Pocas semanas después de su lanzamiento, *Resistencia* alcanzó el top 10 de Amazon México, donde permaneció durante más de ocho semanas. Los lectores no solo apoyaron el lanzamiento comprando el libro electrónico, si no que esperaron pacientemente la versión en papel cuando esta se agotó después de que un montón de gente la encargara a la vez. Fue una experiencia hermosa.

Gracias a que muchas personas compraron *Resistencia*, pude encargarle a Sofia que tradujera *Rebelión* al español. De modo que, lectores hispanohablantes, aquí lo tenéis. Vuestro entusiasmo y vuestra pasión por la Academia Cimmeria han hecho de esto una realidad. Sin vosotros no habría Academia Cimmeria. No habría Allie, Carter, Sylvain, Rachel o Zoe.

Este libro os lo dedico a vosotros, lectores hispanohablantes. Sois los mejores.

Con cariño,

CJ x

Sobre La Autora

C. J. Daugherty, antigua reportera de crónica negra, es la autora de la serie de éxito mundial Night School. Después de graduarse en la Universidad de Texas, ejerció como periodista para varios medios escritos de ciudades de Estados Unidos, como Savannah y Nueva Orleans. Su labor como periodista de investigación, principalmente en crímenes y casos de corrupción, le granjeó varios premios. Tras mudarse a Inglaterra, escribió varios libros de viajes sobre Irlanda y París para editoriales como Time Out o Frommers. Durante un tiempo también trabajó como asesora de comunicación para el Gobierno británico en temas de antiterrorismo. La serie Night School se ha traducido a veintidós idiomas y ha sido número uno en las listas de superventas de varios países. Además, C. J. Daugherty es coautora, junto a la escritora francesa Carina Rozenfeld, de *The Secret Fire*.

Para saber más sobre la escritora, puedes visitar su sitio web: www.CJDaugherty.com.

Sobre la traductora

Sofia Pons es traductora de inglés, francés e italiano y es licenciada en Traducción e Interpretación por la Universidad Autónoma de Barcelona. Reside en Barcelona, donde trabaja para distintos ámbitos, y es la traductora de *Resistencia* y *Rebelión,* las dos últimas entregas de la serie Night School. Si quieres saber más sobre Sofia, puedes visitar su web: sofiapons.com.

CPSIA information can be obtained
at www.ICGtesting.com
Printed in the USA
LVHW02s0208300418
575365LV00012B/261/P